Selma Lagerlöf

Die Grabinschrift

und andere Geschichten
von Leben und Tod

Übersetzt von Marie Franzos

und Pauline Klaiber-Gottschau

Selma Lagerlöf: Die Grabinschrift und andere Geschichten von Leben und Tod

Übersetzt von Marie Franzos und Pauline Klaiber-Gottschau.

Neuausgabe
Herausgegeben von Karl-Maria Guth
Berlin 2016

Umschlaggestaltung von Thomas Schultz-Overhage unter Verwendung des Bildes: Arnold Böcklin, Die Toteninsel, Dritte Version, 1883

Gesetzt aus der Minion Pro, 11 pt

Verlag: Henricus - Edition Deutsche Klassik GmbH
Mörchinger Str. 33, 14169 Berlin, info@henricus-verlag.de
Druck: Libri Plureos GmbH, Friedensallee 273, 22763 Hamburg

ISBN 978-3-8430-7531-2

Bibliografische Information der Deutschen Nationalbibliothek

Die Deutsche Nationalbibliothek verzeichnet diese Publikation in der Deutschen Nationalbibliografie; detaillierte bibliografische Daten sind im Internet über www.dnb.de abrufbar.

Inhalt

Die Grabinschrift

Jetzt beachtet gewiß keine Menschenseele das kleine Kreuzlein, das in einer Ecke des Svartsjöer Friedhofs steht. Jetzt gehen alle Kirchenbesucher daran vorbei, ohne einen Blick darauf zu werfen. Und es ist ja nicht wunderlich, daß keiner es bemerkt. Es ist so niedrig, daß Klee und Glockenblumen ihm bis über die Arme reichen und Timothé darüber wächst. Auch nimmt sich keiner die Mühe, die Inschrift zu lesen, die da steht. Die weißen Buchstaben sind nun fast gänzlich vom Regen verwischt, und es scheint nie jemandem einzufallen, sie zu Worten zusammenzusetzen.

Aber es ist nicht immer so gewesen. Das kleine Kreuz hat seinerzeit viel Staunen und Verwunderung erweckt. Eine Zeitlang konnte niemand den Fuß auf den Svartsjöer Friedhof setzen, ohne zu dem Kreuze hinzugehen. Und bekommt ein Mensch aus jener Zeit es noch heute zu Gesicht, so sieht er sogleich eine ganze Geschichte vor sich …

Er sieht das ganze Kirchspiel Svartsjö in Winterschlummer versenkt und mit glattem weißen Schnee bedeckt, der eine und eine halbe Elle hoch liegt. So sieht es dort aus, daß es kaum möglich für einen Menschen ist, sich zurechtzufinden. Man muß nach dem Compaß gehen, wie auf dem Meere. Es ist keinerlei Unterschied zwischen Strand und See, das Stoppelfeld liegt ebenso glatt da, wie die Erde, die hunderte Ernten Hafer getragen. Die Köhlerleute, die auf großen Moorflächen und nackten Bergfirsten hausen, können sich einbilden, daß sie über ebenso viel gepflügten und bebauten Boden gebieten, wie der reichste Großbauer.

Die Wege haben ihre sicheren Bahnen zwischen den grauen Zäunen verlassen und abenteuern nun über Wiesen und den Fluß entlang. Selbst drinnen zwischen den Gehöften kann man leicht verwirrt werden. Plötzlich kann man entdecken, daß der Weg zum Brunnen quer über die Spireahecke des kleinen Rosenbeets gelegt ist. Aber nirgends ist es so unmöglich sich zurechtzufinden, wie auf dem Kirchhof. Fürs erste ist die graue Steinmauer, die ihn vom Pfarrhof trennt, ganz überschneit, so daß er jetzt völlig mit diesem zusammenfließt. Fürs zweite ist der Kirchhof nunmehr bloß ein großes weißes Feld, nicht die mindeste Unebenheit in der Schneedecke verrät die vielen Anhöhen und Hügelchen des Totenackers.

Auf den meisten Gräbern stehen Eisenkreuze, an denen dünne kleine Herzen hängen, die im Sommer der Wind bewegt. Jetzt sind sie alle überschneit. Diese kleinen Eisenherzen können nicht mehr ihre wehmütigen Weisen von Schmerz und Sehnen erklingen lassen. Leute, die drinnen in Städten auf Arbeit waren, haben für ihre Toten daheim Trauerkränze mit Blumen aus Perlen und Blättern aus Eisenblech mitgebracht, und diese sind so geachtet, daß sie auf den Gräbern in kleinen Glaskästen liegen. Aber nun sind auch sie unter dem Schnee verborgen und begraben. Nun ist das Grab, das solchen Schmuck trägt, um nichts vornehmer als irgend ein anderes.

Ein paar Schneebeerenbüsche und Syringenhecken ragen aus der Schneedecke empor, allein die meisten sind verborgen. Die nackten Zweige, die aus dem Schnee hervorstechen, sind einander wunderlich gleich. Sie können dem nicht zur Richtschnur dienen, der sich auf dem Kirchhof zurechtzufinden sucht. Alte Mütterchen, deren Brauch es ist, allsonntäglich einzutreten, um einen Blick auf *ihr* Grab zu werfen, kommen jetzt des Schnees wegen nicht weiter als ein Stück über den Hauptweg. Dort bleiben sie stehen und versuchen zu erraten, wo »das Grab« liegen kann. Ist es bei diesem Busch oder bei jenem? Und sie fangen an, sich nach dem Schmelzen des Schnees zu sehnen. Es ist, als sei der Entrissene so unsagbar weit von ihnen entfernt, seit sie nicht mehr die Stelle sehen können, an der er in die Erde versenkt ward.

Da sind auch ein paar große Steine und Kreuze, die sich über den Schnee erheben. Aber es sind so wenige. Und der Schnee hängt über ihnen, so daß man das eine nicht vom andern unterscheiden kann.

Ein einziger Weg ist auf dem Kirchhof gebahnt. Er führt den Hauptgang entlang zu einem kleinen Leichenhaus hin. Soll jemand begraben werden, so wird der Sarg in das Leichenhaus getragen, und dort hält der Pfarrer die Grabrede und nimmt die Zeremonie der Beerdigung vor. Es ist nicht daran zu denken, daß der Sarg in die Erde kommen kann, solange dieser Winter währt. Er muß im Leichenhause stehen bleiben, bis Gott Tauwetter sendet und die Erde wieder für Hacke und Spaten bearbeitbar wird.

Gerade während der Winter in seiner strengsten Laune ist und der Kirchhof ganz unzugänglich, stirbt ein Kind beim Hüttenherrn Sander auf dem Werke Lerum.

Das ist ein großes Werk, Lerum, und Hüttenherr Sander ist ein mächtiger Mann. Er hat sich jüngst erst ein Familiengrab auf dem

Kirchhof herstellen lassen. Man erinnert sich gut daran, wenn es auch jetzt unter dem Schnee verborgen ist. Es ist von einem behauenen Steinrand umgeben und einer dicken Eisenkette; mitten auf dem Grabe steht ein Granitblock, der den Namen trägt. Dort steht das einzige Wort Sander mit großen Lettern eingegraben, die über den ganzen Kirchhof leuchten.

Aber jetzt, da das Kind tot ist und das Begräbnis zur Sprache kommt, sagt der Hüttenherr zu seiner Frau:

»Ich will nicht, daß dieses Kind in meinem Grabe liege!«

Mit einemmale sieht man sie vor sich. Da ist der Speisesaal auf Lerum, und da sitzt der Hüttenherr beim Frühstückstisch und ißt allein, wie er es zu tun pflegt. Seine Gattin Ebba Sander lehnt im Schaukelstuhl am Fenster, von wo sie die Aussicht über den See und die Birkenhaine hat.

Sie ist dagesessen und hat geweint, aber als der Mann dieses sagt, werden ihre Augen mit einemmal trocken. Die ganze kleine Gestalt zieht sich vor Schrecken zusammen, sie beginnt zu zittern, als fühlte sie starke Kälte.

»Was sagst Du, was sagst Du?« fragte sie. Und sie spricht so, wie wenn man vor Kälte klappert.

»Es widerstrebt mir«, sagt der Hüttenherr. »Vater und Mutter liegen da und es steht Sander auf dem Steine. Ich will nicht, daß dieses Kind dort liege.«

»Ah so, *das* hast Du Dir ausgeheckt?« sagt sie, fortwährend erschauernd.

»Ich wußte wohl, daß Du Dich einmal rächen würdest.«

Er wirft die Serviette fort, erhebt sich vom Tische und steht breit und groß vor ihr. Es ist gar nicht seine Absicht, seinen Willen mit vielen Worten durchzutrotzen. Aber sie kann es ihm ja ansehen, wie er da steht, daß er seinen Sinn nicht ändern kann. Der ganze Mann ist schwere, unerschütterliche Halsstarrigkeit.

»Ich will mich nicht rächen«, sagte er, ohne die Stimme zu erheben. »Ich kann es nur nicht ertragen.«

»Du sprichst, als handelte es sich nur darum, ihn aus einem Bett in das andere zu legen«, sagt sie. »Und er ist ja tot, ihm kann es wohl gleich sein, wo er liegt. Aber *ich* bin dann eine verlorene.«

»Ich habe auch daran gedacht«, sagt er, »aber ich kann nicht.«

Zwei Leute, die mehrere Jahre miteinander verheiratet gewesen sind, brauchen nicht viele Worte, um sich zu verstehen. Sie weiß schon, daß es ganz zwecklos wäre, wollte sie versuchen, ihn zu bewegen. »Warum mußtest Du mir damals verzeihen?« sagt sie und ringt die Hände. »Warum ließest Du mich auf Lerum bleiben als Dein Weib und versprachst, mir zu vergeben?«

Er weiß bei sich, daß er ihr nicht schaden will. Er kann nichts dafür, daß er jetzt an der Grenze seiner Nachsicht angelangt ist. »Sag' den Nachbarn, was Du willst«, sagt er. »Ich schweige schon. Gieb vor, daß Wasser im Grabe ist, oder sage, es sei nicht Raum für mehr Särge, als die von Vater und Mutter und meinen und Deinen.«

»Und das sollen sie glauben!«

»Du mußt Dir helfen, so gut Du kannst«, sagt er.

Er ist nicht böse, sie sieht, daß er es nicht ist. Es ist, wie er selbst sagt. Er kann sich in diesem nicht überwinden.

Sie rückt sich höher in den Stuhl hinauf, verschränkt die Arme hinter dem Kopf und sitzt da und starrt zum Fenster hinaus, ohne etwas zu sagen. Das Entsetzliche ist, daß es so vieles im Leben gibt, das einen überwältigt, vor allem ist es furchtbar, daß in einem selbst Mächte emporsteigen, die man nicht lenken kann. Vor einigen Jahren, als sie schon eine besonnene, verheiratete Frau war, kam die Liebe über sie. Solch eine Liebe! Es war nicht daran zu denken, daß sie sie hätte regieren können. Was nun Gewalt über ihren Mann bekam, war es Rachbegier? Er ist nie böse auf sie gewesen. Er verzieh ihr sogleich, als sie kam und gestand. »Du bist von Sinnen gewesen«, sagte er und ließ sie weiter als seine Gattin leben.

Aber obgleich es ein Leichtes sein kann, zu sagen, daß man vergiebt, mag es schwer genug fallen, es zu tun. Vor allem ist es schwer für einen, der tiefsinnig und schwerblütig ist, der niemals vergißt und niemals aufbraust. Was er auch sagen mag, im Herzen sitzt etwas, das hungert und darnach schreit, sich sättigen zu dürfen an eines anderen Leid. Ein wunderliches Gefühl hat sie immer gehabt, daß es besser wäre, wenn er damals so böse geworden wäre, daß er sie geschlagen hätte. Da hätte er nachher wieder gut werden können. Nun geht er umher und ist mürrisch und verdrossen, und sie ist schreckhaft geworden. Sie geht wie ein Pferd an der Deichsel. Sie weiß, daß hinter ihr jemand sitzt, der die Peitsche in der Hand hält, wenn er sie auch nicht gebraucht. Und nun hat er sie gebraucht. Nun ist sie eine Verlorene.

Die Menschen sagen, daß sie nie einen solchen Schmerz gesehen, wie den ihren. Sie sieht aus wie ein Steinbild. In diesen Tagen vor dem Begräbnis weiß man nicht, ob sie wirklich lebt. Es ist unmöglich zu sehen, ob sie hört, was man sagt, ob sie weiß, wer zu ihr spricht. Sie scheint keinen Hunger zu fühlen, sie scheint draußen in der bitteren Kälte gehen zu können, ohne zu frieren. Aber es ist nicht Schmerz, was sie versteinert, es ist Entsetzen.

Sie denkt nicht daran, daheim zu bleiben am Begräbnistag. Sie muß mit zum Friedhof, sie muß mit im Trauergefolge gehen, gehen und wissen, daß alle, die da gehen, glauben, daß die Leiche zu dem großen Sanderschen Grabe geführt wird. Sie denkt, daß sie unter all der Verwunderung und dem Staunen, das sich gegen sie wenden wird, zusammenbrechen muß, wenn er, der an der Spitze des Zuges schreitet, ihn zu einem unbemerkten Grabplatz hinführt. Es wird ein Murmeln der Verwunderung von Reihe zu Reihe gehen, obgleich dies ein Leichenzug ist. Warum darf das Kind nicht in dem Sanderschen Grabe liegen? Man wird sich der ungewissen, unbestimmten Gerüchte erinnern, die einmal über sie im Schwange waren. Es muß wohl irgend einen Anlaß zu diesen Geschichten gegeben haben, wird man sagen. Bevor der Leichenzug vom Kirchhof wiederkehrt, wird sie gerichtet und verloren sein.

Das einzige, was ihr helfen kann, ist: selbst mit dabei zu sein. Sie wird da gehen, mit ruhigem Antlitz, wird aussehen, als ob alles in Ordnung wäre, vielleicht werden sie es dann glauben, das, was sie sagt, um die Sache aufzuklären.

Der Mann fährt auch mit zur Kirche. Er hat alles geordnet, die Begräbnisgäste geladen, den Sarg bestellt und bestimmt, wer ihn tragen soll. Er ist zufrieden und gut, seit er seinen Willen durchgesetzt hat.

Es ist Sonntag, der Gottesdienst ist vorüber, und der Leichenzug stellt sich vor der Gemeindestube auf. Die Träger legen die weißen Tragtücher über ihre Schultern, alle Standespersonen von Lerum gehen in der Prozession mit und ein großer Teil der Kirchenbesucher.

Während die Prozession sich aufstellt, denkt sie, daß sie sich jetzt aufstellen, um einen Verbrecher zum Richtplatz zu geleiten.

Wie sie sie ansehen werden, wenn sie zurückkehren. Sie ist gekommen, um sie vorbereiten zu können, aber sie hat kein Wort über die Lippen gebracht. Sie kann nicht ruhig und besonnen sprechen. Was sie tun könnte, wäre, so heftig und laut zu jammern, daß man es über den ganzen Kirchenplatz hörte. Sie wagt nicht, die Lippen zu regen, damit dieser Schrei nicht über sie hereinbreche.

Die Glocken beginnen sich zu rühren droben im Turm, und die Menschen setzen sich in Bewegung. Und jetzt kommt es, ohne alle Vorbereitung! Warum hat sie nicht sprechen können? Sie tut sich Gewalt an, um ihnen nicht zuzurufen, sie mögen nicht auf den Kirchhof gehen mit dem Toten. Ein Toter ist ja nichts. Warum soll sie vernichtet werden, für einen Toten? Sie könnten ja den Toten hinlegen, wohin sie wollten, nur nicht auf den Kirchhof. Sie wird sie vom Friedhof verscheuchen. Er ist gefährlich. Er ist voll Pestansteckung. Man hat Wolfsspuren dort gesehen. Sie will sie schrecken, wie man Kinder schreckt.

Sie weiß nicht, wo das Grab des Kindes gegraben ist. Sie erfährt es zeitig genug, denkt sie. Wie jetzt der Zug hinein in den Friedhof schreitet, blickt sie über das Schneefeld, um ein frischaufgeworfenes Grab zu entdecken …

Aber sie sieht weder Weg, noch Grab. Dort draußen ist nichts als ein ungefurchtes Schneefeld. Und der Zug geht zum Leichenhause hinauf. So viele als können, drängen sich herein, und hier wird die Beerdigungszeremonie vorgenommen. Es ist nicht die Rede davon, zum Sanderschen Grabe zu gehen. Keiner kann wissen, daß der Kleine, der nun zur letzten Ruhe eingesegnet wird, niemals in das Familiengrab gebettet werden soll!

Würde sie das nicht vergessen haben in ihrem Entsetzen, keinen Augenblick hätte sie sich zu fürchten gebraucht. »Im Frühling«, denkt sie, »wenn der Sarg versenkt wird, da ist wohl kaum einer außer dem Totengräber zugegen. Jeder wird glauben, daß das Kind im Sanderschen Grabe liegt.« Und sie begreift, daß sie gerettet ist.

Sie bricht in heftigem Weinen zusammen. Die Leute sehen sie mitleidig an.

»Es ist furchtbar, wie sie es sich zu Herzen nimmt«, sagen sie. Aber sie weiß selbst am besten, daß sie solche Tränen weint, wie eine, die Not und Lebensgefahr entronnen ist …

Ein paar Tage nach dem Begräbnis sitzt sie in der Dämmerung auf ihrem gewohnten Platz im Speisesaal. Während das Dunkel einfällt, ertappt sie sich darauf, daß sie dasitzt und wartet und sich sehnt. Sie sitzt und horcht nach dem Kinde. Jetzt ist ja die Zeit, wo es hereinzukommen pflegt, um zu spielen. Wird es heute nicht kommen? Da fährt sie empor und denkt: »Es ist ja tot, es ist ja tot.«

Am nächsten Tage sitzt sie wieder in der Dämmerung und sehnt sich, und Abend für Abend kommt diese Sehnsucht wieder und wird immer mächtiger. Sie breitet sich aus, so wie das Licht im Frühling, bis sie schließlich alle Stunden des Tages und der Nacht beherrscht.

Es ist ja beinahe selbstverständlich, daß ein solches Kind, wie das ihre, mehr Liebe im Tode als im Leben empfängt. Die Mutter hatte während seines ganzen Daseins an nichts anderes gedacht, als den Mann wieder zu gewinnen. Und für ihn konnte ja das Kind nicht erfreulich sein. Es mußte ferngehalten werden. Es bekam oft zu fühlen, daß es zur Last war. Die Gattin, die ihren Pflichten untreu ward, hat dem Manne zeigen wollen, daß sie doch etwas war. Sie arbeitete unablässig in Küche und Webkammer. Wo konnte sich Platz für den kleinen Jungen finden, mitten in all dem? Und jetzt nachträglich erinnert sie sich, wie seine Augen zu bitten und zu betteln pflegten. Abends wollte er, daß sie an seinem Bette sitze. Er sagte, er sei dunkelscheu, aber nun denkt sie, daß das vielleicht nicht wahr gewesen. Er hat es gesagt, damit sie bei ihm bleibt. Sie erinnert sich, wie er dalag und kämpfte, um nicht einzuschlafen. Nun begreift sie, daß er sich wach hielt, um lange liegen und ihre Hand in der seinen halten zu dürfen.

Er ist ein pfiffiges Kerlchen gewesen, so klein er auch war. Er hat all seinen Verstand aufgewendet, um auch ein bißchen von ihrer Liebe abzubekommen.

Es ist erstaunlich, daß Kinder so lieben können. Sie begriff es nie zuvor, so lange er noch lebte.

Eigentlich fängt sie jetzt erst an, das Kind zu lieben. Jetzt erst fühlt sie sich berückt von seiner Schönheit. Sie kann sitzen und von seinen großen, geheimnisvollen Augen träumen. Es ist nie ein rosiges, rundwangiges Kind gewesen, es war zart und blaß. Aber es war wunderbar schön.

Es steht vor ihr als etwas wunderbar Herrliches, herrlicher mit jedem Tag, der geht. Kinder müssen ja das Köstlichste sein, was die Erde trägt. Man denke nur, daß es kleine Wesen gibt, die jedermann die Hand entgegenstrecken und von allen Gutes glauben, die nicht darnach fragen, ob ein Antlitz schön oder häßlich ist, sondern das eine ebenso gern küssen, als das andere, die alt und jung lieben können, reich und arm. Und zu alledem sind sie wirkliche kleine Menschen.

Sie kommt mit jedem Tage dem Kinde immer näher und näher. Sie wünscht wohl, daß es lebte, doch sie weiß nicht, ob sie ihm da je so nahe gekommen wäre wie jetzt.

Zuweilen gerät sie in Verzweiflung darüber, daß sie den Knaben nicht glücklicher machte, so lange er am Leben war. Um dessentwillen wurde er mir wohl genommen, denkt sie. Doch nur selten trauert sie in dieser Weise.

Sie hat früher vor Trauer zurückgebebt, aber sie findet jetzt, daß Trauer nicht das ist, was sie sich gedacht. Trauer ist ja, wieder und wieder ein Vergangenes zu leben. Trauer ist, sich in das ganze Wesen des Knaben hineinzuleben, ihn nun endlich zu verstehen. Diese Trauer macht sie sehr reich.

Wovor sie sich jetzt am meisten fürchtet, ist, daß die Zeit ihn ihr entführt. Sie hat kein Bild von ihm, vielleicht werden sich seine Züge in ihrer Erinnerung auslöschen. Jeden Tag sitzt sie da und prüft sich: »Sehe ich ihn, sehe ich ihn recht?«

Wie der Winter vergeht, Woche um Woche, überrascht sie sich auf der Sehnsucht, ihn aus dem Leichenhause heraus zu bekommen und in die Erde gebettet, so daß sie zu dem Grabe kommen kann und mit ihm sprechen. Er wird gegen Westen liegen, da ist es am schönsten. Und sie wird den Hügel mit Rosen schmücken. Sie will auch eine Hecke haben und eine Bank. Sie will dort sitzen können, lange, lange.

Aber die Menschen werden sich ja verwundern. Die Menschen sollen es ja nicht anders wissen, als daß ihr Kind im Familiengrabe liegt. Wie werden sie staunen, wenn sie sie ein fremdes Grab schmücken und dort stundenlang sitzen sehen. Was soll sie sich ausdenken, um es ihnen zu sagen?

Manchmal denkt sie, daß sie es auf diese Weise machen muß: Zuerst zu dem großen Grabe gehen und dort einen großen Strauß niederlegen und eine Weile dort sitzen. Dann würde sie sich wohl zu dem kleinen Grabe hinschleichen können. Er würde wohl zufrieden sein mit dem einzigen kleinen Blümlein, das sie ihm heimlich zustecken konnte.

Ja, er kann sich wohl damit begnügen, aber kann sie es? Es ist, als würde sie in keine Gemeinschaft mit ihm kommen auf diese Weise. Und er würde es dann erfahren, daß sie sich seiner schämte. Er würde begreifen, welche brennende Schmach es für sie war, daß er geboren wurde. Sie muß ihn davor schützen, das zu erfahren. Er soll glauben, daß das Glück, ihn zu besitzen, alles überwog.

Endlich weicht der Winter. Man sieht, daß es Frühling wird. Die Schneedecke schmilzt, die Erde beginnt sich zu zeigen. Noch währt es vielleicht ein paar Wochen, bis der Frost aus dem Boden zieht, aber man hat doch die Hoffnung, daß die Toten nun bald aus der Leichenkammer kommen. Und sie sehnt sich, sie sehnt sich.

Kann sie ihn noch sehen? Sie prüft sich jeden Tag, aber es ging besser im Winter, im Frühling will er sich ihr nicht zeigen. Da gerät sie in Verzweiflung, sie muß auf dem Grabe sitzen können, um ihm nahe zu kommen, um ihn sehen, ihn lieben zu können. Kommt er denn niemals hinab in die Erde?

Sie hat nichts anderes zu lieben, sie muß ihn sehen können, ihn sehen können, das ganze Leben hindurch.

Mit einemmale verschwindet alles Zögern und aller Kleinmut vor ihrer großen Sehnsucht. Sie liebt, sie liebt, sie kann nicht leben ohne den Toten. Sie fühlt, daß sie auf niemand anderen Rücksicht nehmen kann als auf ihn. Und als die Frühlingsfluten wirklich kommen, als Anhöhen und Hügel wieder auf dem Kirchhof hervortreten, als die Herzen an den eisernen Kreuzen wieder zu klingen anfangen und die Perlblumen in ihren Glaskasten leuchten, und als die Erde sich endlich dem kleinen Sarge öffnen kann, hat sie schon ein schwarzes Kreuz anfertigen lassen, um es auf den Hügel zu pflanzen.

Quer über das Kreuz von Arm zu Arm steht mit deutlichen weißen Buchstaben geschrieben:

Hier ruht mein Kind.

Und dann darunter auf dem Kreuzesstamm steht ihr Name.

Sie kümmert sich nicht darum, daß die ganze Welt erfährt, was sie getan. Alles andere ist eitel, was ihr allein am Herzen liegt, ist, ohne Trug beten zu können an des Kindes Grab.

Der Luftballon

Vater und die Knaben sitzen an einem regnerischen Oktoberabend in einem Kupee dritter Klasse, auf der Fahrt nach Stockholm. Vater ist auf seiner Bank allein. Die Knaben sitzen ihm gegenüber, eng aneinander geschmiegt, und lesen einen Roman von Jules Verne, der den Titel führt: Sechs Wochen im Luftballon. Das Buch ist sehr abgegriffen. Die Knaben können es fast auswendig und haben endlose Diskussionen darüber geführt, aber sie lesen es immer wieder mit demselben Vergnügen, sie haben alles vergessen, um den kühnen Luftschiffern quer über Afrika zu folgen, und sie erheben nur selten den Blick vom Buche, um die schwedischen Landschaften zu betrachten, die sie durchfahren.

Die Knaben sehen einander sehr ähnlich. Sie sind von gleicher Größe, gleich gekleidet – in graue Überröcke und blaue Schulmützen –, sie haben alle beide große träumerische Augen und kleine Stumpfnasen. Sie sind immer gut Freund, gehen immer miteinander, kümmern sich nicht um andre Kinder und sprechen immer von Erfindungen und Entdeckungsfahrten. Der Begabung nach sind sie recht verschieden geartet. Lennart, der ältere, der dreizehn Jahre zählt, kommt in der Schule schwer vorwärts, und er kann kaum in irgendeinem Gegenstande mit seiner Klasse Schritt halten. Dafür ist er aber sehr geschickt und unternehmungslustig. Er will Erfinder werden und beschäftigt sich beständig damit, eine Flugmaschine zu konstruieren. Hugo ist ein Jahr jünger als Lennart, aber er begreift leichter und ist schon in derselben Klasse wie der Bruder. Auch er interessiert sich nicht besonders für das Lernen, hingegen ist er ein großer Sportsmann: Skiläufer, Radfahrer und Eisläufer. Wenn er erwachsen ist, will er auf Entdeckungsreisen gehen. Sobald Lennarts Flugmaschine fertig ist, wird Hugo damit ausfliegen, um zu entdecken, was von der Welt noch zu entdecken übrig ist.

Vater ist ein großgewachsener Mann mit eingesunkner Brust, fahlem Gesicht und schmalen, schönen Händen. Er ist nachlässig gekleidet. Seine Hemdbrust ist zerknittert, der Rockaufhänger guckt am Halse hervor, die Weste ist schief geknöpft, und die Strümpfe sind herabgerutscht. Er trägt das Haar so lang, daß es auf den Rockkragen hängt, dies jedoch nicht aus Nachlässigkeit, sondern aus Geschmack und Gewohnheit.

Vater stammt aus einem alten Spielmannsgeschlecht, weit her aus dem Bauernland, und er hat als sein besondres Erbteil zwei starke Anlagen mitbekommen. Die eine Anlage ist eine große musikalische Begabung, und sie trat als Erstes zutage. Er besuchte die Akademie in Stockholm, studierte dann ein paar Jahre im Ausland und machte in diesen Studienjahren so glänzende Fortschritte, daß er selbst und seine Lehrer erwarteten, es würde ein großer, weltberühmter Violinspieler aus ihm werden. Er hätte sicherlich Talent genug gehabt, dieses Ziel zu erreichen, aber es fehlte ihm an Kraft und Ausdauer. Er konnte sich draußen in der Welt keine Stellung erkämpfen, sondern kam gar bald heim und nahm einen Organistenposten in einer Provinzstadt an. Anfangs schämte er sich wohl, daß er allen den in ihn gesetzten Erwartungen nicht entsprochen hatte; aber er empfand es auch angenehm, einen sichern Lebensunterhalt zu haben und nicht mehr die Barmherzigkeit fremder Leute in Anspruch nehmen zu müssen.

Kurz nachdem er die Stelle bekommen hatte, heiratete er; und einige Jahre lang war er mit seinem Lose ganz zufrieden. Er hatte ein schönes kleines Heim, eine frohe und glückliche Frau und zwei kleine Jungen, und er war der Liebling der ganzen Stadt, überall gesucht und gefeiert. Aber dann war eine Zeit gekommen, wo dies alles ihn nicht mehr zu befriedigen schien. Er sehnte sich danach, noch einmal in die Welt hinauszuziehen und sein Glück zu versuchen, doch fühlte er sich verpflichtet, daheim zu bleiben, weil er nun Weib und Kind hatte.

Vor allem war es die Frau, die ihn überredet hatte, von dieser Reise abzustehen. Sie glaubte, daß es ihm nicht besser glücken werde als das erste Mal. Sie meinte, sie seien so glücklich, daß er nichts andres zu erstreben brauche. Damit beging sie sicher einen Fehler, aber sie mußte ihn auch schwer genug büßen; denn von der Zeit an kam der zweite Familienzug bei dem Manne zum Vorschein. Da er seine Sehnsucht nach Ruhm und Erfolg nicht stillen konnte, suchte er sich mit dem Trinken zu trösten.

Und es ging ihm nun so, wie es den Menschen aus seiner Familie zu gehen pflegte: er trank ohne Besinnung und ohne Maß und kam binnen kurzem ganz herunter. Er wurde allmählich ein ganz andrer Mensch als zuvor. Er war nicht mehr liebenswürdig und einnehmend, sondern böse und hart. Und das größte Unglück war, daß er einen furchtbaren Haß gegen seine Frau faßte und sie in jeder möglichen Weise quälte, wenn er betrunken war – und auch sonst.

Die Knaben hatten also kein gutes Heim gehabt, und ihre Kindheit wäre sehr unglücklich gewesen, hätten sie sich nicht eine kleine Welt für sich selbst geschaffen, voll von Maschinenmodellen, Entdeckungsplänen und Abenteuerbüchern. Die einzige, die zuweilen einen Blick in diese Welt werfen durfte, war Mutter. Vater hatte nicht einmal eine Ahnung, daß sie existierte; und auch jetzt vermag er mit den Knaben über nichts zu sprechen, was sie interessiert. Er stört sie ein Mal ums andre, wenn er fragt, ob es nicht schön wäre, Stockholm kennen zu lernen, und ob sie sich nicht freuten, mit Vater zu reisen, und dergleichen mehr. Sie antworten sehr kurz, um sich augenblicklich wieder in das Buch zu vertiefen. Vater jedoch fragt weiter. Er glaubt, daß die Knaben von seiner Liebenswürdigkeit sehr entzückt sein müßten und nur zu schüchtern wären, es zu zeigen.

»Die haben zu lange an Mutters Schürzenband gehangen«, denkt er. »Sie sind ängstlich und zimperlich geworden. Das wird jetzt anders werden, wenn sie in meine Hand kommen.«

Aber Vater täuscht sich. Daß die Knaben ihm so kurze Antworten geben, kommt nicht von der Schüchternheit, sondern bedeutet nur, daß sie wohlerzogen sind und ihn nicht verletzen wollen. Wenn es nicht so wäre, würden sie ganz anders antworten. »Warum sollten wir es schön finden, mit Vater zu reisen?« würden sie dann sagen. »Vater glaubt freilich, etwas ganz Besondres zu sein, aber wir sehen ja, daß er nur ein verkommner Schwächling ist. Und warum sollten wir uns darauf freuen, Stockholm kennen zu lernen? Wir wissen sehr gut, daß Vater uns nicht mitgenommen hat, um uns eine Freude zu machen, sondern nur, um Mutter zu kränken.«

Es wäre klüger, wenn Vater die Knaben lesen ließe, ohne sie zu stören. Sie sind niedergeschlagen und ängstlich, und es reizt sie, daß er so guter Laune ist. »Nur weil er weiß, daß Mutter daheim sitzt und weint, ist er heute so vergnügt«, flüstern sie einander zu.

Vaters Fragen bringen es schließlich dahin, daß die Knaben nicht mehr lesen, obgleich sie noch immer über das Buch gebeugt dasitzen. Anstatt dessen beginnen ihre Gedanken mit großer Bitterkeit um alles zu kreisen, was sie um Vaters willen haben leiden müssen.

Sie erinnern sich, wie sich Vater einmal am helllichten Tage betrunken hatte und über die Straße getorkelt kam, von einer Menge Schuljungen verfolgt, die ihn ausspotteten. Sie rufen sich zurück, wie die andern

Jungen sie gehänselt und ihnen Spitznamen gegeben haben, weil sie einen Vater hatten, der trank.

Sie haben sich für Vater schämen müssen, sie mußten seinetwegen in beständiger Angst leben; und sowie sie irgendeinen Spaß hatten, ist er dazwischen gekommen und hat ihnen das Vergnügen verdorben. Es ist kein kleines Sündenregister, das sie da aufstellen. Die Knaben sind sehr sanftmütig und geduldig, aber sie fühlen einen Groll in sich aufsteigen, der stärker und stärker wird.

Er hätte doch begreifen müssen, daß sie ihm die große Enttäuschung nicht verzeihen konnten, die er ihnen gestern bereitet hatte. Das war doch das Ärgste, was er ihnen noch angetan hatte.

Die Sache war nämlich die, daß die Mutter der Knaben sich im vorigen Frühling entschlossen hatte, sich von deren Vater zu trennen. Mehrere Jahre lang hatte der Mann sie auf jede erdenkliche Art verfolgt und gepeinigt, doch sie hatte sich nicht von ihm trennen wollen, sondern war bei ihm geblieben, damit er nicht völlig verkomme. Aber jetzt endlich wollte sie es um der Knaben willen tun. Sie hatte beobachtet, daß der Vater sie unglücklich machte; und sie meinte, sie müsse sie diesem Elend entziehen und ihnen ein gutes, friedliches Heim schaffen.

Als das Frühlingssemester zu Ende war, hatte sie die Knaben aufs Land zu ihren Eltern geschickt und war selbst ins Ausland gereist, um so aufs einfachste die Scheidung zu erlangen. Es war ihr freilich nicht recht gewesen, daß es dadurch den Anschein gewann, als ob die Ehe durch ihr Verschulden gelöst würde; aber dem hatte sie sich unterwerfen müssen. Noch weniger zufrieden war sie damit, daß die Knaben vom Gerichte dem Vater zugesprochen wurden, weil sie eine entlaufne Ehefrau wäre. Sie tröstete sich freilich damit, daß er unmöglich die Absicht haben könnte, die Kinder zu behalten; aber sie hatte doch keine rechte Ruhe mehr.

Sobald die Scheidung durchgeführt war, war sie zurückgekommen und hatte eine Wohnung gemietet, in der sie mit den Knaben leben wollte. Erst vor zwei Tagen hatte sie alles fertig gehabt, so daß die Knaben zu ihr übersiedeln konnten. Es war der glücklichste Tag, den die Kinder noch erlebt hatten. Die ganze Wohnung bestand aus einem großen Zimmer und einer großen Küche, aber alles war neu und fein, und Mutter hatte es so außerordentlich behaglich eingerichtet. Das Zimmer sollte Mutter und ihnen tagsüber als Arbeitsraum dienen, und nachts sollten die Knaben da schlafen. Die Küche war sehr niedlich und hell. Da würden sie essen. Und in einem kleinen Verschlag hinter der Küche hatte Mutter ihr Bett.

Mutter hatte ihnen gesagt, daß sie sehr arm sein würden. Sie hatte eine Stelle als Gesanglehrerin an der Mädchenschule bekommen; aber dies war auch alles: davon mußten sie leben. Sie waren nicht in der Lage, sich ein Dienstmädchen zu halten, sondern mußten sich allein behelfen. Die Knaben waren über das Ganze in hellstem Entzücken; vor allem darüber, daß sie mit angreifen durften. Sie erboten sich, Holz und Wasser zu tragen. Sie wollten die Schuhe putzen und die Betten machen. Es war ein rechter Spaß, sich das alles auszudenken.

Eine Kammer war da, wo Lennart alle seine Maschinen aufheben konnte. Er selbst sollte den Schlüssel dazu haben, und kein andrer als Hugo und er sollten sie je betreten dürfen.

Aber nur einen einzigen Tag durften die Knaben bei Mutter glücklich sein. Dann hatte ihnen Vater die Freude verdorben, wie er es stets getan hatte, solange sie sich zurückerinnern konnten. Mutter hatte ihnen erzählt, sie habe gehört, daß Vater eine Erbschaft von einigen tausend Kronen gemacht hätte; er habe seine Stellung gekündigt und wolle nun nach Stockholm ziehen. Mutter und sie hatten sich sehr darüber gefreut, daß er die Stadt verließ, so daß sie ihm nicht mehr auf der Straße zu begegnen brauchten. Aber dann war einer von Vaters Freunden mit der Botschaft zu Mutter gekommen, daß Vater die Knaben nach Stockholm mitnehmen wolle.

Mutter hatte geweint und gefleht, ihre Knaben behalten zu dürfen, aber Vaters Abgesandter hatte geantwortet, daß Vater fest entschlossen sei, die Knaben in seine Obhut zu nehmen. Wenn sie nicht gutwillig kämen, würde er sie durch die Polizei holen lassen. Er sagte, Mutter solle doch das Scheidungsurteil durchlesen, da stünde es ja deutlich, daß die Knaben dem Vater gehörten. Und das wußte Mutter ja auch. Das ließ sich nicht leugnen.

Vaters Freund hatte viele schöne Dinge gesagt: Vater liebe seine Jungen und wolle sie deshalb für sich haben … Aber die Knaben wußten, daß Vater sie einzig und allein fortschleppte, um Mutter zu quälen. Er hatte sich das ausgedacht, damit Mutter an der Trennung von ihm keine Freude hätte. Sie sollte in beständiger Unruhe um die Knaben leben. Das Ganze war nur Rache und Bosheit.

Aber Vater hatte seinen Willen durchgesetzt, und hier waren sie nun auf dem Wege nach Stockholm. Und ihnen gegenüber saß Vater und freute sich, daß er Mutter unglücklich gemacht hatte. Mit jedem Augenblick, der verging, wurde ihnen der Gedanke, daß sie bei Vater bleiben und mit ihm leben müßten, immer widerwärtiger. Waren sie denn völlig in seiner Gewalt? Gab es keine Rettung?

Vater hat sich in seine Ecke zurückgelehnt, und nach einem Weilchen schlummert er ein. Sogleich beginnen die Knaben sehr lebhaft miteinander zu flüstern. Es wird ihnen nicht schwer, einen Entschluß zu fassen. Den ganzen Tag haben sie, jeder für sich, nur daran gedacht, durchzubrennen.

Sie verabreden, sich auf die Plattform schleichen und aus dem Zuge zu springen, wenn er gerade durch einen großen Wald führe. Dann würden sie sich an einem versteckten Plätzchen im Wald eine Hütte bauen und dort allein leben, ohne sich irgendeinem Menschen zu zeigen.

Während die Knaben diese Pläne schmieden, bleibt der Zug an einer Station stehen, und eine Bäuerin, die ein kleines Kind an der Hand führt, steigt in das Kupee. Sie ist schwarz gekleidet, trägt ein Kopftuch und sieht gut und freundlich aus. Sie zieht dem Kleinen das Überröckchen aus, das vom Regen naß geworden ist, und wickelt ihn in einen Schal. Dann zieht sie ihm die Schuhe ab, trocknet die kalten Füßchen, sucht aus einem Bündel Strümpfe und Schuhe hervor und legt sie ihm an. Schließlich steckt sie ihm ein Bonbon zu und legt ihn auf die Bank, den Kopf auf ihrem Schoße, damit er einschlafe.

Bald wirft der eine, bald der andre Knabe einen Blick auf die Bäuerin, die sich mit ihrem Kinde beschäftigt. Diese Blicke werden immer häufiger, und plötzlich haben die Knaben, beide zugleich, Tränen in den Augen. Nun sehen sie nicht mehr auf, sondern halten die Augen hartnäckig niedergeschlagen.

Es ist, als wäre zugleich mit der Bäuerin noch jemand anders, der für alle, außer für die Knaben, unsichtbar und unmerkbar ist, in den Wagen gekommen. Und dieser andre ist – Mutter. Die Knaben haben das Gefühl, daß sie gekommen sei und sich zwischen sie gesetzt und ihre Hände ergriffen habe, wie sie es noch gestern abend tat, als es sich entschied, daß sie reisen müßten; und sie spricht ebenso zu ihnen wie damals: »Ihr müßt mir versprechen, daß ihr Vater meinetwegen nicht gram sein werdet. Vater hat es mir nie verzeihen können, daß ich ihn gehindert habe, fortzureisen. Er meint, daß es meine Schuld sei, wenn nichts aus ihm geworden ist, und wenn er trinkt. Er kann mich nie genug strafen. Aber ihr dürft ihm deshalb nicht böse sein. Da ihr jetzt mit Vater leben sollt, müßt ihr mir versprechen, gut gegen ihn zu sein. Ihr dürft ihn nicht reizen, ihr müßt auf ihn achten, so gut ihr könnt. Das müßt ihr mir versprechen; sonst weiß ich gar nicht, wie ich euch ziehen lassen soll.«

Und die Knaben hatten es versprochen.

»Ihr dürft euch nicht von Vater fortschleichen! Versprecht mir das!« hatte Mutter gesagt.

Das hatten sie auch versprochen.

Die Knaben sind zuverlässig, und in demselben Augenblick, wo sie daran denken, daß sie Mutter dieses Versprechen gegeben haben, lassen sie alle Fluchtgedanken fahren. Vater schläft noch immer, aber sie bleiben geduldig auf ihren Plätzen sitzen. Mit verdoppeltem Eifer fangen sie wieder zu lesen an, und ihr Freund, der gute Jules Verne, führt sie bald aus ihren Sorgen in die Wunderwelt Afrikas.

* *
*

Weit draußen in der Södervorstadt hatte Vater zwei Zimmer zu ebner Erde gemietet, mit der Aussicht in einen engen Hof. Die Wohnung ist schon lange in Gebrauch, sie ist von einer Familie auf die andre übergegangen, ohne je instand gesetzt zu werden. Die Tapeten haben eine Unmenge Risse und Flecken, die Decken sind verrußt, ein paar Fensterscheiben sind zerbrochen, und der Küchenboden ist so ausgetreten, daß er ganz holperig geworden ist. Ein paar Dienstmänner haben die Möbel vom Bahnhof geholt, sie in die Zimmer getragen und sie da kunterbunt stehen lassen. Vater und Knaben sind jetzt dabei, auszupacken. Vater steht mit hocherhobner Axt da, um eine Kiste zu öffnen. Die Knaben packen aus einer andern Kiste Glas und Porzellan und stellen es in den Wandschrank. Sie sind geschickt und arbeiten eifrig, aber Vater hört nicht auf, sie zur Vorsicht zu mahnen, und verbietet ihnen, mehr als ein Glas oder einen Teller auf einmal zu tragen. Inzwischen geht es mit Vaters eigner Arbeit nicht recht vorwärts. Seine Hände sind zitterig und kraftlos, und er ist schon ganz schweißbedeckt, ohne den Deckel von der Kiste losbekommen zu können. Er legt die Axt nieder, geht um die Kiste herum und fragt sich, ob sie vielleicht verkehrt stehe. Da nimmt einer der Knaben die Axt und fängt an, sie anzustemmen, doch Vater stößt ihn fort. Lennart werde doch nicht glauben, daß er den Deckel aufbringen könne, wenn Vater selbst es nicht zustande bringe? »Nur ein geübter Arbeiter kann diese Kiste öffnen«, sagt Vater und nimmt Hut und Rock, um den Hausknecht zu holen.

Kaum ist Vater zur Türe hinaus, als ihm etwas einfällt. Er begreift plötzlich, warum er keine Kraft in den Händen hat. Es ist noch früh am Vormittag, und er hat nichts zu sich genommen, was das Blut in Umlauf bringt. Wenn er in ein Café ginge und einen Kognak tränke, dann würde er seine Kraft wiederfinden und könnte sich ohne fremde Unterstützung behelfen. Das ist viel besser, als den Hausknecht zu holen.

Vater geht also auf die Straße, um ein Café zu suchen. Als er in die kleine Hofwohnung zurückkehrt, ist es acht Uhr abends.

In Vaters Jugend, als er noch auf die Akademie ging, hatte er in der Södervorstadt gewohnt. Er war damals Mitglied eines Doppelquartetts gewesen, das hauptsächlich aus Kontoristen und kleinen Kaufleuten bestand und in einem Keller in der Nähe von Mosebacke seine Zusammenkünfte abzuhalten pflegte. Vater hatte nun Lust bekommen, nachzusehen, ob dieser kleine Keller noch existiere. Er war wirklich noch da, und Vater hatte das Glück gehabt, ein paar von den alten Freunden zu treffen, die da saßen und frühstückten. Sie hatten ihn mit größter Freude begrüßt, ihn zum Frühstück eingeladen und seine Ankunft in Stockholm auf die herzlichste Weise gefeiert. Als die Mahlzeit schließlich beendet war, hatte Vater heimgehen wollen, um seine Möbel auszupacken; doch die Freunde hatten ihn überredet, zu bleiben und mit ihnen zu Mittag zu essen. Und dies hatte sich so lange hinausgezogen, daß Vater nicht vor acht Uhr nach Hause gekommen war. Und es hatte ihn keine geringe Überwindung gekostet, sich zu so früher Stunde von der lustigen Gesellschaft loszureißen.

Als Vater heimkommt, sitzen die Knaben in der Dunkelheit, denn sie haben kein Zündholz. Vater hat ein Zündholzschächtelchen in der Tasche, und als er ein kleines Kerzenstümpfchen angezündet hat, das glücklicherweise mitgekommen ist, sieht er, daß die Knaben erhitzt und verstaubt sind, aber munter und vergnügt und augenscheinlich sehr zufrieden mit ihrem Tag.

In den Stübchen stehen die Möbel geordnet, die Kisten sind fortgeräumt, Stroh und Papierschnitzel fortgekehrt. Hugo macht gerade im ersten Zimmer die Betten für die Knaben. Das zweite Zimmer soll Vaters Schlafstube sein, und da steht sein Bett, mit so viel Sorgfalt gemacht, wie er sichs nur wünschen kann.

Jetzt geht mit Vater ein eigentümlicher Umschwung vor. Als er heimkam, war er mit sich selbst unzufrieden gewesen, weil er sich von der Arbeit davongemacht und die Knaben ohne Speise und Trank zurückgelassen hatte. Aber jetzt, wo er sieht, daß sie guter Laune sind, und daß ihnen nichts abzugehen scheint, bereut er es, daß er ihrethalben seine Freunde verlassen hat; er wird reizbar und streitsüchtig.

Er sieht wohl, daß die Knaben stolz auf alle die Arbeit sind, die sie geleistet haben, und daß sie erwarten, von ihm gelobt zu werden; aber dazu ist er gar nicht geneigt. Er fragt vielmehr, wer dagewesen sei und ihnen geholfen habe, und bittet sie, sich gefälligst zu merken, daß man in Stockholm nichts geschenkt bekomme und der Hausknecht für alles, was er täte, bezahlt werden müsse. Die Knaben antworten, daß sie keine Hilfe in Anspruch genommen, sondern alles allein gemacht hätten, aber er hört nicht auf, zu zanken. Es sei unrecht von ihnen gewesen, die große Kiste zu öffnen. Sie hätten sich dabei etwas zuleide tun können. Er hätte ihnen doch verboten, sie zu öffnen. Sie hätten jetzt ihm zu gehorchen. Er sei für sie verantwortlich.

Er nimmt die Kerze, geht in die Küche und leuchtet in die Schränke. Der kleine Vorrat an Glas und Porzellan ist in guter Ordnung auf den Brettern aufgestellt.

Er prüft alles haargenau, um Anlaß zu weiterm Tadel zu finden.

Plötzlich erblickt Vater ein paar Überreste des Abendbrots der Knaben und beginnt sogleich zu zanken, weil sie Huhn gegessen haben. Woher sie sich das verschafft hätten? Ob sie wie die Prinzen zu leben gedächten? Ob sie sein Geld hinauswürfen, um Hühner zu essen?

Dann fällt ihm ein, daß er ihnen ja kein Geld zurückgelassen hat. Er fragt, ob sie das Huhn gestohlen hätten, und gerät ganz außer sich.

Er spricht und ermahnt, zankt und tobt, aber jetzt bekommt er von den Knaben keine Antwort. Sie wollen ihm nicht sagen, woher sie das Huhn haben, sondern lassen ihn austoben. Und er hält ganze Reden, ganze Predigten, er erschöpft seine letzten Kräfte. Schließlich bittet und bettelt er.

»Ich beschwöre euch, sagt mir die Wahrheit! Ich will euch alles verzeihen, was ihr auch begangen haben mögt, wenn ihr mir nur die Wahrheit sagt.«

Jetzt können es die Knaben nicht länger aushalten. Vater hört einen prustenden Laut. Sie werfen die Decken ab und setzen sich auf, und er merkt, daß sie vor unterdrücktem Lachen ganz rot im Gesicht sind.

Und während sie jetzt ungezügelt herauslachen, sagt Lennart, von beständigem Kichern unterbrochen: »Mutter hat uns doch ein Hühnchen in den Eßkorb gelegt, den sie uns auf die Reise mitgegeben hat.«

Vater richtet sich auf, sieht die Knaben an, will sprechen, findet aber keine passenden Worte. Er richtet sich noch majestätischer empor, sieht sie mit tiefster Verachtung an und geht ohne weiteres auf sein Zimmer.

*   *
*

Vater hat jetzt herausgebracht, wie geschickt die Knaben sind, und er benützt dies, um ein Dienstmädchen zu ersparen. Morgens schickt er Lennart in die Küche und läßt ihn Kaffee kochen, während Hugo den Frühstücktisch deckt und Brot vom Bäcker holt. Nach dem Frühstück setzt Vater sich auf einen Stuhl und sieht zu, wie die Knaben die Betten machen, die Zimmer kehren und die Öfen heizen. Er gibt unaufhörlich Befehle und kommandiert sie von einer Arbeit zur andern, nur um seine Macht zu zeigen. Wenn das Morgenaufräumen vorüber ist, geht er aus und bleibt den ganzen Vormittag weg. Das Mittagessen läßt er aus einer benachbarten Kochschule holen. Dann läßt Vater die Knaben für den Abend allein und verlangt von ihnen nichts andres, als daß sein Bett gemacht sei, wenn er heimkommt.

Die Knaben sind so fast den ganzen Tag allein und können sich beschäftigen, womit sie wollen.

Eine ihrer wichtigsten Arbeiten besteht darin, an Mutter zu schreiben. Sie bekommen von ihr jeden Tag einen Brief, und sie schickt ihnen Papier und Marken, damit sie ihr antworten können.

Mutters Briefe enthalten hauptsächlich Ermahnungen, artig gegen Vater zu sein. Sie schreibt immer, wie liebenswert Vater gewesen sei, als sie ihn kennen lernte, und sie erzählt ihnen, wie hochstrebend und arbeitsam er im Anfang seiner Laufbahn gewesen sei. Sie sollten zärtlich und liebevoll gegen ihn sein. Sie dürften nie vergessen, wie unglücklich er wäre.

»Wenn Ihr so recht gut gegen Vater seid, dann hat er vielleicht Mitleid mit Euch und läßt Euch wieder nach Hause zu mir kommen«, schreibt Mutter.

Mutter erzählt, daß sie beim Pfarrer und beim Bürgermeister gewesen sei, um zu fragen, ob es nicht möglich wäre, die Knaben wieder zu bekommen. Aber alle beide hätten ihr gesagt, daß es keinen Ausweg gebe.

Die Knaben müßten bei ihrem Vater bleiben. Mutter wolle gern nach Stockholm übersiedeln, um ihre Jungen wenigstens ab und zu sehen zu können, aber alle Menschen rieten ihr, sich zu gedulden und noch zu warten. Sie glaubten, daß Vater die Knaben bald satt bekommen und sie wieder heimschicken werde. Mutter wisse nicht recht, was sie tun solle. Einerseits finde sie es schrecklich, daß ihre Knaben in Stockholm ohne irgend jemand lebten, der sich ihrer annehme; und andrerseits wisse sie: wenn sie ihr Heim verließe und ihre Anstellung aufgäbe, könnte sie sie nicht bei sich aufnehmen und versorgen, falls sie frei würden. Aber zu Weihnachten werde Mutter auf jeden Fall nach Stockholm kommen und nach ihnen sehen.

Die Knaben schreiben und erzählen, was sie den ganzen Tag tun, Stunde für Stunde. Sie lassen Mutter wissen, daß sie Vater das Essen holen und ihm das Bett machen. Sie begreift, daß sie sich bemühen, ihr zuliebe gut gegen ihn zu sein, aber sie merkt, daß sie ihn nicht besser leiden können als früher.

Ihre kleinen Jungen scheinen immer einsam zu sein. Sie wohnen in einer großen Stadt, wo es von Menschen wimmelt, aber niemand fragt nach ihnen, niemand beachtet sie. Und vielleicht ist es noch am besten so. Wer weiß, in was sie hineingeraten könnten, wenn sie irgendwelche Bekanntschaften machten!

Sie bitten sie immer, sich ihrethalben keine Sorgen zu machen. Sie würden sich schon durchschlagen. Sie erzählen, daß sie sich die Strümpfe stopfen und die Knöpfe annähen. Sie deuten auch an, daß Lennart mit seiner Erfindung sehr weit gekommen sei, und sagen, daß alles gut sein werde, sowie die fertig wäre.

Aber Mutter lebt in beständiger Angst. Tag und Nacht sind ihre Gedanken bei den Knaben. Tag und Nacht betet sie zu Gott, er möge über ihre kleinen Söhne wachen, die einsam in einer großen Stadt leben, ohne irgend jemand, der ihre Augen gegen die Lockungen der Verderbnis schützt und ihre jungen Herzen vor der Lust zum Bösen bewahrt.

* *
*

Vater und die Knaben sitzen eines Vormittags in der Oper. Einer von Vaters früheren Kollegen, der der Hofkapelle angehört, hat ihn eingeladen, der Probe zu einem Symphoniekonzert beizuwohnen, und Vater hat die Knaben mitgenommen. Als das Orchester einsetzt und das Haus von den Tonwellen erfüllt wird, gerät Vater in so heftige Bewegung, daß er sich nicht beherrschen kann, sondern zu weinen anfängt. Er schluchzt, schneuzt sich geräuschvoll und stöhnt ein Mal um das andre auf. Er legt sich gar keinen Zwang mehr an, sondern wird so laut, daß die Spielenden gestört werden. Ein Diener kommt und winkt ihm ab, darauf nimmt Vater die Knaben bei der Hand und schleicht sich ohne ein Wort des Widerspruchs hinaus, und den ganzen Heimweg hören seine Tränen nicht auf zu fließen.

Vater hat die Hände der Knaben in den seinen behalten und geht mit einem Jungen an jeder Seite einher. Ganz plötzlich fangen auch die Knaben zu weinen an. Sie verstehen nun zum ersten Male, wie Vater seine Kunst geliebt hat. Es war entsetzlich für ihn gewesen, versoffen und verkommen dazusitzen und andre spielen zu hören. Es war ein Jammer, daß er nicht das geworden war, was er hätte werden sollen. Es war für Vater so, wie es für Lennart wäre, wenn er seine Flugmaschine nie fertigbrächte, oder für Hugo, wenn er keine Entdeckungsreise machen dürfte. Zu denken, daß sie einmal als untaugliche Greise dasitzen und sich zu Häupten prächtige Luftschiffe dahinbrausen sehen sollten, die sie weder erfunden hätten noch lenken dürften!

*　*
*

Die Jungen sitzen eines Vormittags daheim und haben ihre Bücher vor sich. Vater hat eine Notenrolle unter den Arm genommen und ist ausgegangen. Er hat etwas davon gemurmelt, daß er eine Musiklektion zu geben hätte, aber die Knaben haben sich keinen Augenblick einreden lassen, daß dies die Wahrheit sei.

Vater ist schlechter Laune, wie er so über die Straße geht. Er hat den Blick bemerkt, den die Knaben wechselten, als er sagte, daß er zu einer Musiklektion ginge. »Sie werfen sich zum Richter auf über ihren Vater«, denkt er.

»Ich bin zu nachsichtig gegen sie. Ich hätte jedem eine Ohrfeige geben sollen. Sicherlich hetzt ihre Mutter sie gegen mich auf.«

»Wie wäre es, wenn ich mich ein wenig nach den Herrchen umsähe?« fährt er fort. »Es könnte gewiß nichts schaden, sich zu überzeugen, wie sie ihren Studien obliegen.«

Er kehrt um, geht rasch durch den Hof, öffnet ganz leise die Türe und steht in dem Zimmer der Knaben, ohne daß einer von ihnen ihn hätte kommen hören. Und richtig: die Knaben fahren mit ganz roten Köpfen auf, und Lennart reißt ängstlich ein Bündel Papiere an sich, das er in die Schreibtischlade wirft.

Als die Knaben ein paar Tage in Stockholm waren, da hatten sie gefragt, in welche Schule sie gehen würden, und Vater hatte geantwortet, mit ihrem Schulbesuch sei es jetzt aus. Er würde versuchen, einen Meister zu finden, der sie in die Lehre nehmen wollte. Dies hatte er jedoch nie ins Werk gesetzt, und die Knaben hatten auch nicht weiter von ihrem Schulbesuch gesprochen. Doch nach kaum einer Woche hing in dem Zimmer der Knaben ein Stundenplan an der Wand. Schulbücher wurden hervorgesucht, und jeden Vormittag saßen die Knaben an einem alten Schreibtisch und machten Aufgaben. Es war offenbar: sie hatten einen Brief von Mutter bekommen, der sie ermahnte, auf eigne Faust zu arbeiten, um nicht alles zu vergessen, was sie gelernt hätten.

Als Vater jetzt so unerwartet zu ihnen hereinkommt, geht er zuerst hin und studiert den Stundenplan. Er zieht seine Uhr heraus und vergleicht. Mittwoch von zehn bis elf: Geographie. Dann kommt er an den Tisch heran. »Hättet ihr in dieser Stunde nicht eigentlich Geographie?« fragt er. – »Ja«, antworten die Knaben, flammend rot im Gesicht. – »Aber wo habt ihr das Geographiebuch und den Atlas?« – Die Knaben werfen einen Blick auf das Bücherbrett und sehen tödlich verlegen aus. »Wir haben noch nicht angefangen«, sagt Lennart. – »So, so«, sagt Vater. »Ihr habt wohl etwas andres vor.« Und er richtet sich ganz vergnügt auf. Er hat jetzt die Oberhand, und die will er behalten, bis er die Knaben gründlich an die Wand gedrückt hat.

Die beiden Knaben schweigen. Seit dem Tage, da sie mit Vater in die Oper gingen, haben sie Mitleid mit ihm, und es hat ihnen nicht soviel Überwindung gekostet wie früher, artig gegen ihn zu sein. Aber natürlich haben sie keinen Augenblick daran gedacht, Vater ins Vertrauen zu ziehen. Er ist in ihrem Ansehen nicht gestiegen, wenn er ihnen auch leid tut.

»Habt ihr einen Brief geschrieben?« fragt Vater mit seiner strengsten Stimme. – »Nein«, rufen die beiden Knaben wie aus einem Munde. – »Was habt ihr denn getan?« – »Wir haben nur geplaudert.« – »Das ist nicht wahr! Ich habe gesehen, wie Lennart etwas in die Schreibtischlade gesteckt hat.« – Jetzt schweigen die beiden Knaben wieder. – »Nehmt es heraus!« ruft Vater, rot vor Zorn. Er glaubt, daß die Söhne an seine Frau geschrieben hätten; und da sie ihm den Brief nicht zeigen wollten, stünde natürlich etwas Häßliches über ihn darin. Die Knaben rühren sich nicht, und Vater hebt die Hand, um nach Lennart zu schlagen, der vor der Schublade sitzt. – »Rühr ihn nicht an!« ruft Hugo. »Wir haben nur über etwas gesprochen, was Lennart sich ausgedacht hat.«

Hugo schiebt Lennart weg, reißt die Lade auf und zieht einen Bogen Papier hervor, der mit Luftschiffen in den wunderlichsten Formen vollgekleckst ist. »Lennart hat sich heute nacht ein neues Segel für sein Luftschiff ausgedacht. Und darüber haben wir gesprochen.«

Vater will ihm nicht glauben. Er beugt sich hinunter, durchsucht die Lade, findet aber nichts andres als Bogen Papier, bedeckt mit Zeichnungen, die Luftballons, Fallschirme, Flugmaschinen und alles andre vorstellen, was zur Luftschiffahrt gehört.

Zum größten Staunen der Knaben schleudert Vater dies alles nicht gleich fort, er lacht auch nicht über ihre Versuche, sondern er betrachtet Blatt für Blatt genau. Vater hat nämlich auch ein wenig Anlage zur Mechanik; und er hat sich einstmals, als sein Hirn noch zu etwas taugte, für solche Dinge interessiert. Bald beginnt er Fragen nach dem Zweck von diesem und jenem zu stellen; und da seine Worte verraten, daß er großen Anteil nimmt und das, was er sieht, versteht, bekämpft Lennart seine Verlegenheit und antwortet ihm zuerst zögernd, doch allmählich mit immer größerer Bereitwilligkeit.

Bald sind Vater und die Knaben in eine tiefsinnige Diskussion über Luftschiffe und Flugmaschinen vertieft. Nachdem sie so recht in Zug gekommen sind, plaudern die Knaben unbefangen und teilen Vater alle ihre Pläne und Träume mit. Und wenn Vater auch begreift, daß die Knaben mit den Luftschiffen, die sie jetzt konstruieren, nicht weit fliegen können, imponiert ihm die ganze Sache doch. Seine kleinen Söhne sprechen von Aluminiummotoren, Aeroplanen und Gleichgewichtslagen wie von den selbstverständlichsten Dingen. Er hat sie für rechte Dummköpfe gehalten, weil sie in der Schule nicht gut vorwärts kamen. Jetzt scheint es ihm mit einem Male, daß sie ein paar kleine Gelehrte seien.

Und hochfliegende Gedanken und Hoffnungen, – das versteht Vater besser als irgend jemand. Er erkennt es wieder: er hat selbst so geträumt und hat durchaus keine Lust, über solche Träume zu lachen.

An diesem Vormittag geht Vater nicht mehr aus, sondern bleibt sitzen und plaudert mit seinen Knaben, bis es Zeit ist, das Mittagessen zu holen und den Tisch zu decken. Und da sind Vater und die Knaben zu ihrer großen Überraschung richtig gute Freunde.

*   *
*

Es ist elf Uhr abends, und Vater taumelt durch die Straßen. Die kleinen Jungen gehen neben ihm. Sie haben ihn im Wirtshaus gesucht und haben sich dicht an die Tür gestellt, ohne ein Wort zu sagen. Vater saß allein an einem Tisch, einen großen dunkeln Toddy vor sich, und hörte einer Damenkapelle zu, die am andern Ende des Zimmers spielte. Nach einem Weilchen war er unwillig aufgestanden und zu den Knaben hingegangen. »Was soll das heißen?« hatte er gefragt. »Warum kommt ihr hierher?« – »Du solltest doch nach Hause kommen, Vater«, sagten die Knaben. »Es ist doch der fünfte Dezember. Du hast ja versprochen – – –«

Da hat sich Vater erinnert, daß Lennart ihm anvertraut hatte, heute sei Hugos Geburtstag, und daß er versprochen hätte, beizeiten nach Hause zu kommen. Aber das hatte er ganz vergessen. Hugo erwartete sich wohl ein Geburtstagsgeschenk von ihm, aber er hatte nicht daran gedacht, eins zu besorgen.

Auf jeden Fall ist er mit den Knaben gegangen, und nun wandert er, unzufrieden mit ihnen und mit sich selbst, die Straße entlang. Als er heimkommt, steht der Geburtstagstisch gedeckt. Die Knaben haben es festlich machen wollen. Lennart hat Kuchen gebacken, die jetzt ein paar Stunden alt sind und wie Lappen aussehen. Sie haben von Mutter ein bißchen Geld bekommen, und dafür haben sie Nüsse, Mandeln und eine Flasche Himbeersaft gekauft.

Alle diese Herrlichkeiten haben sie nicht allein genießen wollen, sondern haben gewartet, daß Vater heimkomme und sie mit ihnen teile. Nachdem sie sich nun mit Vater befreundet haben, können sie ein so großes Fest nicht ohne ihn feiern. Vater versteht das schon. Es schmeichelt ihm, daß sie sich nach ihm gesehnt haben, und in leidlich guter Laune läßt er sich an dem Tisch nieder. Aber halb betrunken, wie er ist, strauchelt er, als er Platz nehmen will, er hält sich an der Tischdecke fest, fällt zu Boden und zieht alle Herrlichkeiten mit. Als er wieder aufsteht, sieht er, wie der Himbeersaft über den Boden strömt und Backwerk und Konfekt zwischen Scherben von Porzellan und Glas verstreut liegen.

Vater wirft einen Blick auf die langen Gesichter der Knaben, läuft zur Türe hinaus und kommt nicht vor dem Morgengrauen heim.

* * *

An einem Vormittag im Februar gehen die Knaben mit Schlittschuhen über der Schulter durch die Straße. Sie sind nicht recht dieselben. Sie sind mager und blaß geworden und sehen ungepflegt und nachlässig aus. Ihr Haar ist nicht geschnitten, sie sind nicht ordentlich gewaschen, und Strümpfe und Schuhe zeigen Löcher. Wenn sie miteinander sprechen, brauchen sie eine Menge Gassenjungenausdrücke, und es kommt auch vor, daß ein Fluch über ihre Lippen gleitet.

Es ist ein Umschwung bei den Knaben eingetreten, und dies schreibt sich von dem Abend her, an dem Vater vergaß, heimzukommen und Hugos Geburtstag zu feiern. Es war, als hätte sie bis dahin doch die Hoffnung aufrecht erhalten, daß eine baldige Änderung in ihrem Schicksal eintreten würde. In der ersten Zeit hatten sie darauf gerechnet, daß Vater ihrer bald müde werden und sie wieder heimschicken würde. Dann hatten sie sich eingebildet, Vater würde sie liebgewinnen und um ihretwillen zu trinken aufhören. Ja, sie hatten sich gedacht, daß Mutter und er sich versöhnen könnten, und daß sie alle glücklich sein würden. Aber an jenem Abend wurde es ihnen klar, daß dies alles unmöglich war. Vater konnte nichts andres lieben als das Saufen. Wenn er auch ab und zu einmal gut gegen sie war, so machte er sich doch eigentlich nichts aus ihnen.

Und eine schwere Hoffnungslosigkeit bemächtigte sich der Knaben. Nichts könnte je anders werden. Sie würden nie von Vater loskommen. Sie hatten das Gefühl, als wären sie verurteilt, ihr ganzes Leben lang in einem dunkeln Gefängnis eingeschlossen zu sitzen.

Nicht einmal ihre großen Pläne konnten sie trösten. Festgekettet, wie sie hier saßen, könnten sie die ja nie zur Ausführung bringen. Da sie ja doch nicht einmal etwas lernen durften …! Sie kannten die Geschichte der großen Männer gut genug, um zu wissen, daß jeder, der etwas Bedeutendes leisten will, vor allem Kenntnisse braucht.

Der härteste Schlag aber war gewesen, daß Mutter zu Weihnachten nicht zu ihnen gekommen war. Zu Anfang des Dezembers war sie auf der Treppe gefallen und hatte sich ein Bein gebrochen, so daß sie während der Weihnachtsferien im Krankenhaus liegen mußte und nicht nach Stockholm reisen konnte. Jetzt war Mutter wohl auf, aber jetzt hatte auch ihre Schule wieder begonnen. Überdies hatte sie kein Geld zur Reise. Alles, was sie zusammengespart hatte, war während ihrer Krankheit draufgegangen.

Die Knaben fühlten sich von der ganzen Welt verlassen. Es war ganz klar, daß es ihnen nie besser gehen würde, wie sehr sie sich auch anstrengten; und darum hatten sie so allmählich aufgehört, sich mit dem zu plagen, was ihnen langweilig schien. Sie konnten ja ebensogut etwas tun, was ihnen Spaß machte.

Manchmal betteten sie ihre Betten tagelang nicht auf, und sie hörten ganz auf, die Zimmer zu kehren. Es kam ja auf eins heraus. Es besuchte sie ja doch niemand, um nachzusehen, wie es ihnen ginge.

Vater kam immer tiefer herunter. Er versuchte manchmal, sich aufzurütteln und die Knaben zur Ordnung anzuhalten, aber das waren nur ohnmächtige Anläufe. Er vergaß seine Befehle ebenso rasch, wie er sie gegeben hatte.

Die Knaben hatten auch angefangen, die Vormittagsarbeit zu vernachlässigen. Niemand hörte ihnen die Aufgaben ab; und da hatte es ja keinen Zweck, daß sie lernten. Es war jetzt seit ein paar Tagen gutes Eis; so machten sie sich lieber Ferien und liefen Schlittschuh, solang es Tag war. Auf dem Eise gab es auch immer eine Menge andre Jungen, und sie hatten mit mehreren Bekanntschaft gemacht, die auch lieber Schlittschuh liefen als daheim saßen und lernten.

Heute nun ist ein so wunderschöner Tag, daß sie unmöglich im Zimmer bleiben können. Es sind nur ein paar Grad Kälte, – stille, hohe Luft und klarer Sonnenschein. Es ist so herrliches Wetter, daß die Schulen Eislaufferien gegeben haben. Die ganze Straße ist voll von Kindern, die daheim waren, um ihre Schlittschuhe zu holen, und jetzt dem Eise zueilen.

Wie die Knaben so unter den andern Kindern einhergehen, sehen sie sehr ernst und schwermütig aus. Kein Lächeln huscht über ihr Gesicht. Ihr Unglück ist so groß, daß sie es keinen Augenblick vergessen können.

Als sie aufs Eis kommen, herrscht dort Leben und Bewegung. Das Ufer ist von einer dichten Menschenmenge umsäumt, weiter draußen schwirren die Schlittschuhläufer durcheinander wie Ameisen, deren Haufen beschädigt worden ist; noch weiter weg sieht man einzelne schwarze Punkte, die in blitzschneller Fahrt dahingleiten.

Die Knaben schnallen die Schlittschuhe an und mischen sich unter die übrigen Läufer. Sie laufen sehr gut; und wie sie so in voller Fahrt über das Eis schießen, bekommen ihre Wangen Farbe und die Augen Glanz, doch nicht eine Minute sehen sie froh und sorglos aus wie andre Kinder.

Auf einmal, als sie gerade eine Wendung zum Ufer machen, erblicken sie etwas sehr Schönes. Ein großer Luftballon kommt aus der Richtung von Stockholm und treibt zur Ostsee hin. Er ist rot und gelb gestreift; und als die Sonne darauf fällt, leuchtet er wie eine Feuerkugel. Die Gondel ist mit einer Menge bunter Fähnchen geschmückt, und da der Ballon nicht sehr hoch fliegt, ist das lebhafte Farbenspiel sehr gut zu sehen.

Als die Knaben den Ballon erblicken, stoßen sie einen Freudenschrei aus. Es ist das erste Mal in ihrem Leben, daß sie einen großen Ballon durch die Luft segeln sehen. Er ist viel schöner, als sie ihn sich vorgestellt haben. Alle die Träume und Pläne, die in so vielen schweren Tagen ihr Trost und ihre Freude waren, tauchen wieder auf, da sie ihn erblicken. Sie bleiben stehen, um zu sehen, wie die Stricke und Leinen befestigt sind, sie bemerken den Anker und die Sandsäcke an der Gondelkante.

Der Ballon streicht mit scharfer Geschwindigkeit über die vereiste Bucht. Alle Schlittschuhläufer, groß und klein durcheinander, stürzen ihm lachend und rufend entgegen, als er sich zeigt, und eilen ihm dann nach. Sie folgen ihm in einer langen geschwungnen Linie, wie ein ungeheures Schlepptau, und die Luftschiffer vergnügen sich damit, eine Menge Papierchen in verschiednen Farben auszuwerfen, die langsam durch die blaue Luft flattern.

Die Knaben sind die vordersten in der langen Reihe, die dem Ballon nachjagt. Sie eilen voran, den Kopf zurückgeworfen, den Blick nach oben gerichtet. Zum ersten Male, seit sie von ihrer Mutter getrennt sind, strahlen ihre Augen von Glück. Sie sind ganz außer sich vor Entzücken über das Luftschiff und denken an nichts andres, als ihm solange zu folgen wie nur möglich.

Doch der Ballon treibt rasch dahin, und man muß schon ein guter Läufer sein, um nicht zurückzubleiben. Die Schar, die ihm nachjagt, lichtet sich, aber an der Spitze deren, die die Verfolgung fortsetzen, sind die kleinen Knaben. Sie sind so eifrig, daß man auf sie aufmerksam wird. Später sagten die Leute, es sei etwas eignes über ihnen gewesen.

Sie lachten nicht, sie riefen nicht, aber es ruhte ein Glanz der Hingerissenheit auf ihren emporgewandten Gesichtern, als sähen sie eine Vision.

Der Ballon wirkt auf die Kleinen auch fast so wie ein himmlischer Wegweiser, der käme, sie auf den rechten Pfad zurückzuführen und sie zu lehren, ihn mit frischem Mut zu gehen. Wie die Knaben ihn erblicken, schwellen ihre Herzen vor Sehnsucht danach, wieder an der großen Erfindung zu arbeiten. Sie sind wieder gewiß, daß es ihnen gelingen wird. Wenn sie nur ausharren, werden sie sich schon zum Siege durchringen. Und der Tag wird kommen, da sie ihr eignes Luftschiff besteigen und in den Raum hinausschweben werden. Ja, eines Tages werden sie dort oben hoch über den Menschen fliegen. Und ihr Luftschiff wird weit vollkommner sein als dieses, das sie jetzt sehen. Es wird sich lenken und drehen, senken und heben lassen, wird gegen den Wind und ohne Wind gehen. Es wird sie durch Tage und Nächte tragen, wohin sie nur wollen. Sie werden sich auf den höchsten Berggipfeln niederlassen, die ödesten Wüsten durchfahren, die am schwersten zugänglichen Gegenden erforschen. Sie werden alle Herrlichkeit der Welt sehen.

»Wir dürfen es nicht aufgeben, Hugo«, sagt Lennart. »Es wird prächtig sein, wenn wir nur fertig werden.«

Vater und sein Unglück, – das ist etwas, was sie gar nichts mehr angeht. Wer ein so großes Ziel hat wie sie, kann sich wohl nicht von etwas Erbärmlichem hindern lassen.

Je weiter der Ballon kommt, desto größer wird seine Geschwindigkeit. Die Schlittschuhläufer haben nun aufgehört, ihn zu verfolgen. Die einzigen, die die Jagd fortsetzen, sind die kleinen Knaben. Sie eilen so rasch und leicht dahin, als hätten sie Flügel an den Füßen.

Plötzlich entringt sich den Menschen, die auf dem Lande stehen und weit über die Bucht schauen können, ein Schrei des Entsetzens und der Angst. Sie sehen, wie der Ballon, noch immer von den zwei Kindern verfolgt, dem offnen Fahrwasser zugleitet.

»Draußen ist offnes Wasser! Offnes Wasser!« So rufen die Menschen.

Die Schlittschuhläufer unten auf dem Eise hören die Rufe und wenden ihre Blicke der Mündung der Bucht zu. Sie sehen, daß weit draußen ein Streifen Wasser in der Sonne glitzert. Sie sehen auch, daß zwei kleine Knaben gerade auf diesen Streifen zulaufen, den sie nicht bemerken, weil sie die Augen auf den Ballon geheftet haben, ohne sie auch nur einen Moment zur Erde zu wenden.

Man ruft mit aller Macht, man stampft auf das Eis, Schnelläufer eilen dahin, sie aufzuhalten. Aber die Kleinen merken nichts von alledem, wie sie so dem Luftschiff nachjagen. Sie wissen nicht, daß sie die einzigen sind, die es verfolgen: sie hören keine Rufe hinter sich, sie vernehmen nicht das Wogen und Brausen des offnen Wassers vor sich. Sie sehen nur den Ballon, der sie gleichsam mitzieht. Schon fühlt Lennart, wie sein eignes Luftschiff sich unter ihm erhebt, und Hugo schwebt über den geheimnisvollen Gegenden des Nordpols dahin.

Die Leute auf dem Eise und am Strande sehen, wie rasch sich die Knaben dem offnen Wasser nähern. Ein paar Augenblicke herrscht eine so atemlose Spannung, daß sie weder rufen noch ein Glied rühren können. Es liegt wie eine Verzauberung über den beiden Kindern, die in ihrem wilden Dahinstürmen nichts merken, die dem Tode zueilen, einer strahlenden Himmelserscheinung nach.

Die Luftschiffer oben im Ballon haben nun auch die kleinen Knaben bemerkt. Sie sehen, daß sie in Gefahr sind, sie schreien ihnen zu und machen warnende Gebärden, aber die Knaben verstehen sie nicht. Als sie sehen, daß die Luftschiffer ihnen Zeichen machen, glauben sie, jene wollten sie in die Gondel hinaufnehmen. Sie strecken die Arme zu ihnen empor, überglücklich in der Hoffnung, ihnen durch den strahlenden Raum folgen zu dürfen.

In diesem Augenblick haben die Knaben den Wasserrand erreicht, mit emporgewendeten, freudestrahlenden Gesichtern und aufgehobnen Armen gleiten sie ins Meer und verschwinden ohne einen Hilferuf. Die Schlittschuhläufer, die versucht haben, sie einzuholen, stehen ein paar Sekunden später an der Eiskante, aber die Strömung hat die Körper unter das Eis gezogen, und keine helfende Hand kann sie erreichen.

Der Artillerist

Die Tür des Zimmers, wo sie sitzt und ihr krankes Kind pflegt, wird aufgerissen, und eine Stimme, die ganz heiser ist vor Schrecken über das Entsetzliche, das sie mitzuteilen hat, ruft zu ihr herein:

»Dein Mann ist wahnsinnig geworden. Er hat sich vor die Kanone geworfen. Er ist totgeschossen!«

Damit schlägt die Tür wieder zu, und der die grausige Neuigkeit gebracht hat, eilt fort. Er will vielleicht nicht bleiben, um die Verzweiflung der Frau nicht mit ansehen zu müssen. Oder auch ihn lockt ein Schauspiel, das anderswo vorgeht, so sehr, daß er sich gerade nur die Zeit genommen hat, mit dieser Nachricht herbeizueilen, und es jetzt nicht erwarten kann, wieder zurückzukommen.

Die Frau zögert keinen Augenblick, ihm zu folgen. Sie ruft dem Kinde zu, sich still zu verhalten, bis sie wieder da ist, und eilt auf die Straße, ohne sich auch nur die Zeit zu nehmen, die Tür zu schließen. Sie weiß ganz genau, wohin sie sich zu begeben hat: zu dem großen offenen Platze nächst der Kaserne, wo die Parade stattfinden soll.

Noch gestern abend ging sie da mit ihrem Mann spazieren. Er hatte ihr die Anordnungen gezeigt.

»Siehst du, dort«, hatte er gesagt, »– dort ist die Präsidententribüne. Dort soll Monsieur Carnot morgen sitzen, an seiner Seite unser Bürgermeister und rings herum die Minister und Präfekten und Generäle. Und hier gerade gegenüber ist die Tribüne für die Bürger. Hier werden die feinen Familien sitzen, aber dort unten werden sich wohl alle die drängen, die keine Billette bezahlen können. Wenn du abkommen kannst, mußt du dich auch dort aufstellen. Da kannst du das ganze Manöver sehen und die Reden hören. Da kannst du auch mich sehen«, hatte er scherzhaft hinzugefügt.

»Wo wirst du dich denn aufhalten?« hatte sie gefragt.

»Wo sollte ich sonst sein als bei meiner lieben Kanone? Siehst du sie nicht? Sie ist gerade unter der Präsidententribüne aufgestellt. Sie soll abgefeuert werden, um unseren Truppen das Zeichen zu geben, daß die Feierlichkeit beginnt.«

»Armer Monsieur Carnot«, hatte sie da gesagt, »ihr habt eure Kanone ganz dicht vor ihm aufgestellt. Aber die Kanone dröhnt ja entsetzlich. Hast du nicht daran gedacht? Er kann ja taub davon werden.«

»Ah, was das betrifft! Er ist zwar kein Krieger, dieser Carnot, aber ein bißchen Kanonendonner muß ein Präsident von Frankreich schon vertragen lernen. Aber weißt du, was mir weniger gefällt? Ja, daß die Tribüne mit den Zuschauerplätzen gerade vor meiner Kanone aufgestellt ist. Na, wir geben ja nur blinde Schüsse ab, aber eine Kanone ist doch keine Spielerei. Ich löse nie gern den Schuß, wenn ihr Schlund einer großen Menschenmasse zugekehrt ist.«

Auf diesem Spaziergange hatte sie sich vorgenommen, auch hinzugehen und sich die ganze Herrlichkeit anzusehen; aber heute morgen hatte es sich gezeigt, daß ihr kleines Söhnchen nicht recht wohl war. Und so war sie gezwungen gewesen, daheim zu bleiben.

Und jetzt … was ist es, das jetzt geschehen ist? Ihr Mann, der so zufrieden, so froh, so stolz auf seine Stellung war und seine liebe Kanone! Der sollte wahnsinnig geworden sein? Sich vor die Mündung der Kanone geworfen haben? Aber das ist ja die reine Unmöglichkeit.

Sie merkt mit einem Male, daß sie schreit, während sie läuft. Sie sieht selbst, wie unheimlich sie aussehen muß, wie sie über die Gasse stürzt. Auf einmal verlangsamt sie den Schritt und fängt an zu gehen. Es ist der Gedanke an ihren Mann, der ihr ihre Selbstbeherrschung wieder gibt. Er pflegte sich so oft zu fragen, wie er sich wohl betragen würde, wenn ihm ganz plötzlich etwas Schreckliches geschähe.

»Man sollte eigentlich nicht Soldat werden dürfen, ehe man nicht irgendeine Art Probe abgelegt hat«, pflegte er zu sagen. »Sieh mich an! Ich bin nie im Kriege gewesen. Kann ich wissen, wie ich mich benehmen werde, wenn die Kugeln sausen? Vielleicht werde ich Angst bekommen. Vielleicht werde ich die Besinnung verlieren. Man kann nie wissen.«

»Gewiß nicht. Du wirst bis zuletzt auf deinem Posten ausharren«, hatte sie geantwortet.

»Wir wollen es hoffen. Aber das ist wirklich etwas, was man nie sicher wissen kann. In solchen Augenblicken ist man nicht Herr über sich selbst. Da ist es etwas anderes, das die Macht an sich reißt und einen führt. Dann kommt es darauf an, ob das, was in einem steckt, stark oder schwach ist. Bevor man die Probe nicht bestanden hat, weiß keiner, wie er handeln wird, wenn eine große Gefahr droht.«

Als sie sich an dies erinnert, richtet sie sich auf und beginnt, gefaßt weiterzugehen.

Aber es dauert nicht lange. Was liegt ihr daran, sich gefaßt zu zeigen? Ihr Mann liegt ja tot, zerschossen. Sie muß laufen, sie muß schreien, sie kann nicht anders.

Der Festplatz ist übrigens nicht weit entfernt. In ein paar Augenblicken ist sie da. Sie sieht die beiden Tribünen. Sie sind voll Menschen, die oben auf den Bänken stehen und schreien und gestikulieren. Es ist also etwas geschehen. Es war kein boshafter Spaßmacher, der sie hergenarrt hat.

Sie bleibt nicht stehen, um zu fragen, wo ihr Mann sich befinden mag. Das ist nicht nötig. Sie hat schon die Richtschnur für ihre Wanderung. Sie braucht nur die Kanone aufzusuchen.

Sie sieht sich auf demselben Platze stehen wie am vorhergehenden Abend. Das Feld davor ist leer oder nahezu leer. Mitten auf dem offenen Platze steht eine Schar Menschen, die ganz still sind, die nicht schreien oder erschrockene Gebärden machen wie die anderen.

Sie wird von einem Kordon aufgehalten, aber der Polizist, der da Wache steht, erkennt sie und läßt sie durch.

»Gehen Sie dorthin, da finden Sie ihn!« sagt er und weist auf eine kleine Gruppe mitten auf dem Felde.

Sie nähert sich, noch immer laute Schreie ausstoßend. Als sie nur ein paar Schritte entfernt ist, wird einer in dieser auf sie aufmerksam. Ein hoher Offizier, der sich kniend über etwas Regungsloses, Unförmiges, das auf dem Boden liegt, gebeugt hat, erhebt sich und geht auf sie zu.

»Warten Sie noch ein wenig«, sagt er. »Gehen Sie noch nicht zu ihm hin! Lassen Sie mich Ihnen erst sagen, was geschehen ist.«

Sie schreit noch immer, und sie versucht, den Offizier fortzudrängen, um durchzukommen.

»Warten Sie«, sagt er. Und er umklammert ihren Arm. »Sie dürfen ihn noch nicht sehen. Sie müssen zuerst wissen.«

»Ich weiß, daß er wahnsinnig geworden ist, daß er sich vor die Kanone geworfen hat.«

»Nein«, sagt der Offizier. »Sie wissen gar nichts. Es ist nicht so.«

Seine Art beruhigt sie so weit, daß sie sich still verhalten kann. Sie beginnt, eine leise, schwache Hoffnung zu fassen. Vielleicht lebt der Mann, vielleicht ist er nur verwundet.

»Sie sehen diese Kanone dort«, sagt der Offizier, »Sie wissen, daß Ihr Mann einen Schuß daraus abgeben sollte. Und sie sehen diese Tribüne, die gerade vor der Kanonenmündung aufgebaut ist.«

»Ich habe das alles schon gestern gesehen, Herr General«, schluchzt die Frau. »Mein Mann hat mir gezeigt, wie alles angeordnet ist. Es war ihm nicht recht. Er wollte nicht so viele Menschen vor einer Kanonenmündung haben, wenn es keine Feinde sind, die niedergeschossen werden sollen.«

»Nun wohl«, sagt der Offizier. »Ihr Mann hatte seine Order bekommen, und er hatte die Lunte in die Kanone eingeführt. Aber in dem Augenblick, in dem wir alle erwarten, daß der Schuß abbrennt, schreit er auf, streckt die Arme zum Himmel und wirft sich mit einem Sprung vor die Kanonenmündung, so, als wolle er den Schuß hindern, abzugehen. Alle, die es sahen, glaubten, er wäre wahnsinnig geworden. Der Schuß brannte natürlich ab, und Ihr Mann wurde weit übers Feld geschleudert, bis dorthin, wo er jetzt liegt.«

Wieder will sie sich losmachen, um sich durchzudrängen, aber der Offizier hält sie zurück.

»Warten Sie«, sagt er. »Sie müssen wissen, was wir fanden, als wir herbeieilten, um seinen Zustand zu untersuchen. Sein ganzer Körper war von einer Masse von Eisendrähten durchbohrt. Sie, als Frau eines Artilleristen, wissen natürlich, was ein Kanonenbesen ist?«

»Ja«, antwortete sie.

»Ihr Mann hat einen solchen Eisenbesen benützt, um die Kanone zu reinigen, und aus irgendeiner Vergeßlichkeit hat er nicht daran gedacht, ihn wieder herauszunehmen, so daß er sich in der Kanone befand, als der Schuß losging. Ihr Mann hat sich früher nicht erinnert, daß er drinnen war, erst im letzten Moment, als die Lunte schon eingeführt war. Da hat er in einem Augenblick vor sich gesehen – denn denken konnte er ja nicht so rasch –, was geschehen mußte, wenn die furchtbare Ladung die Tribüne hier vor uns traf. All diese auseinandergesprengten Stücke Eisendraht würden ebenso viele Menschen durchbohrt haben. Da ward er von übermenschlichem Mitleid ergriffen und stürzte herbei, um die Ladung mit seinem eigenen Leibe aufzunehmen.«

»Ach, mein Gott!« ruft die Frau und faltet die Hände. Im selben Augenblick läßt der Offizier ihren Arm los.

»Madame«, sagt er, »ich will Sie jetzt nicht mehr hindern, Ihren Mann zu sehen. Denken Sie nur, wenn Sie diese zerstörten Reste eines Menschen sehen, daß sie das Edelste umschlossen haben, was in dieser Welt zu finden ist. Es wird Ihnen leichter werden, ihren Anblick zu ertragen, wenn Sie wissen, daß Ihr Mann dies aus eigenem freien Willen gewählt hat, um alle diese anderen retten zu können. Denken Sie sich ferner, daß wir alle, seine Waffenbrüder, ihn um eine solche Heldentat beneiden. Mitten in der Gefahr, wo es keine Besinnung gibt, wo es sich um Leben und Tod handelt, recht handeln zu können, das ist der Beweis von Größe.

Das heißt, die Seele eines Helden in sich haben.«

Frau Fasta und Peter Nord

1.

Die kleine Stadt steht mir in der Erinnerung so freundlich wie ein Heim vor Augen. Sie ist so klein, daß ich alle ihre Winkel und Ecken kennen lernen, mit jedem Kinde Freundschaft schließen und jeden Hund bei seinem Namen rufen konnte. Wer die Straße entlang ging, wußte, bei welchem Fenster er den Blick erheben mußte, um ein hübsches Gesicht hinter den Scheiben zu sehen, und wer im Stadtparke spazierte, kannte genau die Zeit, wann er sich dort einzustellen hatte, um dem zu begegnen, den er treffen wollte.

Man war beinahe ebenso stolz auf die Rosen im Nachbargarten wie auf seine eigenen. Passierte etwas Kleinliches oder Unfeines, so schämte man sich, wie wenn es in der eigenen Familie vorgekommen wäre, aber mit dem allerkleinsten Ereignis, einer Feuersbrunst oder einer Marktschlägerei, brüstete man sich und sagte: »Seht nur diesen Ort! Passiert wohl anderwärts dergleichen? Welch wunderbare Stadt!«

Und in dieser meiner geliebten Stadt verändert sich nichts. Komme ich wieder einmal dorthin, so werde ich dieselben Häuser und Läden, die ich von alters her kenne, wiederfinden, dieselben Vertiefungen des Pflasters bringen mich wieder zu Fall, und dieselben steifen Lindenhecken und rundbeschnittenen Fliederbüsche fesseln meine bewundernden Blicke. Wieder sehe ich den alten Senator, der die ganze Stadt regiert, mit elefantenschweren Schritten die Straße herabkommen. Welch ein Gefühl der Sicherheit erhält man, wenn man dich, du Patriarch und Vorsehung, so einherwandern sieht! Und der taube Halfvorson wird noch immer in seinem Garten graben und mit den wasserblauen Augen suchend umherstarren, als wollte er sagen: »Alles haben wir durchforscht, jetzt, Erde, werden wir uns bis in deine innersten Eingeweide einbohren.«

Doch wer dort nicht mehr zu finden sein wird, das ist der kleine, runde Peter Nord. Der kleine Värmländer, der, wie ihr wißt, in Halfvorsons Kramladen stand und die Kunden mit seinen kleinen mechanischen Erfindungen und seinen weißen Mäusen amüsierte. Über ihn gibt es eine ganze Geschichte. Man könnte überhaupt von allem und jedem in der Stadt eine Geschichte erzählen. Nirgends ereignen sich so seltsame Dinge.

Der kleine Peter Nord war ein Bauernjunge. Er war unter Mittelgröße und schneckenfett, hatte braune Augen und ein stets lächelndes Gesicht. Sein Haar war heller als das Laub der Birke im Herbste, seine Wangen rot und mit Flaum bedeckt. Und aus Värmland war er. Keiner, der ihn sah, hätte ihn für einen andern Landsmann gehalten. Die vortreffliche Heimat hatte ihn mit vorzüglichen Eigenschaften ausgerüstet. Rasch in der Arbeit, geschickt mit den Fingern, zungenfertig und klar im Kopfe. Und dabei ein Narr, ein geradezu großartiger Narr, gutmütig und obenhinaus, gefällig und zänkisch, neugierig und schwatzhaft. Der Dummkopf war nicht imstande, einem Bürgermeister mehr Ehrfurcht als einem Bettler zu erweisen! Doch ein gutes Herz hatte er, verliebte sich jeden zweiten Tag und zog die ganze Stadt ins Vertrauen.

Die Ladenarbeit besorgte dieses reichbegabte Geschöpf auf eine etwas übernatürliche Weise. Er bediente die Kunden, während er die weißen Mäuse fütterte. Er wechselte und zählte Geld, während er seine kleinen, selbstgehenden Wagen mit Rädern versah. Und während er den Kunden von seiner neuesten Liebe erzählte, hingen seine Augen an dem Litermaß, in das der braune Sirup in langsamen Ringeln floß. Und es ergötzte die bewundernden Zuhörer, ihn plötzlich über den Ladentisch setzen und auf die Straße hinausstürmen zu sehen, wo er sich mit einem umherlungernden Gassenbuben prügelte, um dann mit heiterer Miene wiederzukommen und die Schnur eines Paketes zuzuknoten oder ein Stück Zeug fertig zu messen.

War es nicht natürlich, daß er der Günstling der ganzen Stadt wurde? Wir fühlten uns alle verpflichtet, bei Halfvorson zu kaufen, seit Peter Nord dort im Geschäft war. Sogar der alte Senator schmunzelte stolz und befriedigt, wenn Peter ihn in die dunkle Ecke zog und ihm seine weißen Mäuse zeigte. Das Besehen der Mäuse war aufregend und spannend, denn Halfvorson hatte ihnen den Laden verboten.

Da aber kamen mitten in dem an Licht zunehmenden Februar ein paar dunkle, neblichte Tauwettertage. Peter Nord wurde auf einmal ernst und still. Er ließ die weißen Mäuse in ihr Drahtgitter beißen, ohne ihnen Futter zu geben. Er verrichtete seine Obliegenheiten tadellos. Er prügelte sich nicht mehr mit dem Gassenbuben. Konnte Peter Nord es denn nicht vertragen, daß der Winter umgeschlagen?

O nein, die Sache hing anders zusammen. Er hatte auf einer der Reolen einen Fünfzigkronenschein gefunden. Er hatte geglaubt, daß dieser mit einem Stücke Zeug hinaufgeworfen worden, und hatte ihn

ganz unbemerkt unter einen Packen gestreiften Baumwollenstoffes ge-
schoben, der außer Mode war und nie von der Borte heruntergenommen
wurde.

Der Knabe hegte Groll gegen Halfvorson. Dieser hatte ihm eine ganze
Mäusefamilie totgeschlagen, und nun wollte er sich dafür rächen. Er
sah die weiße Mutter inmitten ihrer hilflosen Jungen noch immer vor
Augen. Sie hatte gar keinen Fluchtversuch gemacht, sondern mit uner-
schütterlichem Heldenmut stillgehalten und den herzlosen Mörder mit
den roten, brennenden Augen angestarrt. Verdiente dieser nicht auch
ein Stündchen voll Herzensangst? Peter Nord wollte ihn totenbleich aus
dem Kontor kommen und nach dem Fünfzigkronenschein suchen sehen.
Er wollte in seinen wasserblauen Augen dieselbe Verzweiflung sehen,
die er in den granatroten der weißen Maus erblickt. Der Krämer sollte
suchen, er sollte den ganzen Laden umkehren, ehe Peter Nord ihn den
Schein finden ließ.

Doch der Fünfzigkronenschein lag den ganzen Tag in seinem Ver-
stecke, ohne daß jemand nach ihm fragte. Er war ganz neu, bunt und
glänzend und trug eine große Fünfzig in allen vier Ecken. Wenn Peter
Nord allein im Laden war, stellte er den Ladentritt an die Reole und
kletterte hinauf nach dem Zeugpacken, er zog dann den Schein hervor,
entfaltete ihn und bewunderte seine Schönheit.

Beim eifrigsten Handel überfiel ihn oft plötzlich die Angst, daß dem
Scheine etwas passiert sein könnte. Da tat er, als suchte er etwas auf
der Borte und fühlte unter dem Packen umher, bis er den glatten Schein
unter seinen Fingern knistern fühlte. Der Schein hatte plötzlich eine
übernatürliche Gewalt über ihn erlangt. War vielleicht etwas Lebendiges
darin? Die von breiten Ringen umgebenen Fünfzigen glichen sich fest-
saugenden Augen. Der Knabe küßte sie alle und flüsterte: »Solche wie
dich möchte ich viele haben, schrecklich viele!«

Er begann sich allerlei Gedanken darüber zu machen, daß Halfvorson
gar nicht nach dem Scheine fragte. Gehörte er ihm am Ende nicht?
Hatte er vielleicht schon jahrelang im Laden gelegen? Hatte er vielleicht
keinen Besitzer mehr?

Gedanken stecken an. – Beim Abendessen hatte Halfvorson von Geld
und Geldmenschen zu reden begonnen. Er erzählte Peter von all den
armen Buben, die reich geworden waren. Er fing mit Whittington an
und hörte mit Astor und Jay Gould auf. Halfvorson kannte ihre ganze
Geschichte; er wußte, wie sie gestrebt und entbehrt, was sie erfunden

und gewagt. Er wurde beredt, sobald er auf dieses Thema kam. Er durchlebte die Leiden der jungen Geldmenschen, er teilte ihre Erfolge, er jubelte bei ihrem Siege. Peter Nord hörte wie gebannt zu.

Halfvorson war stocktaub, doch dies erschwerte die Unterhaltung nicht, denn er las dem Sprechenden die Worte von den Lippen ab. Seine eigene Stimme konnte er jedoch nicht hören. Deshalb strömte seine Rede so seltsam eintönig dahin wie das Rauschen eines Wasserfalles in der Ferne. Doch infolge dieses wunderlichen Tonfalles biß sich alles, was er sagte, so im Ohre fest, daß man es tagelang nicht wieder los wurde. Der arme Peter!

»Was zum Reichwerden unumgänglich nötig«, sagte Halfvorson, »ist der Heckpfennig. Den aber kann man nicht verdienen. Denke daran, daß alle ihn entweder auf der Straße gefunden oder zwischen dem Futter und Oberzeuge eines auf der Auktion gekauften Rockes, ihn beim Spiele gewonnen oder ihn von einer schönen, barmherzigen Dame als Almosen bekommen haben. Sowie sie aber diese gesegnete Münze hatten, ist ihnen alles geglückt. Der Goldstrom wälzte sich wie aus einer Quelle daraus hervor. Die Hauptsache, Peter Nord, ist der Heckpfennig.«

Halfvorsons Stimme klang immer dumpfer. Der junge Peter Nord saß wie betäubt da und sah eitel Geld vor sich. Auf dem Tischtuche waren Haufen von Dukaten aufgestapelt, der Fußboden glänzte weiß von Silbergeld, und das unbestimmte Muster der schmutzigen Tapete verwandelte sich in Banknoten von Taschentuchgröße. Doch mitten vor seinen Augen flatterte die Fünfzig in einem breiten Ringe und lockte ihn wie die schönsten Augen. »Wer weiß«, lächelten die Augen, »ob der Fünfzigkronenschein auf der Borte nicht ein solcher Heckpfennig ist?«

»Merke dir«, sagte Halfvorson, »daß außer dem Heckpfennig noch zwei Dinge für den notwendig sind, der es zu etwas bringen will. Arbeiten, eisernes Arbeiten, Peter Nord, heißt das eine, und Entsagen das andere. Verzichten auf Spiel und Liebe, Plaudern und Lachen, Morgenschlaf und Mondscheinspaziergänge. Wahrlich, wahrlich, zwei Dinge sind notwendig für den, der das Glück gewinnen will. Arbeiten heißt das eine, und Entsagen das andere.«

Peter Nord sah aus, als wollte er anfangen zu weinen. Wohl wollte er reich, wohl wollte er glücklich werden, doch das Glück sollte nicht so ängstlich und sauer erworben kommen. Es sollte ganz von selbst kommen. Während er mit den Gassenbuben im Handgemenge war, sollte die edle Dame Fortuna ihren Tragstuhl vor der Ladentür halten lassen und dem Värmlandsjungen einen Platz an ihrer Seite anbieten. Doch nun tönte ihm Halfvorsons Stimme immerfort in den Ohren und erfüllte sein ganzes Hirn. Er glaubte an nichts anderes, wußte nichts anderes. Arbeiten und Entsagen, das war der Zweck des Lebens, ja das Leben selbst. Er begehrte nichts weiter und wagte gar nicht daran zu denken, daß er sich je etwas anderes gewünscht.

Am nächsten Tage wagte er den Schein nicht zu küssen, ja nicht einmal anzusehen. Er war still und verstimmt, ordentlich und fleißig. Er besorgte alle seine Geschäfte so tadellos, daß jeder Kunde gleich sah, daß etwas mit ihm nicht in Ordnung war. Dem alten Senator tat der Knabe leid, und er tat, was er konnte, um ihn zu trösten.

»Gehst du heute abend auf den Fastnachtsball, Peter Nord?« fragte der Alte. »So, nicht. Nun, dann lade ich dich dazu ein und bitte mir aus, daß du kommst. Sonst sage ich Halfvorson, wo du deine Mäusekäfige hast.«

Fastnachtsball, denkt nur, Peter Nord sollte auf den Fastnachtsball! Peter Nord sollte alle schönen, feinen Damen der Stadt in weißen, mit Blumen geschmückten Kleidern sehen! Doch Peter Nord durfte natürlich mit keiner von ihnen tanzen. Nun, das war ihm einerlei. Er war nicht zum Tanzen aufgelegt.

Auf dem Balle stand er in der Tür und setzte keinen Fuß zum Tanzen an. Einige hatten ihn dazu zu überreden gesucht, doch er war fest geblieben und hatte nein gesagt. Er könne diese Tänze nicht. Von den feinen Damen wolle auch keine mit ihm tanzen. Er sei ihnen nicht fein genug.

Doch während er so dastand, begannen seine Augen zu leuchten, und er fühlte, wie die Freude ihm die Glieder elektrisierte. Das kam von der Tanzmusik, das kam von dem Blumendufte, das kam von den hübschen Gesichtern, die er vor sich sah. Nach einer kleinen Weile war er so sprühend heiter, daß, wäre die Freude Feuer, die Flammen hoch über ihm zusammengeschlagen wären. Und wäre die Liebe es, wie so vielfach behauptet wird, so würde es ihm nicht besser ergangen sein. Er war allzeit in ein junges Mädchen verliebt, doch bisher stets nur in eine zurzeit. Doch wie er nun alle diese hübschen jungen Damen auf einmal sah, war es nicht mehr ein einfaches Kaminfeuer, das sein sechzehnjähriges Herz verzehrte, sondern ein ganzer Waldbrand.

Bisweilen blickte er auf seine Stiefel nieder, die nichts weniger als Ballschuhe waren. Wie fest hätte er mit den breiten Absätzen den Takt stampfen und sich auf den dicken Sohlen im Kreise drehen können! In ihm schob und drängte etwas und wollte ihn wie einen geschlagenen Ball auf den Tanzboden schleudern. Noch widerstand er, obgleich die innere Bewegung immer stärker wurde, je weiter die Nacht vorschritt. Ihm wurde heiß und schwindelig. Heißa, er war nicht länger der arme Peter Nord! Er war der junge Wirbelwind, der das Meer aufrührt und den Wald knickt!

Da wurde eine Mazurka aufgespielt. Der Bauernjunge geriet außer sich. Er meinte, es klänge wie Polska, wie Värmlandspolska.

Im Nu stand Peter Nord mitten im Saale. Alle Herrenmanieren hatte er abgeworfen. Er war nicht mehr auf dem Rathausballe, sondern daheim auf der Scheundiele beim Mitsommertanz. Er ging mit krummen Knien und emporgezogenen Schultern geradeaus. Ohne um die Erlaubnis zu fragen, legte er den Arm um eine Dame und zog sie mit sich. Und dann begann er Polska zu tanzen.

Die Dame folgte ihm halb widerwillig, beinahe fortgeschleppt. Sie konnte nicht in den Takt kommen, sie wußte gar nicht, was für ein Tanz dies war, doch plötzlich ging alles wie von selbst. Das Geheimnis des Tanzes wurde ihr klar. Die Polska trug sie, hob sie, verlieh ihren Füßen Schwingen und machte sie so leicht wie Luft. Sie schien zu fliegen.

Denn die Värmlandspolska ist der wunderbarste Tanz. Sie verwandelt die schwerfüßigen Söhne der Erde. Lautlos schweben sie auf zolldicken Sohlen über ungehobelte Scheunendielen dahin. Sie wirbeln so leicht umher wie die Blätter im Herbststurme. Die Polska ist weich, schnell, leise und gleitend. Ihre edlen, maßvollen Bewegungen lassen den Körper sich leicht und frei, elastisch und schwebend fühlen.

Während Peter Nord den Tanz seiner Heimat tanzte, ward es still im Saale. Anfänglich wurde gelacht, bald aber erkannten alle, daß dies Tanzen war. Wenn etwas Tanzen war, so war es dieses Dahinschweben in gleichmäßigen, schnellen Wirbeln.

Da merkte Peter Nord in seiner Ausgelassenheit, daß um ihn herum eine so seltsame Stille herrschte. Er hielt inne und fuhr sich mit der Hand über die Stirn. Keine schwarze Scheunendiele, keine mit Birkenzweigen geschmückten Wände, keine lichtblaue Sommernacht und kein munteres Bauernmädchen erblickte er in der Wirklichkeit, die er vor sich hatte. Er schämte sich und wollte sich fortschleichen.

Doch schon wurde er umringt und bestürmt. Die jungen Damen drängten sich um den Ladenjungen und riefen: »Tanzen Sie mit uns! Tanzen Sie mit uns!«

Sie wollten sich die Polska lehren lassen. Man hielt sich nicht mehr an die Tanzordnung, und der Ball verwandelte sich in eine Tanzstunde. Und Peter Nord ward an diesem Abend ein großer Mann.

Er mußte mit allen den feinen Damen tanzen, und sie waren außerordentlich freundlich gegen ihn. Er war ja nur ein Knabe und überdies ein so lustiger Narr. Man konnte nicht anders als ihn verziehen.

Peter Nord fühlte, daß dies das Glück war. Der Günstling der Damen sein, mit ihnen zu sprechen wagen, sich mitten im Lichte bewegen, gefeiert und verhätschelt werden, gewiß war dies das Glück.

Als der Ball zu Ende war, konnte er nicht einmal darüber traurig sein, so glücklich war er. Er empfand das Bedürfnis, alles, was er heute abend erlebt, zu Hause in Ruhe zu überdenken. –

Halfvorson war unverheiratet, hatte aber eine Nichte im Hause, die bei ihm im Kontor arbeitete. Sie war arm und auf Halfvorson angewiesen, behandelte ihn und Peter Nord aber sehr von oben herab. Sie hatte viele Freunde unter den angeseheneren Familien der Stadt und verkehrte in Kreisen, zu denen Halfvorson keinen Zutritt hatte. Sie und Peter Nord gingen zusammen vom Balle nach Hause.

»Wissen Sie, Nord«, fragte Edith Halfvorson, »daß Halfvorson bald wegen verbotenen Schnapshandels verklagt werden wird? Sie können mir immer sagen, was an der Sache ist.«

»Nichts, was der Mühe wert wäre, darum Lärm zu schlagen«, sagte Peter Nord.

Edith seufzte. »Natürlich ist etwas daran. Und es wird ein Prozeß mit Strafzahlen und Schande ohne Ende. Ich möchte so gern wissen, wie die Sache eigentlich zusammenhängt.«

»Davon wissen Sie besser nichts«, sagte Peter Nord.

»Sehen Sie, Nord, ich will vorwärts«, fuhr Edith fort, »und ich möchte Halfvorson mit hinaufziehen, aber er sinkt immer wieder hinab. Und dann tut er plötzlich etwas, wodurch er mich mit unmöglich macht. Ich sehe ihm nun an, daß er etwas beabsichtigt. Was kann es nur sein? Ich möchte es gar zu gern wissen, können Sie es mir nicht sagen?«

»Nein«, antwortete Peter und sprach kein Wort mehr. Wie unmenschlich, ihm, der von seinem ersten Balle kam, von solchen Dingen zu reden.

Hinter dem Laden lag ein kleiner Alkoven für den Ladenjungen. Da saß der Peter Nord von heute und ging mit dem Peter Nord von gestern ins Gericht. Wie blaß und feig der Lümmel aussah! Nun erfuhr er, wofür er gehalten wurde. Dieb und Geizhals! Kannte er das siebente Gebot? Von Rechts wegen müßte er eine Tracht Prügel haben. Das wäre ihm gesund.

Lob und Preis sei Gott, der ihn auf den Ball kommen lassen und ihm den Sinn verändert hatte. Pfui, wie häßlich hatte es in seinem Innern ausgesehen, doch nun war alles anders geworden. Als ob der Reichtum es wert wäre, daß man ihm sein Gewissen und seinen Seelenfrieden opferte! Als ob er so viel wert wäre wie eine weiße Maus, wenn man dabei nicht fröhlich sein durfte! Er klatschte jubelnd in die Hände. Frei, frei, frei! Sein Herz trug kein Verlangen mehr nach dem Fünfzigkronenschein. O wie schön war es doch, glücklich zu sein!

Als er sich zu Bett gelegt hatte, dachte er daran, Halfvorson den Schein am andern Morgen früh zu zeigen. Dann stieg ihm der Gedanke auf, der Krämer könnte morgen vor ihm in den Laden kommen, nach dem Scheine suchen und ihn finden. Dann würde er natürlich glauben, daß Peter ihn versteckt, um ihn zu behalten. Dieser Gedanke ließ ihm keine Ruhe. Er versuchte, ihn sich aus dem Sinn zu schlagen, doch es wollte ihm nicht gelingen. Er konnte nicht schlafen. Da stand er auf, ging in den Laden und holte den Schein. Nun schlief er ruhig mit demselben unter dem Kopfkissen ein.

Eine Stunde später wurde er geweckt. Ein greller Lichtschein blendete seine Augen, eine Hand griff suchend unter sein Kopfkissen, und eine dumpfe Stimme schalt und fluchte.

Ehe der Knabe sich noch besinnen konnte, hatte Halfvorson den Schein schon in der Hand und zeigte ihn zwei Frauen, die in der Tür des Alkovens standen. »Seht ihr, daß ich recht hatte«, sagte er. »Seht ihr, daß es sich für mich der Mühe verlohnte, euch aus dem Bette zu holen und als Zeugen gegen ihn mitzunehmen! Seht ihr, daß er ein Dieb ist?«

»Nein, nein, nein!« schrie der arme Peter Nord. »Ich wollte den Schein nicht stehlen. Ich habe ihn nur versteckt.«

Halfvorson hörte ja nichts. Die beiden Frauen wandten dem Alkoven den Rücken, als wollten sie weder hören noch sehen.

Peter Nord saß aufrecht im Bette. Er sah auf einmal bedauernswert schwach und klein aus. Seine Tränen flossen. Er jammerte laut.

»Onkel«, sagte Edith, »er weint.«

»Laß ihn heulen«, erwiderte Halfvorson, »laß ihn heulen.« Und er trat näher und sah den Knaben an. »Kann mir's schon denken, daß dir heulerig zumute ist. Macht aber auf mich keinen Eindruck.«

»O, o«, rief Peter, »ich bin kein Dieb. Ich habe den Schein aus Spaß versteckt – um Sie zu ärgern. Ich wollte Sie für die Mäuse bestrafen. Ich bin kein Dieb. Will mich denn niemand hören?! Ich bin kein Dieb!«

»Onkel«, sagte Edith. »Hast du ihn nun genug gequält, so daß wir wieder zu Bett gehen können?«

»Kann mir schon denken, daß es sich abscheulich anhört«, antwortete Halfvorson. »Läßt sich aber nicht ändern.« Er war heiter, förmlich ausgelassen. »Ich habe lange ein Auge auf dich gehabt«, sagte er zu dem Knaben. »Du hast stets etwas zu verstecken, wenn ich in den Laden komme. Doch nun bist du ertappt. Nun habe ich Zeugen und hole die Polizei.«

Peter stieß einen durchdringenden Schrei aus. »Kann mir niemand helfen, steht mir keiner bei?« rief er. Aber Halfvorson war schon fort, und die Frau, die dem Haushalte vorstand, trat zu ihm.

»Ziehen Sie sich an, Nord! Halfvorson holt die Polizei, und unterdessen müssen Sie machen, daß Sie fortkommen. Das Fräulein kann in die Küche gehen und Ihnen ein wenig zu essen einpacken. Ich werde Ihre Sachen zusammensuchen.«

Das entsetzliche Weinen verstummte sofort. Bald war der Knabe fertig. Er küßte den beiden Frauen so demütig die Hand wie ein geschlagener Hund. Und dann eilte er fort.

Sie standen in der Tür und blickten ihm nach. Als er verschwunden war, stießen sie einen Seufzer der Erleichterung aus.

»Was Halfvorson nun wohl sagt?« fragte Edith.

»Er wird schon damit zufrieden sein«, antwortete die Haushälterin. »Er hat dem Knaben das Geld wohl hingelegt, denke ich mir. Er wollte ihn nur los sein.«

»Weshalb? Der Junge war ja der beste Ladendiener, den wir seit Jahren gehabt haben.«

»Er wollte ihn wohl nicht bei der Schnapsgeschichte zum Zeugen haben – –«

Edith stand stumm da und atmete heftig. »Wie gemein! Wie gemein!« murmelte sie nach einer Weile. Sie drohte mit der Faust nach der Kontortür und der kleinen Scheibe, durch die Halfvorson in den Laden sehen konnte. Sie verspürte Lust, ebenfalls von all dieser Schlechtigkeit fort in die Welt hinauszufliehen.

Sie hörte hinten im Laden ein Geräusch. Sie lauschte, trat näher, ging dem Tone nach und fand endlich hinter einer Heringstonne Peter Nords Bauer mit den weißen Mäusen.

Sie hob es auf, setzte es auf den Ladentisch und öffnete seine Tür. Eine Maus nach der andern eilte heraus und verschwand hinter den Kisten und Tönnchen.

»Möchtet ihr euch hier wohl fühlen und euch vermehren«, sagte Edith. »Laßt mich sehen, daß ihr Schaden anrichtet und euern Herrn rächt!«

2.

Die kleine Stadt lag freundlich und zufrieden am Fuße ihres roten Berges. Sie lag so im Grünen, daß von fern nur der Kirchturm zu sehen war. Die Gärten kletterten in schmalen Terrassen an den Abhängen hinauf, und wo sie in dieser Richtung nicht weiterkommen konnten, stürzten sie sich mit Bäumen und Gebüsch quer über die Straße, breiteten sich zwischen den zerstreut liegenden Häusern aus und nahmen den flachen Uferstreifen unterhalb der Stadt ein, bis der breite Fluß ihnen den Weg verlegte.

Es war ganz still und ruhig in der Stadt. Kein Mensch war zu sehen, nur Bäume, Sträucher und hier und da ein Haus. Das einzige, was man hörte, war das Rollen der Kugeln auf der Kegelbahn, und es klang wie Donner in der Ferne an einem Sommertage. Das gehörte mit zu der Stille.

Doch jetzt knirschte das unebene Marktpflaster unter eisenbeschlagenen Absätzen. Der Klang rauher Stimmen hallte von den Mauern der Kirche und des Rathauses wider, wurde vom Berge zurückgeworfen und eilte ungehindert die lange Straße hinab. Vier Wanderer störten die vormittägliche Stille.

Ach, die süße Ruhe, der jahrelange Sonntagsfrieden! Wie sie erschraken! Man konnte förmlich hören, wie sie die Bergpfade hinaufflohen.

Einer der Lärmenden, die in das Städtchen einbrachen, war Peter Nord, der Värmlandsbube, der vor sechs Jahren, des Diebstahls angeklagt, aus der Stadt entflohen war. Seine Begleiter waren drei Strolche aus der großen Handelsstadt, die nur ein paar Meilen entfernt liegt.

Wie war es dem kleinen Peter Nord denn ergangen? Gut war es ihm ergangen. Er hatte einen der allervernünftigsten Freunde und Begleiter gehabt.

Als er an jenem dunklen, regenschweren Februarmorgen aus der Stadt entfloh, brausten ihm Polska-Melodien in den Ohren. Und eine derselben war eigensinniger als alle die andern. Es war die, welche sie alle bei dem großen Rundtanze gesungen:

>»Nun ist es Weihnacht wieder,
Nun ist es Weihnacht wieder,
Und nach dem Feste kommt dann Ostern!
Doch das ist gar nicht wahr,
Doch das ist gar nicht wahr,
Denn nach Weihnachtsfeste kommt Frau Fasta!«[1]

Dies hörte der kleine Flüchtling so deutlich, so deutlich. Und die in dem alten Reigen verborgene Weisheit drang in den kleinen, genußsüchtigen Värmlandsbuben ein, drang ihm in jede Fiber, vermischte sich mit jedem Blutstropfen, sog sich ihm im Hirn und Mark fest. So ist es, so soll es sein. Zwischen Weihnachten und Ostern, den Festen der Geburt und des Todes, kommt die Fastenzeit des Lebens. Vom Leben soll man nichts begehren, es ist eine arme, freudenlose Fastenzeit. Man kann ihm nie glauben, wie es sich auch verstellt. Im nächsten Augenblicke ist es schon wieder häßlich und grau. Es kann nichts dafür, das Ärmste, es versteht es nicht besser!

Peter Nord fühlte sich beinahe stolz, daß er dem Leben sein tiefstes Geheimnis abgelauscht.

Er glaubte die gelbblasse Frau Fasta im Bettlergewande mit der Fastnachtsrute in der Hand über die Erde schleichen zu sehen. Und er hörte, wie sie ihn zähneknirschend anfuhr: »Du hast mitten in der Fastenzeit, die man Leben nennt, das Fest der Freude und der Heiterkeit feiern wollen. Dafür sollst du in Schimpf und Schande leben, bis du dich gebessert hast.«

Doch er hatte sich gebessert, und Frau Fasta war seine Beschützerin geworden. Er hatte nicht weiter als bis in die große Handelsstadt zu fliehen brauchen, denn er war gar nicht verfolgt worden. Und dort

1   Fasta = Fastenzeit.

hatte Frau Fasta ihren festen Wohnsitz im Arbeiterviertel. Peter Nord fand in einer Maschinenfabrik Beschäftigung. Er wurde stark und energisch, ernst und sparsam. Er hatte feine Sonntagskleider, vermehrte seine Kenntnisse, lieh sich Bücher und hörte populärwissenschaftliche Vorträge. Von dem kleinen Peter Nord waren nur noch die braunen Augen und das Flachshaar da.

Jene Nacht hatte etwas in ihm geknickt, und die schwere Fabrikarbeit hatte den Bruch noch erweitert, so daß der närrische Värmländer hatte ganz herauskriechen können. Er schwatzte keinen Unsinn mehr, denn in der Fabrik, wo das Reden verboten war, hatte er schweigen gelernt. Er machte keine Erfindungen mehr, denn, seit er sich ernstlich mit Federn und Rädern beschäftigte, machten sie ihm keinen Spaß mehr. Er verliebte sich nicht, denn seit er die Schönheiten der kleinen Stadt kennen gelernt, vermochten die Frauen des Arbeiterviertels ihn nicht mehr zu interessieren. Er hatte keine Mäuse mehr, kein Eichhörnchen, nichts, womit er spielen konnte. Er hatte keine Zeit dazu, er wußte, daß Spielen nicht nützlich ist, und er gedachte mit Entsetzen an die Zeit, da er sich mit den Gassenbuben prügelte.

Peter Nord glaubte nicht, daß das Leben anders als grau, grau, grau sein könnte. Er langweilte sich stets, war aber so daran gewöhnt, daß er es selbst nicht merkte. Peter Nord war stolz darauf, daß er so tugendhaft geworden war. Er datierte seine Erhebung von der Nacht, da der Frohsinn ihn treulos verließ und Frau Fasta seine Begleiterin und Freundin wurde.

Doch wie konnte der tugendhafte Peter Nord in Begleitung dreier versoffener, zerlumpter Strolche mitten an einem Werktage in die kleine Stadt kommen?

Er war trotz alledem doch stets ein guter Junge gewesen, der arme Peter Nord. Den drei Strolchen hatte er stets nach besten Kräften zu helfen versucht, obwohl er sie verachtete. Er hatte ihnen Brennholz in ihr elendes Loch gebracht, wenn der Winter am kältesten war, und ihnen die Kleider gestopft und geflickt. Die drei Kerle hielten wie Brüder zusammen, hauptsächlich darum, daß sie alle drei Peter hießen. Der Name vereinte sie fester, als wenn sie Geschwister gewesen wären. Und um dieses Namens willen ließen sie sich die Freundschaftsdienste des Knaben gefallen, und wenn sie abends in bequemer Stellung auf ihren Holzschemeln ihren Kaffee mit Branntwein schlürften, unterhielten sie ihn mit Galgenhumor und erlogenen Abenteuern, während er die handgroßen

Löcher ihrer Strümpfe stopfte. Das machte Peter Nord Spaß, obgleich er es nicht eingestehen wollte. Die drei Kerle waren ihm nun beinahe dasselbe, was ihm früher die Mäuse gewesen.

Da begab es sich, daß den Strolchen das Gerede aus der kleinen Stadt zu Ohren kam, und nun, nach Verlauf von sechs Jahren, teilten sie Peter Nord mit, daß Halfvorson ihm den Fünfzigkronenschein hingelegt, um ihn als Zeugen unschädlich zu machen. Und ihre Meinung war, daß Peter in die kleine Stadt ziehen und Halfvorson durchprügeln müsse.

Peter Nord aber war klug und besonnen und mit der Weisheit dieser Welt ausgerüstet. Auf solche Streiche wollte er sich durchaus nicht einlassen.

Die drei Peter brachten die Geschichte im ganzen Arbeiterviertel herum, und alle Menschen sagten: »Peter Nord, prügle Halfvorson durch, damit du ins Loch kommst und eine Untersuchung eingeleitet wird. Kommt die Sache vor Gericht und in die Zeitungen, so ist der Kerl im ganzen Lande unmöglich gemacht.«

Doch Peter Nord wollte nicht. Es wäre freilich ein Spaß, aber Rache ist ein teures Vergnügen, und Peter Nord wußte, wie arm das Leben ist. Das Leben kann sich solche Späße nicht erlauben.

Da waren die drei Strolche eines Morgens zu ihm gekommen und hatten gesagt, sie wollten statt seiner hingehen und Halfvorson eine Tracht Prügel geben, damit »es auf Erden gerecht zugehe«.

Und Peter hatte versprochen, sie alle drei totzuschlagen, wenn sie nur einen Schritt nach der kleinen Stadt gingen.

Da hielt der eine, der klein und untersetzt war und der lange Peter hieß, Peter Nord eine Rede.

»Diese Erde«, sagte er, »ist ein Apfel, der an einem Faden über einem Feuer hängt und gebraten werden soll. Mit dem Feuer meine ich die Hölle, Peter Nord, und der Apfel muß über dem Feuer hängen, um weich und süß zu werden. Doch wenn der Faden reißt und der Apfel ins Feuer fällt, so ist er verdorben. Deshalb kommt es hauptsächlich auf den Faden an, Peter Nord. Weißt du, was ich mit dem Faden meine?«

»Ein Drahtseil, glaube ich«, antwortete Peter Nord.

»Mit dem Faden meine ich die Gerechtigkeit«, fuhr der lange Peter mit düsterem Ernst fort, »wenn es auf Erden keine Gerechtigkeit gibt, geht alles zugrunde. Deshalb darf der Rächer sich seinem Strafamte nicht entziehen, und weigert er sich, so müssen andere an seiner Stelle gehen.«

»Euch spendiere ich keinen Branntweinkaffee wieder«, sagte Peter Nord, auf den die Rede keinen Eindruck gemacht zu haben schien.

»Ja, das hilft dann nicht«, erwiderte der lange Peter. »Gerechtigkeit muß geübt werden.«

»Wir tun es nicht, um deinen Dank zu verdienen, sondern damit der ehrliche Petername nicht in Verruf komme«, sagte der zweite, der groß und mürrisch war und Walzenpeter hieß.

»Steht der Name in so hohem Ansehen?« fragte Peter Nord in verächtlichem Tone.

»Ja, und es ist uns unangenehm, daß nun in allen Wirtshäusern gesagt wird, du hättest den Fünfzigkronenschein wohl zu stehlen beabsichtigt, da du den Krämer nicht zur Verantwortung ziehen willst.«

Das Wort traf. Peter sprang auf und sagte, nun wolle er den Kaufmann durchprügeln.

»Ja, wir kommen mit und helfen dir!« riefen die Strolche.

Und so zogen sie, vier Mann hoch, nach der kleinen Stadt. Anfangs war Peter Nord mürrisch und verdrießlich und viel böser auf seine Freunde als auf seinen Feind. Doch, wie er auf die Flußbrücke kam und die Stadt erblickte, war er wie ausgetauscht. Es war ihm, als sei ihm hier ein kleiner weinender Flüchtling begegnet und er in ihn hineingeschlüpft. Und je mehr er sich in dem alten Peter Nord heimisch fühlte, desto tiefer empfand er das blutige Unrecht, das der Krämer ihm zugefügt. Nicht genug damit, daß er ihn in Versuchung führen und ins Unglück stürzen gewollt, nein, was noch schlimmer war, er hatte ihn auch aus der Stadt vertrieben, wo er sein Leben lang der alte Peter Nord verblieben wäre. Wie hatte er sich damals amüsiert, wie froh und heiter war er gewesen, wie offen war sein Herz und wie schön die Welt gewesen! Herr Gott, hätte er doch hier weiterleben dürfen! Und er dachte daran, was nun aus ihm geworden – schweigsam und langweilig war er, ernst und arbeitsam – ganz wie ein verlorener Mensch.

Jetzt kochte er vor Wut auf Halfvorson, und statt wie vorher den Kameraden zu folgen, eilte er ihnen voraus.

Doch die Strolche, die nicht nur den Krämer strafen, sondern auch ihrem Zorne Luft machen wollten, wußten kaum, was sie anfangen sollten. Hier war keine Arbeit für einen gereizten Mann. Kein Hund, den man hetzen, kein Gassenkehrer, mit dem man Streit anfangen, kein feiner Herr, dem man ein Schimpfwort nachrufen konnte. –

Das Jahr war noch nicht weit vorgeschritten, der Frühling war im Begriff, in den Sommer überzugehen. Es war die weiße Zeit der Kirschblüte und der blühenden Faulbäume, in der die Syringentrauben hohe, rundbeschnittene Büsche schmücken und die Apfelblüten duften. Diese Männer, die direkt aus der engen Gasse und vom Kai in das Reich der Blumen gekommen, verspürten eine seltsame Wirkung davon. Drei Paar bisher entschlossen geballter Fäuste lösten sich, und drei Paar Absätze donnerten ein bißchen schwächer auf dem Straßenpflaster.

Vom Markte sahen sie einen Fußpfad sich den Berg hinanschlängeln. An ihm entlang wuchsen junge Kirschenbäume, die mit ihren weißen Kronen Bogen und Gewölbe bildeten. Die Gewölbe waren schwebend leicht und die Zweige unbeschreiblich schwach, alles zart, fein und kindlich.

Dieser Kirschenweg mußte die Blicke der Männer auf sich ziehen. Was war dies für ein unpraktisches Loch, in welchem man Kirschbäume pflanzte, wo jedermann die Früchte stehlen konnte! Die drei Peter hatten das Städtchen vorher als eine Feste der Ungerechtigkeit voller Grausamkeit und Tyrannei betrachtet. Jetzt begannen sie seiner zu spotten und es über die Achsel anzusehen.

Doch der Vierte im Bunde lachte nicht. Seine Rachlust kochte immer heißer, denn er fühlte, daß dies der Ort war, wo er hätte leben und wirken müssen. Hier war sein verlorenes Paradies. Und ohne sich um die andern zu kümmern, ging er rasch die Straße hinauf.

Sie folgten ihm, und da sie merkten, daß es hier nur eine Straße gab, und sie an derselben entlang nur Blumen und wieder Blumen sahen, nahmen ihre Verachtung und ihre Heiterkeit zu. Vielleicht zum erstenmal in ihrem Leben erregten Blumen ihre Aufmerksamkeit, doch hier war es nicht anders möglich, denn die Syringentrauben schlugen ihnen die Mützen ab, und die Kirschenbäume übergossen sie mit einem Blütenregen.

»Was für eine Art Leute gibt es hier wohl?« fragte der lange Peter nachdenklich.

»Bienen!« antwortete Holzpantoffelpeter rasch. Er hieß so, weil er einmal mit einem Pantoffelmacher in einem Hause gewohnt hatte.

Natürlich erblickten sie schließlich auch Menschen. In den Fenstern hinter hellen Scheiben und weißen Gardinen erschienen hübsche, junge Gesichter, und auf den Terrassen sahen sie Kinder spielen. Doch kein Geräusch unterbrach die Stille. Es war ihnen, als könnte selbst die Posaune des Jüngsten Gerichtes die Stadt nicht erwecken. Was sollte man mit einer solchen Stadt anfangen!

Sie gingen in einen Laden und kauften Bier. Dort stellten sie mit dumpfer Stimme einige Fragen an den Händler. Sie fragten, ob die Spritzen der Feuerwehr in Ordnung seien und ob es einen Klöppel in der Kirchenglocke gebe, für den Fall, daß Feuerlärm gemacht werden müsse.

Dann tranken sie das Bier auf der Straße aus und warfen die Flaschen fort. Eins, zwei, drei, alle Flaschen aufeinander mit einer solchen Wucht, daß ihnen die Scherben um die Ohren flogen. Oh, wie tat ihnen der Lärm wohl!

Sie hörten Schritte hinter sich, wirkliche Schritte, Stimmen, harte, deutliche Stimmen, Lachen, lautes Lachen und dabei ein Klirren wie von Metall. Sie stutzten und zogen sich in einen Torweg zurück. Es klang wie eine ganze Kompagnie.

Das war es auch, aber von jungen Dirnen. Die Mägde der Stadt zogen in geschlossener Truppe aus, um die Kühe auf der Weide zu melken.

Dies machte auf diese Großstädter, diese Weltbürger den größten Eindruck. Dienstmädchen mit Milcheimern! Das war beinahe rührend!

Sie traten plötzlich aus ihrem Torwege hervor und sagten: »Buh!«

Der ganze Mägdetrupp stob augenblicklich auseinander. Die Dirnen liefen kreischend davon. Die Röcke flatterten, die Kopftücher glitten herab, die Milcheimer fielen auf die Straße.

Und zugleich ertönten die ganze Straße entlang dumpfe Laute von zugeworfenen Türen und Toren, Haken, Klinken und Riegeln.

Weiter die Straße hinab stand eine große Linde, und darunter saß eine alte Frau hinter einem Tische mit Bonbons und Eisenkuchen. Sie rührte sich nicht, sie sah sich nicht um, sie saß nur still. Sie schlief auch nicht.

»Sie ist von Holz!« sagte der Holzpantoffelpeter.

»Nein, von Ton!« behauptete der Walzenpeter.

Sie gingen alle drei in einer Reihe. Gerade vor der Alten begannen sie hin und her zu schwanken. Gerade auf sie los. Der Tisch erhielt einen Stoß. Die Alte fing an zu schelten.

»Weder Holz noch Ton«, sagten sie, »Gift, eitel Gift und Galle.«

Die ganze Zeit über hatte Peter Nord sich gar nicht um sie gekümmert, doch nun standen sie endlich vor Halfvorsons Laden und dort erwartete er sie.

»Niemand kann bestreiten, daß dies hier meine Angelegenheit ist«, sagte er stolz, indem er auf den Laden zeigte. »Jetzt gehe ich allein hinein, um sie abzumachen. Gelingt es mir nicht, so könnt ihr euer Heil versuchen.«

Sie nickten beifällig. »Geh nur, Peter Nord! Wir warten hier draußen auf dich.«

Peter trat in den Laden und fand dort einen jungen Mann allein, den er nach Halfvorson fragte. Er erfuhr, daß dieser verreist sei. Er ließ sich mit dem Ladendiener in ein Gespräch ein und bekam allerlei Nachrichten von seinem früheren Herrn.

Halfvorson sei gar nicht des Schnapshandels wegen verklagt worden. Wie er sich gegen Peter Nord benommen, wisse jedermann, aber man spreche nicht mehr davon. Halfvorson habe es zu etwas gebracht und sei nun nicht mehr so schlimm. Er sei nicht mehr unmenschlich gegen seine Schuldner und lege dem Ladenjungen keine Schlingen mehr. In den letzten Jahren habe er sich auf die Gärtnerei gelegt. Er habe rund um sein Haus in der Stadt einen Blumengarten und draußen vor dem Weichbilde einen Küchengarten angelegt. Jetzt arbeite er so eifrig in seinen Gärten, daß er kaum noch ans Geldzusammenscharren denke.

Peter Nord fühlte einen Stich im Herzen. Natürlich war der Mann gut, er hatte ja im Paradiese bleiben dürfen. Natürlich wurde man gut, wenn man hier wohnte.

Edith Halfvorson war noch bei ihrem Onkel, war aber jetzt krank. Sie hatte im Winter die Lungenentzündung gehabt und war brustschwach geblieben.

Während Peter Nord sich dies und noch manches andere erzählen ließ, standen die drei Kerle draußen und warteten.

In Halfvorsons sonnigem Garten war eine Birkenlaube errichtet worden, damit Edith dort an den schönen, warmen Frühlingstagen sitzen konnte. Ihre Kräfte nahmen so langsam zu, wenn auch keine Lebensgefahr mehr da war.

Mit einigen ist es so bestellt, daß man glauben möchte, sie wollten nicht leben. Bei der ersten Krankheit, die sie ergreift, legen sie sich hin und sterben. Halfvorsons Nichte war seit langem alles verleidet, das Kontor, der kleine düstere Laden, der Gelderwerb. Als sie siebzehn Jahre alt war, hatte sie sich das Ziel gesetzt, in feineren Kreisen zu verkehren und sich dort Freunde zu erwerben. Dann hatte sie den Versuch unternommen, Halfvorson auf dem Pfade der Tugend zu erhalten, und jetzt war ihr auch dies gelungen. Sie sah keine Möglichkeit, aus dem Einerlei des kleinstädtischen Lebens herauszukommen. Sie konnte gern sterben.

Sie war eine jener elastischen Stahlfedernaturen. Eitel Nerven und Lebhaftigkeit, sowie etwas sie drückte und quälte. Wie hatte sie sich mit List und Verstellung, mit weiblicher Güte und weiblichem Trotz abmühen müssen, ehe sie ihren Onkel zu der Einsicht gebracht, daß Peter Nord-Geschichten nicht wieder vorkommen dürften! Doch nun war er besiegt, war zahm geworden, und sie hatte nichts mehr, was sie interessierte. Und nun sollte sie doch nicht sterben! Sie überlegte, was sie sich vornehmen sollte, wenn sie erst wieder gesund wäre.

Plötzlich fuhr sie zusammen. Sie hörte jemand sagen, er wolle die Angelegenheit mit Halfvorson allein abmachen. Und ein anderer erwiderte: »Geh nur, Peter Nord.«

Aber Peter Nord war ja der schrecklichste, der unglückseligste Name auf Erden. Er bedeutete ja, das Erwecken aller der alten Gemeinheiten. Edith erhob sich bebend, und im selben Augenblicke kamen drei scheußliche Gestalten um die Ecke und blieben, sie anstarrend, vor ihr stehen. Nur ein niedriger Zaun und ein dünnes Gebüsch trennten den Garten von der Straße.

Edith war allein. Die Mägde waren zum Melken gegangen, und Halfvorson arbeitete in seinem Garten vor der Stadt, obwohl sein Ladendiener sagen mußte, er sei verreist. Er schämte sich seiner Gärtnerliebhaberei. Edith fürchtete sich ebenso sehr vor den drei Männern, wie vor dem, welcher in den Laden gegangen war. Sie war überzeugt, daß sie ihr etwas zuleide tun wollten. Und so begann sie auf den steilen, glatten Steigen und den kleinen morschen, von einer Terrasse zur andern führenden Holztreppen den Berg hinan zu laufen.

Die fremden Männer fanden es gar zu komisch, daß sie vor ihnen fortlief. Sie konnten es nicht lassen, sich den Anschein zu geben, als wollten sie sie verfolgen. Einer von ihnen kletterte auf den Zaun, und alle drei schrien mit entsetzlicher Stimme hinter ihr her.

Edith lief, wie man im Traume läuft, keuchend, stolpernd, zu Tode erschreckt, mit dem entsetzlichen Gefühle, nicht von der Stelle zu kommen. Alle möglichen Empfindungen stürmten auf sie ein und erschütterten sie so, daß sie sterben zu müssen glaubte. Ja, sie wußte, daß sie sterben würde, wenn einer der Kerle Hand an sie legte. Als sie die oberste Terrasse erreicht hatte und zurückzublicken wagte, sah sie, daß die Männer ruhig auf der Straße stehen geblieben waren und gar nicht mehr auf sie acht gaben. Da warf sie sich völlig entkräftet auf den Boden nieder. Doch die Anstrengung war zu groß für sie gewesen. Sie fühlte, wie etwas in ihr zersprang. Gleich darauf drang ein Blutstrom über ihre Lippen.

So fanden die vom Melken heimkehrenden Mägde sie. Sie war halbtot. Diesmal kam sie mit dem Leben davon, doch keiner wagte zu hoffen, daß sie es lange behalten würde.

Sie konnte an diesem Tage nicht so viel sprechen, daß sie hätte erzählen können, auf welche Weise sie erschreckt worden war. Hätte sie es gekonnt, so wären die Fremden vielleicht nicht lebendig aus der Stadt gekommen. Es ging ihnen auch so schlimm genug. Denn, als Peter Nord aus dem Laden gekommen war und ihnen mitgeteilt hatte, daß Halfvorson nicht zu Hause sei, verließen sie alle vier in schönster Eintracht die Stadt und suchten einen sonnigen Abhang auf, wo sie die Zeit bis zur Rückkehr des Krämers zu verschlafen gedachten.

Doch als die Männer der Stadt, die auf dem Felde gearbeitet hatten, nachmittags nach Hause kamen, erzählten ihnen die Weiber von den drei Strolchen, von ihren drohenden Fragen in dem Laden, wo sie Bier gekauft, und von ihrem ganzen herausfordernden Auftreten. Die Frauen vergrößerten und übertrieben die Sache, sie hatten ja den ganzen Nachmittag zu Hause gesessen und sich in die Angst hineingeredet. Die Männer glaubten Haus und Heim bedroht. Sie beschlossen, die Friedensstörer zu greifen, fanden in einem beherzten Manne einen Anführer, nahmen jeder einen tüchtigen Knüttel mit und zogen aus.

Nun wurde es Leben in der Stadt. Die Frauen standen in der Haustür und machten einander bange. Es war ebenso unheimlich wie vielversprechend.

Es dauerte auch nicht lange, bis die Suchenden mit ihrer Beute kamen. Sie brachten sie alle viere mit. Sie hatten die Schlafenden umringt und sie gefangen. Die Tat hatte keinen Heldenmut erfordert.

Jetzt brachten sie sie wieder mit heim und trieben sie wie Vieh vor sich her. Der Wahnsinn des Rachedurstes hatte die Sieger ergriffen. Sie schlugen, um zu schlagen. Wenn einer der Gefangenen die Faust ballte, erhielt er einen Schlag auf den Kopf, der ihn umwarf, und dann hagelte es Schläge, bis er aufstand und weiterging. Die vier Männer wurden beinahe totgeschlagen.

Es klingt so schön in den alten Liedern, wie der gefangene Held in Fesseln vor dem Triumphwagen seines siegreichen Feindes hergeht. Doch selbst im Unglücke ist er noch stolz und zuversichtlich. Und die Blicke suchen ihn ebensogut wie den Glücklichen, der ihn überwunden hat. Die Kränze und die Tränen der Schönheit gehören dem selbst im Unglücke noch Beneidenswerten.

Doch wer wollte für den armen Peter Nord schwärmen? Sein Rock war zerrissen und sein Flachshaar klebte von Blut. Er bekam die meisten Schläge, denn er setzte sich am heftigsten zur Wehr. Er bot einen unheimlichen Anblick dar. Er brüllte, ohne es zu wissen. Die Buben hängten sich an ihn, und er schleppte sie lange Strecken mit. Einmal blieb er stehen und schüttelte das kleine Volk ab. Als er sich zum Fliehen anschickte, schlug man ihn mit einem Knüttel zu Boden. Er fuhr, halb betäubt, wieder auf und stolperte weiter, während Peitschenhiebe auf ihn herab hagelten und die Buben sich wie Egel an seine Arme und Beine hängten.

Da begegneten sie dem alten Senator, der gerade von seiner Whistpartie im Wirtshausgarten kam. »So, so«, sagte er zum Vortrabe, »ihr bringt welche ins Loch.«

Und er stellte sich an die Spitze des Zuges, befahl und ordnete an. Nach einer Sekunde sah alles anständig aus. Die Gefangenen und ihre Wächter marschierten in Ruhe und Ordnung weiter. Doch die Wangen der Städter glühten, einige schlugen mit ihren Knütteln auf das Pflaster, andere schulterten sie wie Gewehre. Und so wurden die Gefangenen der Stadt auf der Polizei abgeliefert und in das Gefängnis auf dem Markte abgeführt.

Die Retter der Stadt standen noch lange auf dem Markte und redeten von ihrem Mute und der großen Tat. Und in der kleinen Gaststube, wo der Rauch dichte Wolken bildet und angesehene Männer ihren Mitternachtsgrog brauen, wird die Tat noch mehr vergrößert. Da wachsen die in den Schaukelstühlen, da schwellen die auf dem Sofa Sitzenden, da werden sie alle zu Helden. Welche Tatkraft schlummert in der kleinen Stadt der großen Erinnerungen! Du furchtbares Erbteil, du altes Wikingerblut!

Doch dem alten Senator wollte die Sache nicht gefallen. Er konnte sich nicht damit aussühnen, daß das Wikingerblut wieder in Wallung geraten. Und der Gedanke hieran ließ ihn nicht schlafen, er mußte wieder hinaus und ging langsamen Schrittes nach dem Markte.

Das Städtchen lag im sanften Lichte der Frühlingsnacht da. Der einzige Zeiger der Turmuhr wies auf elf. Auf der Kegelbahn rollten keine Kugeln mehr. Alle Rouleaux waren heruntergelassen. Die Häuser schienen mit geschlossenen Augenlidern zu schlafen. Die lotrecht aufsteigenden Berge waren so schwarz, wie wenn sie in Trauer gekleidet wären. Doch mitten in allem diesem Schlafe wachte einer – der Blumenduft schlief nicht. Er schlich sich über die Lindenhecken, stürmte aus den Gärten, jagte die Straße hinauf und hinab, kletterte in jedes angelehnte Fenster und in jede offene Bodenluke, die frische Luft einatmete.

Jeder, zu dem der Blumenduft drang, sah sofort seine ganze kleine Stadt vor sich, obgleich die Dunkelheit sich leise auf sie herabgesenkt. Er sah sie als Blumenstadt, wo nicht die Häuser, sondern die Gärten aneinanderstießen. Er sah die Kirschbäume weiße Bogen über den steilen Bergpfad wölben, sah die Syringentrauben, die zu prachtvollen Rosen anschwellenden Knospen, die stolzen Päonien und die Blumenblätterwehen auf der Erde unter den Faulbäumen.

Der alte Senator ging in tiefen Gedanken. Er war so weise und so alt. Die Siebzig hatte er überschritten und fünfzig Jahre lang das Geschick der Stadt geleitet. Doch in dieser Nacht fragte er sich, ob er recht daran getan, stets zu dämpfen und zu beruhigen. »Ich hatte die Stadt in meiner Hand«, dachte er, »aber ich habe sie nicht zu etwas Großem gemacht.« Und er erinnerte sich ihrer vergangenen Größe und zweifelte immer mehr daran, ob er recht gehandelt.

Er stand unten am Markte, da wo die Aussicht sich über den Fluß öffnet. Ein Boot kam gerudert. Einige Städter kehrten von einem Ausfluge zurück. Hellgekleidete Mädchen führten die Ruder. Sie steuerten unter dem Brückengewölbe hindurch, doch dort war die Strömung so stark, daß sie zurücktrieben. Es entstand ein heftiger Kampf. Ihr schlanker Leib beugte sich so weit nach hinten, daß er in einer Höhe mit dem Bootrande lag. Die weichen Armmuskeln spannten sich an. Die Ruder krümmten sich wie Bogen. Der Lärm von Lachen und Rufen erfüllte die Luft. Mal auf Mal siegte der Strom. Das Boot wurde schmählich zurückgeworfen. Und als die Mädchen schließlich am Marktkai anlegen und den Männern das Heimschaffen des Bootes überlassen mußten, waren sie rot und verdrießlich und mußten doch lachen. Oh, wie ihr Lachen die Straße hinunterschallte! Wie ihre breitrandigen hellen Hüte, ihre leichten flatternden Sommerkleider die stille Nacht belebten!

Da stellten sich der Phantasie des alten Senators – das Dunkel erlaubte ihm nicht, sie deutlich zu sehen – ihre süßen, jungen Gesichter, ihre schönen, klaren Augen und roten Lippen dar. Er richtete sich stolz auf. Die kleine Stadt war doch nicht ohne Glanz. Andere Städte konnten sich mit anderem brüsten, doch er kannte keinen Ort, der reicher an der den Blick erfreuenden Schönheit der Blumen und Frauen war.

Da dachte der Alte mit neuem Mute an sein Wirken. Er brauchte sich nicht um die Zukunft dieser Stadt zu sorgen. Eine solche Stadt brauchte sich nicht durch strenge Gesetze zu schützen.

Und so erbarmte er sich denn über die armen Gefangenen. Er ging zum Polizeimeister, weckte ihn und redete mit ihm. Und dieser war ganz seiner Meinung. Sie gingen zusammen nach dem Arrestlokal und ließen Peter Nord und seine Kameraden frei.

Daran tat die Obrigkeit recht. Denn die kleine Stadt gleicht der milesischen Aphrodite. Sie zieht durch ihre Schönheit an, und es fehlt ihr an festhaltenden Armen.

3.

Es ist, als müßte ich die Wirklichkeit verlassen und in die Märchenwelt der Unwahrscheinlichkeit fliehen, um erzählen zu können, was sich nun zutrug. Wäre der junge Peter Nord ein Per Svinaherde mit der Goldkrone unter dem Hute gewesen, würde uns alles so einfach und natürlich vorkommen. Doch nun glaubt mir wohl keiner, wenn ich sage, daß auch Peter Nord einen königlichen Reif um sein Flachshaar trug. Es weiß eben niemand, wie wunderbar es in der kleinen Stadt zugeht. Niemand vermag auch nur zu ahnen, wie viele verzauberte Prinzessinnen dort auf den märchenhaften Hirtenknaben warten.

Anfangs hatte es den Anschein, als wäre die Geschichte hiermit zu Ende. Denn als Peter, von dem alten Senator freigelassen, zum zweiten Male mit Schimpf und Schande aus der Stadt fliehen mußte, überkamen ihn wieder dieselben Gedanken wie bei seiner ersten Flucht. Wieder erklangen ihm die Polskamelodien in den Ohren, alle übertönt von dem alten Ringelreihen:

»Nun ist es Weihnacht wieder,
Nun ist es Weihnacht wieder,
Und nach dem Feste kommt dann Ostern!

Doch das ist gar nicht wahr,
Doch das ist gar nicht wahr,
Denn nach dem Weihnachtsfeste kommt Frau Fasta!«

Und er sah deutlich die gelbblasse Frau Fasta mit ihrer Rute über die Erde schleichen. Und sie rief ihm zu: »Verschwender, Verschwender! Du hast während der Fastenzeit, die man Leben nennt, das Fest der Rache und der Genugtuung feiern wollen. Kann man sich hienieden solchen Luxus erlauben, du Dummkopf?«

Darauf hatte er ihr von neuem Gehorsam gelobt und war wieder ein schweigsamer, sparsamer Arbeiter geworden, der still und besonnen seine Pflicht tat. Niemand hätte ihm zugetraut, daß er vor Bosheit gebrüllt und das kleine Volk abgeschüttelt, wie der verfolgte Elch die Hunde.

Ein paar Wochen später suchte Halfvorson ihn in der Fabrik auf. Er kam im Auftrage seiner Nichte, die womöglich noch am selben Tage mit Peter Nord sprechen wollte.

Peter Nord bebte und zitterte am ganzen Leibe, als er Halfvorson erblickte. Es war ihm, als sehe er eine glatte Schlange. Er wußte nicht, sollte er zuschlagen oder fortlaufen – doch da bemerkte er, daß der Alte tiefbekümmert aussah.

Der Kaufmann hatte ein solches Aussehen, wie man es vom schnellen Gehen bei heftigem Winde bekommt. Die Gesichtsmuskeln waren gespannt, die Lippen fest aufeinandergepreßt, die Augen von Tränen gerötet. Das einzige, was sich gleich geblieben, war die Stimme. Die war noch ebensowenig menschenähnlich und ausdruckslos.

»Sie brauchen weder die alte noch die neue Geschichte zu fürchten«, sagte Halfvorson. »Es hat sich allerdings herumgesprochen, daß Sie in Gesellschaft der drei Kerle waren, die neulich bei uns solchen Aufstand machten. Und da wir annahmen, daß sie von hier waren, kamen wir Ihnen dadurch auf die Spur. Edith wird bald sterben«, fuhr er fort, und sein Gesicht verzog sich schmerzlich, »und will vor ihrem Tode noch einmal mit Ihnen sprechen. Doch wir meinen es nicht böse mit Ihnen!«

»Ich komme selbstverständlich«, antwortete Peter Nord.

Bald befanden sich beide an Bord des Dampfers, Peter fein geputzt in seinem Sonntagsstaate. Und unter dem Hute spielten und lächelten alle seine Knabenträume, ein wirklicher Kronreif umschloß sein lichtes Haar. Ediths Botschaft raubte ihm förmlich die Besinnung. Er hatte es ja stets geahnt, daß feine Damen sich in ihn verlieben würden. Und nun wollte eine solche ihn vor ihrem Tode noch einmal sehen. Das war das Wunderbarste von allem Wunderbaren! – Er dachte an sie, wie sie früher gewesen. So stolz, so lebensfroh! Und nun mußte sie sterben. Sie tat ihm so leid. Doch daß sie alle diese Jahre seiner gedacht! Er versank in schmerzlich-süße Gedanken.

Der alte, närrische Peter Nord war wieder da. Sowie er sich dem Städtchen näherte, wich Frau Fasta mit Überdruß und Verachtung von ihm.

Halfvorson hatte keinen Augenblick Ruhe. Der heftige Sturm, von dem nur er allein etwas merkte, trieb ihn auf dem Decke hin und her. Wenn er an Peter vorbeiging, brummte er einige Worte, so daß dieser erfuhr, welche Richtung die trüben Gedanken des Krämers eingeschlagen hatten.

»Sie fanden sie halbtot auf der Erde liegen – in einer Blutlache«, sagte er das eine Mal. Und ein andermal: »War sie nicht gut? War sie nicht hübsch? Wie konnte es ihr nur so schlecht gehen?« Und dann: »Sie hat mich auch gut gemacht. Konnte es nicht mit ansehen, daß sie den ganzen Tag betrübt aussah und das Kassenbuch mit ihren Tränen verdarb.« Darauf: »Übrigens eine schlaue Dirn', Nord. Schmeichelte sich bei mir ein. Machte es mir zu Hause gemütlich. Verschaffte mir feinen Verkehr. Durchschaute sie allerdings, konnte ihr aber nicht widerstehen.« Er ging bis aufs Vorderdeck und kehrte dann wieder zurück. »Ich kann es nicht ertragen, daß sie sterben muß.«

Und alles dies sagte er mit seiner hilflosen Stimme, die er weder dämpfen noch modulieren konnte. Peter Nord hatte das stolze Gefühl, daß ein Mann, dessen Stirn ein Königreif umschloß, nicht das Recht habe, einem Halfvorson zu zürnen. Dieser war ja durch sein Gebrechen von den Menschen geschieden und konnte ihre Liebe nicht gewinnen. Deshalb mußte er sie alle wie Feinde behandeln. Man konnte ihn nicht mit demselben Maße messen wie andere Menschen.

Darauf versank Peter Nord wieder in seine Träumereien. Sie hatte seiner also während all dieser Jahre gedacht und konnte nicht sterben, ohne ihn noch einmal gesehen zu haben. Oh, welch ein Gedanke! Ein junges Mädchen hatte jahrelang seiner gedacht, ihn geliebt, ihn vermißt!

Sowie er an Land gekommen war und das Haus des Krämers erreicht hatte, wurde er zu Edith geführt, die ihn draußen in der Laube erwartete.

Der glückliche Peter Nord brauchte bei ihrem Anblicke nicht aus seinen Träumen zu erwachen. Sie war eine liebreizende Traumerscheinung, diese junge Maid, die mit den wurzellosen Birken der Laube um die Wette dahinwelkte. Ihre großen Augen waren dunkler und klarer geworden. Ihre Hände waren so dünn und durchsichtig, daß man sich fürchtete, diese vergeistigte Materie zu berühren.

Und dies war sie, die ihn liebte! Natürlich liebte er sie sofort wieder, liebte sie heiß, teuer, glühend! Welche Seligkeit, nach so langen Jahren wieder zu fühlen, wie das Herz beim Anblicke eines Mitmenschen warm wird!

Er war am Eingang der Laube stehen geblieben, während Auge, Herz und Hirn in eifriger Tätigkeit waren. Als sie bemerkte, daß er sie ansah, begann sie zu lächeln, mit dem verzweifeltsten Lächeln, das es gibt, jenem Lächeln der Kranken, welches sagen zu wollen scheint: »Sieh, was aus mir geworden, doch zähle nicht auf mich. Ich kann nicht mehr schön und anmutig sein. Ich werde bald sterben.«

Dies führte ihn zur Wirklichkeit zurück. Er sah, daß er es nicht mit einem Traumbilde, sondern mit einer Seele zu tun hatte, die im Begriffe war zu entfliehen und deshalb die Mauern ihres Gefängnisses so dünn und durchsichtig gemacht hatte. Nun zeigte es sich deutlich auf seinem Gesichte und an der Weise, in der er Ediths Hand ergriff, daß er auf einmal ihr Leiden teilte, und daß er über der Sorge, sie bald zu verlieren, alles andere vergessen hatte, so deutlich, daß die Kranke plötzlich ein ebensolches Mitleid mit sich selbst empfand und ihre Augen sich mit Tränen füllten.

Oh, welches Mitgefühl er vom ersten Augenblick an für sie empfand. Er begriff sofort, daß sie ihre Bewegung schwerlich würde zeigen wollen. Natürlich mußte es sie ergreifen, ihn vor sich zu sehen, den sie so lange vermißt, doch nun war ihre Schwäche daran schuld, daß sie sich verriet. Sie wollte natürlich nicht, daß er es beachten sollte. Und deshalb brachte er ein unverfängliches Thema aufs Tapet.

»Wissen Sie, was aus meinen weißen Mäusen geworden ist?« fragte er.

Sie blickte ihn bewundernd an. Er schien ihr den Weg ebnen zu wollen. »Ich ließ sie in den Laden laufen«, antwortete sie. »Sie haben sich gut durchgeschlagen.«

»Oh nein, wirklich! Leben noch einige von ihnen?«

»Halfvorson sagt, daß er Peter Nords Mäuse nie wieder los wird. Die haben Sie gerächt, müssen Sie wissen«, sagte sie absichtlich.

»Es war eine vorzügliche Rasse«, antwortete Peter Nord stolz.

Das Gespräch geriet eine Weile ins Stocken. Edith schloß die Augen, wie um zu ruhen, und er schwieg ehrfurchtsvoll. Seine letzte Antwort hatte sie nicht verstanden. Er hatte nicht an das angeknüpft, was sie von der Rache gesagt. Als er von den Mäusen angefangen, hatte sie geglaubt, er wisse, was sie ihm hatte sagen wollen.

Sie hatte es ja verstanden, daß er vor ein paar Wochen gekommen war, um sich zu rächen. Der arme Peter Nord! Manch liebes Mal hatte sie darüber nachgegrübelt, wie es ihm wohl gehe. Manche Nacht hatte das Weinen des erschreckten Jungen sie im Traume heimgesucht. Es war teilweise um seinetwillen, damit sie nicht noch einmal eine solche Nacht würde erleben müssen, geschehen, daß sie angefangen, auf ihren Onkel einzuwirken, ihm seine Häuslichkeit gemütlich zu machen und den Einsamen zu lehren, welchen Wert es hat, einen teilnehmenden Freund bei sich zu haben. Nun war ihr Schicksal wieder mit dem Peter Nords verbunden. Sein Rachezug hatte sie zu Tode erschreckt. Sowie sie sich ein wenig von dem schweren Anfalle erholt, hatte sie Halfvorson gebeten, ihn aufzusuchen.

Und nun bildete Peter Nord sich ein, daß sie ihn aus Liebe gerufen. Er konnte es ja nicht wissen, daß sie ihn für rachsüchtig, roh und heruntergekommen, für einen Trinker und Raufbold hielt. Er, der ein Vorbild für seine Kameraden im Arbeiterviertel war, konnte nicht ahnen, daß sie ihn hatte rufen lassen, um ihn zur Tugend und Sittsamkeit zu ermahnen und um ihm, wenn alles nichts half, zu sagen: »Sieh mich an, Peter Nord! Deine Unverständigkeit und deine Rachgier sind die Ursache meines Todes. Denke daran und beginne ein anderes Leben!«

Er war, mit Lebenslust und Träumen geschmückt, gekommen, um ein Fest der Liebe zu feiern, und sie gedachte, ihn in die schwarze Tiefe der Reue hinabzusenken.

Doch ein wenig von dem Glanze der Königskrone mußte ihr entgegengestrahlt und sie nachdenklich gemacht haben, denn sie beschloß, erst ein Verhör mit ihm anzustellen.

»Aber, Peter Nord, waren Sie es denn wirklich, der mit den drei schrecklichen Kerlen hier war?«

Er blickte errötend zu Boden. Dann mußte er ihr die ganze Geschichte des Rachezuges mit all seiner Schande erzählen. Zuerst, wie unmännlich saumselig er gewesen, sich Gerechtigkeit zu verschaffen, und wie er sich nur gezwungen auf den Weg gemacht, und dann, wie er, statt Schläge auszuteilen, selbst geprügelt und gepeitscht worden war. Er wagte während seines Berichtes nicht aufzublicken, er durfte ja nicht einmal von diesen milden Augen ein nachsichtiges Urteil erwarten. Er fühlte, daß er sich selbst, allen Glanzes beraubte, womit sie sich ihn in ihren Träumen ausgeschmückt haben mußte.

»Aber wie wäre es gegangen, Peter Nord, wenn Sie Halfvorson getroffen hätten?« fragte Edith, als er geendet hatte.

Er ließ das Haupt noch tiefer sinken. »Ich sah ihn ja«, antwortete er. »Er war nicht verreist. Er arbeitete in seinem Garten vor dem Tore. Der Ladenjunge erzählte es mir.«

»Nun, weshalb rächten Sie sich denn nicht?«

Nichts sollte ihm erspart bleiben. – Doch er fühlte ihre forschenden Blicke und begann gehorsam: »Als die drei sich an einer Böschung zum Schlafen niedergelegt, ging ich allein auf die Suche nach Halfvorson, denn ich wollte unter vier Augen mit ihm sprechen. Er stäbelte gerade ein Erbsenbeet. Es mußte den Tag vorher förmlich gegossen haben, denn die Erbsen lagen auf dem Boden, einige Blätter hatte der Regen zerschlagen, andere mit Erde bespritzt. Das Beet glich einem Krankenhause, und Halfvorson war der Doktor. Er richtete sie so vorsichtig auf, schrapte die Erde ab und half den armen Kleinen sich um die Stäbe zu schlingen. Ich stand dabei und sah zu. Er hörte mich ja nicht und zum Aufsehen hatte er keine Zeit. Ich versuchte meinen Zorn festzuhalten. Doch was sollte ich machen? Ich konnte nicht auf ihn losfahren, solange er mit den Erbsen zu tun hatte. Nachher kommt wohl meine Zeit, dachte ich.

Doch da schlug er sich plötzlich vor die Stirn und eilte nach dem Treibbeeten. Dort nahm er die Glasfenster ab und guckte hinein, und ich ebenfalls, denn er sah aus, als wäre er in bitterster Verzweiflung. Es war aber auch wirklich gräßlich. Er hatte vergessen, etwas zum Schutze gegen die Sonne darüber zu decken, und unter den Fenstern mußte es wohl grauenhaft heiß gewesen sein, denn die Gurken lagen wie halbtot da und rangen nach Atem; einige Blätter waren verbrannt, andere hingen schlaff nieder. Es ging auch mir so nahe, daß ich an nichts anderes denken konnte. Ich sah mich nicht vor, und Halfvorson erblickte meinen Schatten. ›Hör' einmal‹ sagte er, ohne aufzusehen, ›nimm die Gießkanne, die bei den Spargelbeeten steht, und laufe nach dem Flusse.‹ Er hielt mich wohl für den Gärtnerjungen. Und ich lief nach Wasser.«

»Taten Sie das, Peter Nord?!«

»Ja. Sehen Sie, die Gurken brauchten wohl nicht unter unserer Feindschaft zu leiden. Ich dachte freilich daran, daß es charakterlos und dergleichen von mir sei, aber ich konnte nicht anders. Ich wollte sehen, ob sie sich nicht erholen könnten. Als ich wiederkam, hatte er alle Fenster abgedeckt und starrte noch ebenso verzweifelt in die Beete. Ich gab ihm die Kanne in die Hand, und er begann zu begießen. Man konnte förmlich sehen, wie gut es den Beeten tat. Es war mir, als richteten die Gurken sich auf, und ihm schien es wohl auch so, denn er fing an zu lachen. Da lief ich fort.«

»Liefen Sie fort, Peter Nord, liefen Sie fort?« Edith hatte sich in dem Ruhesessel aufgerichtet.

»Ich konnte ihn nicht schlagen«, sagte Peter Nord.

Der Glanz um das Haupt des armen Peter Nord schien Edith immer deutlicher zu werden. Es war also nicht nötig, ihn mit der schweren Last der Sünde um den Hals in die Tiefe der Reue hinabzusenken. Also ein solcher Mann war er! Ein so weichherziger, zartfühlender Mann! Sie ließ sich zurücksinken, schloß die Augen und überlegte. Sie brauchte es ihm nicht zu sagen. Sie wunderte sich selbst darüber, daß es ihr eine so große Erleichterung war, ihm nicht Kummer bereiten zu müssen.

»Ich freue mich so sehr darüber, daß Sie die Rachegedanken aufgegeben haben, Peter Nord«, begann sie freundlich. »Ich wollte Sie gerade darum bitten. Jetzt kann ich ruhig sterben.«

Er rang nach Atem. Sie war nicht unfreundlich. Sie sah nicht aus, als hätte sie sich in ihm getäuscht. Sie mußte ihn sehr lieb haben, da sie all diese Feigheit entschuldigen konnte. – Denn daß sie sagte, sie habe ihn rufen lassen, um ihn zu bitten, auf seine Rachepläne zu verzichten, war natürlich nur Schüchternheit, die den wahren Grund nicht gestehen wollte. Darin hatte sie so recht. Ihm, dem Manne, lag es ob, das erste Wort zu sagen.

»Wie kann man Sie sterben lassen?« rief er aus. »Wie können Halfvorson und alle die andern es zulassen? Wäre ich hier, so würde ich Ihnen nicht gestatten zu sterben. Ich würde Ihnen meine ganze Kraft geben. Ich würde all Ihr Leiden auf mich nehmen.«

»Ich habe keine großen Schmerzen«, sagte sie, über die kühnen Versprechungen lächelnd.

»Mir ist, als müßte ich Sie wie ein frierendes Vöglein mitnehmen, wie ein junges Eichhörnchen unter die Weste stecken. Oh, wie ließe es sich arbeiten, wenn man von etwas so Warmem und Weichem zu Hause erwartet würde! Doch wenn Sie gesund wären, würden es wohl so viele sein …«

Sie sah ihn mit müdem Erstaunen an, bereit, ihn in seine Schranken zurückzuweisen. Sie mußte jedoch wieder etwas von dem Zauberkranz der Träume um das Haupt des Jünglings gesehen haben, denn sie hatte Nachsicht mit ihm. Er meinte wohl nichts damit. Er mußte wohl so sprechen. Er war ja nicht wie die andern.

»Ach«, antwortete sie gleichgültig, »es sind ihrer nicht so viele, Peter Nord. Es hat's wohl kaum einer ernst gemeint.«

Doch nun trat wieder eine Wendung zu seinen Gunsten ein. In ihr erwachte plötzlich der gierige Hunger aller Kranken nach Mitleid. Sie wollte die Zärtlichkeit, das Mitleid haben, die der arme Arbeiter ihr schenken konnte. Sie bedurfte der Gegenwart dieses tiefen, uneigennützigen Mitgefühls. Kranke können dessen nicht genug bekommen. Sie wollte es in seinen Blicken und seinem ganzen Wesen lesen. Die Worte waren ihr gleichgültig.

»Ich freue mich, Sie hier zu sehen«, sagte sie. »Bleiben Sie noch ein wenig sitzen und erzählen Sie mir, wie es Ihnen während dieser sechs Jahre ergangen ist.«

Während er erzählte, lag sie still und sog jenes Unaussprechliche ein, das von ihm zu ihr hinüberströmte. Sie hörte und hörte doch nicht. Aber eine wunderbare Sympathie stärkte und belebte sie.

Jedoch auch sein Bericht machte Eindruck auf sie. Er führte sie in das Arbeiterviertel, in eine neue Welt voll gärender Hoffnungen und Kräfte. Wie jene Leute sich sehnten und glaubten! Wie sie haßten und litten!

»Wie glücklich die Unterdrückten sind!« sagte sie.

In einem Anfalle von Lebenslust fiel es ihr ein, daß dies etwas für sie sein könnte, die ja stets des Druckes und Zwanges bedurfte, um das Dasein lebenswert finden zu können.

»Wenn ich gesund wäre«, fuhr sie fort, »würde ich vielleicht mit dorthin gehen. Es würde schön sein, sich mit einem, den man leiden mag, zusammen heraufzuarbeiten.«

Peter Nord fuhr zusammen. Da war ja das Geständnis, auf das er die ganze Zeit über gewartet. »Oh, können Sie denn nicht leben!« bat er. Er strahlte förmlich vor Glück.

Sie wurde aufmerksam. »Dies ist ja Liebe«, sagte sie sich. »Und nun hält er mich auch für verliebt. Was für ein Narr der Värmlandsjunge doch ist!«

Sie wollte ihn gleich wieder zur Vernunft bringen, doch über Peter Nord lag an diesem Siegestage etwas, das sie daran hinderte. Sie konnte es nicht übers Herz bringen, ihm den frohen Mut zu trüben. Sie fühlte Mitleid mit seiner Torheit und ließ ihn dabei bleiben. »Es macht ja nichts aus, da ich doch bald sterben muß«, sagte sie sich.

Sie verabschiedete ihn jedoch gleich darauf, und als er fragte, ob er wiederkommen dürfe, verbot sie es ihm. »Denken Sie aber an unsern Friedhof auf dem Berge, Nord«, sagte sie. »Dorthin können Sie um ein paar Wochen gehen und dem Tode für diesen Tag danken.«

Als Peter Nord aus dem Garten kam, begegnete ihm Halfvorson. Dieser ging dort in Verzweiflung auf und ab und fand seinen einzigen Trost in dem Gedanken, daß Edith dem Schuldigen nun die Last der Reue auferlegte. Er hatte ihn einzig und allein geholt, um ihn von Gewissensbissen überwältigt zu sehen. Doch als er dem jungen Arbeiter begegnete, sah er, daß Edith ihm nicht alles gesagt hatte. Wohl sah Peter ernst aus, doch er schien zugleich auch schwindelnd glückselig zu sein.

»Hat Edith Ihnen gesagt, weshalb sie sterben muß?« fragte Halfvorson.

»Nein«, antwortete Peter Nord.

Halfvorson legte ihm die Hand auf die Schulter, wie um ihn am Entkommen zu hindern.

»Um Ihretwillen stirbt sie, um Ihrer verfluchten Streiche willen. Sie war vorher ein wenig krank, doch das hatte nichts zu sagen. Keiner glaubte, daß sie daran sterben würde. Da aber kamen Sie mit den drei unseligen Schurken hierher, und diese erschreckten sie, während Sie in meinem Laden waren. Sie jagten sie und sie lief vor ihnen fort, lief so, daß sie einen Blutsturz bekam. Doch das haben Sie gewollt, Sie wollten sich an mir dadurch rächen, daß Sie sie töteten, wollten mich einsam und unglücklich, ohne einen Menschen, der etwas von mir hält, sehen. Alle meine Freude wollten Sie mir nehmen, alle meine Freude.«

Er wollte noch lange fortfahren, Peter Nord mit Vorwürfen zu überhäufen und mit Verwünschungen zu morden; doch dieser riß sich los und eilte davon, als hätte ein Erdbeben die Stadt erschüttert und alle Häuser wären im Begriffe, einzufallen.

4.

Hinter der Stadt steigt die Felswand lotrecht empor, wenn man sie aber auf steilen Steintreppen und von Fichtennadeln glatt gewordenen Pfaden erklommen hat, sieht man den Berg sich zu einem großen, wellenförmigen Plateau ausbreiten. Und dort oben findet man einen verzauberten Wald.

Die ganze Fläche nimmt ein Tannenwald ohne Nadeln ein, ein Wald, der im Frühlinge stirbt und zum Herbste grünt, ein lebloser Wald, der in Lebensfreude aufflackert, wenn andere Bäume das grüne Kleid des Lebens ablegen, ein Wald, der wächst, ohne daß man weiß wie, der unter dem Reife grün und unter dem Taue braun dasteht.

Es ist ein neuangepflanzter Wald. Junge Kiefern sind gezwungen worden, in den Ritzen zwischen den Granitplatten Wurzel zu schlagen. Ihre zähen Wurzeln haben sich wie scharfe Keile in die Risse und Zwischenräume gebohrt. Das ging eine Zeitlang gut, die jungen Bäume wuchsen wie Stangen und schlugen frisch in dem Grausteine Wurzel. Doch schließlich konnten sie nicht weiter kommen, und da geriet der Wald in einen schlecht verhehlten Zorn. Er wollte hoch hinaus, aber auch tief. Da ihm der Weg nach unten versperrt war, machte er sich nichts mehr aus dem Leben. Jeden Frühling war er bereit, die Bürde des Lebens mißmutig abzuwerfen. In dem Sommer, da Edith sterben sollte, stand der junge Wald ganz braun da. Hoch über der Blumenstadt sah man oben am Bergrande einen düsteren Kranz sterbender Bäume.

Droben auf dem Berge herrscht jedoch nicht nur Düsterkeit und Todeskampf. Während man zwischen den braunen Bäumen dahingeht und sich so bedrückt fühlt, daß man am liebsten sterben möchte, sieht man grüne Bäume schimmern. Blumenduft schlägt einem entgegen; Vogelgesang jubelt und lockt. Dann denkt man an das Schloß im schlafenden Walde und an das von Dornengebüsch umgebene Paradies der Sage. Und wenn man dann an das Grün, den Blumenduft und den Vogelgesang gelangt, sieht man, daß man sich auf dem versteckt liegenden Friedhofe der kleinen Stadt befindet.

Das Heim der Toten liegt in einer mit Erde gefüllten Vertiefung des Plateaus. Und dort, innerhalb der grauen Steinmauer, gibt es kein Verwelken, keinen Lebensüberdruß mehr. Die Syringen am Tore beugen sich unter schweren Blütentrauben. Linden und Ahornbäume bilden in außerordentlichem Wachstum ein himmelhohes Gewölbe über dem ganzen Platze. Jasmin und Rosen blühen freundlich auf der geweihten Erde. Um große alte Grabsteine schlingen sich die Ranken des Efeus und des Immergrüns.

Dort gibt es eine Ecke, wo die Tannen die Höhe von Mastbäumen erreichen. Müßte der junge Wald dort hinten sich bei ihrem Anblicke nicht eigentlich schämen? Und dort gibt es Hecken, die den Händen ihrer Pfleger vollständig entwachsen sind und, ohne an Messer und Schere zu denken, sprießen und blühen.

Die Stadt hat jetzt auch einen andern, neueren Friedhof, wohin die Toten ohne besondere Mühe kommen können. Es war schwer für sie, im Winter hierher zu gelangen, wenn die steilen Waldwege mit Glatteis überzogen und die Treppen schlüpfrig oder verschneit sind. Der Sarg knackte, die Träger leuchten, der alte Präpositus stützte sich schwer auf den Küster und den Totengräber. Jetzt braucht keiner dort oben begraben zu werden, wenn er es nicht selbst gewünscht hat.

Schön sind die Gräber dort nicht. Nur wenige verstehen es, den Toten eine schöne Stätte zu bereiten. Doch das frische Grün teilt ihnen allen seine Schönheit und seinen Frieden mit. Seltsam feierlich ist das Bewußtsein, daß diejenigen, welche hier ruhen, es gern tun. Der Lebende, der nach einem heißen Arbeitstage hier hinauf flieht, weilt hier unter Freunden. Die hier Schlafenden haben ja auch die hohen Bäume und die Stille geliebt.

Kommt ein Fremder hier hinauf, so spricht man ihm nicht von Tod und Verlust, sondern man setzt sich auf die breiten Bürgermeistergräber und erzählt ihm von Peter Nord, dem Värmlandsjungen und seiner Liebe. Es ist, als ließe sich diese Geschichte hier oben, wo der Tod seinen Schrecken verloren hat, so gut erzählen. Der geweihte Boden scheint darüber zu jubeln, daß auch er der Schauplatz erwachenden Glückes und neuerweckten Lebens gewesen ist.

Denn, als Peter Nord sich von Halfvorson losgerissen, suchte er sich droben auf dem Friedhofe eine Zuflucht.

Anfangs lief er in der Richtung nach der Flußbrücke dahin und schlug den Weg nach der großen Fabrikstadt ein. Doch auf der Brücke hielt der arme Flüchtling inne. Mit dem Königsreife um seine Stirn war es vorbei. Er war verschwunden, als sei er nur von Sonnenstrahlen gesponnen gewesen. Er war vom Kummer tiefgebeugt, der ganze Leib bebte, das Herz tat ihm weh und das Hirn brannte wie Feuer.

Da glaubte er, Frau Fasta zum dritten Male auf sich zukommen zu sehen. Sie war diesmal viel freundlicher und barmherziger, schien ihm aber deshalb nur um so furchtbarer.

»Ach du Ärmster«, sagte sie, »möchtest du mit deinen Streichen nun endlich aufhören! Du hast während der Fastenzeit, die man das Leben nennt, das Fest der Liebe feiern wollen, nun aber siehst du, wie es dir geht. Komm nun mit und sei mir treu; nun hast du alles versucht und kannst dich nur noch an mich wenden.«

Doch er streckte abwehrend die Arme gegen sie aus. »Ich weiß, was du von mir willst. Du willst, daß ich arbeite und entsage, aber ich kann nicht. Nicht jetzt, Frau Fasta, nicht jetzt!«

Die gelbblasse Frau Fasta lächelte noch milder: »Du bist ja unschuldig, Peter Nord. Mache dir doch keinen Kummer über das, wofür du nichts kannst! War Edith nicht gut zu dir? Sahst du nicht, daß sie dir vergeben hat? Komm mit zur Arbeit! Lebe, wie du gelebt hast!«

Der Jüngling wurde immer heftiger. »Meinst du, es sei besser für mich, daß ich gerade die getötet, welche gut gegen mich gewesen ist und mich lieb gehabt hat? Wäre es nicht besser gewesen, wenn ich jemand mit Willen ermordet? Ich muß es sühnen. Ich muß ihr das Leben retten. Jetzt kann ich nicht an Arbeit denken.«

»Oh, du Tor«, antwortete Frau Fasta, »du willst das Versöhnungsfest feiern, das ist der größte Übermut von allen.«

Da empörte sich Peter Nord endgültig gegen seine langjährige Freundin. Er lachte ihr geradezu ins Gesicht. »Was hast du mir eingebildet?« sagte er. »Daß du eine langweilige, brummige alte Frau mit einem Armvoll kleiner, artiger Reiser seist! Du bist eine Hexe, Leben! Du bist ein Ungeheuer. Du bist schön und schrecklich zugleich. Du kennst selber weder Maß noch Ziel, wie soll ich es da kennen? Wie kannst du Fasten predigen, da du solches Übermaß von Kummer auf mich wälzen willst? Was sind die Feste, die ich gefeiert, gegen die, welche du dir beständig bereitest! Geh mir mit deiner blaßgelben Mäßigkeit! Nun will ich ebenso toll sein wie du selbst.«

Er konnte keinen Schritt nach der großen Fabrikstadt gehen. Ebensowenig konnte er umkehren und wieder die lange Gasse hinunter in die kleine Stadt hineingehen, nein, er schlug den Bergpfad ein, stieg nach dem verzauberten Tannenwalde hinauf und irrte zwischen den steifen, stechenden, jungen Bäumen umher, bis ein freundlicher Steig ihn nach dem Friedhofe führte. Dort suchte er sich in der Ecke, wo die Tannen die Höhe von Mastbäumen erreicht haben, einen Versteckplatz und warf sich todmüde auf den Boden nieder.

Er war sich seiner selbst nicht mehr bewußt. Er wußte nicht, ob die Zeit verging oder alles nun still stand. Doch nach einer Weile hörte er Schritte und erwachte zu einem schwachen Bewußtsein. Es war ihm, als sei er lange, lange fort gewesen. Jetzt sah er einen Leichenzug kommen, und sogleich durchzuckte ihn ein verwirrter Gedanke. Wie lange hatte er hier gelegen? War Edith schon tot? Suchte sie ihn hier auf? War die Tote im Sarge auf der Jagd nach ihrem Mörder? Er zitterte und schwitzte. Er lag wohl versteckt in dem dunklen Tannendickicht, doch er bebte vor dem, was kommen würde, wenn die Leiche ihn gefunden. Er bog ein paar Zweige zurück und sah sich um. Ein gejagter Flüchtling kann nicht wilder nach seinen Verfolgern spähen.

Der Leichenzug war der eines armen Mannes. Die Folge war ärmlich und wenig zahlreich. Der Sarg wurde unbekränzt ins Grab gesenkt. Auf keinem der Gesichter sah man Tränenspuren. Peter Nord besaß noch Verstand genug, um einzusehen, daß dies nicht Edith Halfvorsons Beerdigung sein könnte.

Doch war sie es nicht selbst, so war es am Ende ein Gruß von ihr. Wer konnte es wissen? Peter Nord fühlte, daß er zum Entfliehen kein Recht habe. Sie hatte gesagt, daß er auf den Friedhof gehen solle. Sie hatte wohl gemeint, daß er sie dort erwarten solle, damit sie ihn in ihre Gewalt bekommen und ihn strafen könnte. Der Leichenzug war ein Gruß, ein Zeichen. Sie wollte, daß er sie dort erwarte.

Sein krankes Hirn sah nun in der niedrigen Friedhofsmauer einen hohen Festungswall. Er starrte das schwache Gittertor so ängstlich an, als sei es die allerfesteste Eichentür. Er war hier oben gefangen. Er konnte sich nicht eher losreißen, als bis sie selbst hier herauf kam und ihn zu seiner Strafe holte.

Was sie mit ihm machen würde, wußte er nicht. Nur eines stand ihm klar und deutlich vor Augen: daß er hier warten müsse, bis sie käme und ihn holte. Vielleicht würde sie ihn mit ins Grab ziehen, vielleicht würde sie ihm befehlen, sich vom Berge herabzustürzen. Er konnte es nicht wissen – vorläufig mußte er warten.

Die Vernunft kämpfte einen verzweifelten Streit: »Du bist ja unschuldig, Peter Nord. Mache dir keine Sorgen über das, wofür du nichts kannst! Sie hat dir keine Botschaft geschickt. Geh wieder an die Arbeit. Erhebe den Fuß, so hast du die Mauer überschritten; stoße mit einem Finger zu, so ist die Pforte offen.«

Nein, er konnte es nicht. Meistens lag er in Betäubung, in Erstarrung. Die Gedanken kamen so unklar, wie bei einem Menschen, der kurz vor dem Einschlafen ist. Eines nur wußte er: er mußte bleiben, wo er war.

Nun kam die Kunde zu ihr, die mit den wurzellosen Birken um die Wette dahinwelkte. Peter Nord, mit dem du einen Sommertag gespielt, erwartet dich droben auf dem Friedhofe. Peter Nord, dem dein Onkel durch seine Worte den Verstand geraubt, kann den Friedhof nicht eher verlassen, als bis dein blumengeschmückter Sarg heraufkommt, um ihn zu holen.

Das Mädchen schlug die Augen auf, wie um die Welt noch einmal zu sehen. Sie schickte nach Peter Nord. Sie war über seinen tollen Streich erzürnt. Weshalb sollte sie nicht in Ruhe sterben können? Sie hatte nie gewünscht, daß er ihretwegen Gewissensbisse haben sollte.

Der Bote kam ohne Peter Nord zurück. Er könne nicht kommen. Die Mauer sei zu hoch und das Tor zu stark. Nur eine könne ihn fortführen.

In diesen Tagen wurde in der kleinen Stadt an nichts anderes gedacht. »Er ist da, er ist noch da«, erzählten sich die Leute jeden Tag; »ist er verrückt?« fragten sie meistens, und die, welche mit ihm gesprochen hatten, sagten, daß er es ganz gewiß werden würde, wenn »sie« käme. Doch sie waren auf diesen Märtyrer der Liebe, der ihrer Stadt Glanz verlieh, außerordentlich stolz. Arme Leute brachten ihm Essen. Die Reichen schlichen sich heimlich auf den Berg hinauf, um einen Schimmer von ihm zu sehen.

Doch womit beschäftigte sich Edith, die so machtlos dalag und sterben sollte und so viel Zeit zum Denken hatte? Welche Gedanken arbeiteten Tag und Nacht in ihrem Hirn? Peter Nord, Peter Nord! Mußte sie ihn nicht beständig vor sich sehen, den Mann, der sie liebte, der ihretwegen beinahe den Verstand verlor, der wirklich, wirklich oben auf dem Friedhofe auf ihren Sarg wartete.

Sieh, dies war etwas für ihre Stahlfedernatur. Dies war etwas für die Phantasie, etwas für die betäubten Gefühle. Sich auszumalen, was er tun würde, wenn sie hinaufkäme. Herauszufinden, was er beginnen würde, wenn sie nicht als Leiche hinaufkäme.

In der ganzen Stadt wurde davon geredet, hiervon und von nichts anderm. Wie die Städte des Altertums ihre Säulenheiligen geliebt haben, so liebte die kleine Stadt den armen Peter Nord. Doch keiner ging gern auf den Friedhof und redete mit ihm. Sein Aussehen wurde immer wilder. Das Dunkel des Wahnsinns senkte sich immer tiefer auf ihn herab. »Weshalb beeilt sie sich nicht, gesund zu werden?« sagten sie von Edith. »Es wäre unrecht von ihr, zu sterben.«

Edith war beinahe wütend. Sie, die so vollständig mit dem Leben fertig war, sollte nun zum Wiederaufnehmen der schweren Bürde gezwungen werden? Doch sie begann auf alle Fälle endlich danach zu streben. Während dieser Wochen wurde in ihrem Leibe mit siegreicher Kraft ausgebessert und erneut. Und es wurde nicht an Material gespart. In unerhörten Mengen wurde alles verbraucht, was Lebenskraft gibt, es heiße nun Malzextrakt oder Lebertran, frische Luft oder Sonnenschein, Träumerei oder Liebe. Und wie herrlich waren diese langen, warmen, regenlosen Tage!

Endlich erhielt sie die Erlaubnis des Arztes, sich dort hinauftragen zu lassen. Die ganze Stadt war in Angst, als sie diese Fahrt antrat. Würde sie einen Wahnsinnigen mitbringen? Würde das Elend dieser Wochen sich aus seinem Gehirne auslöschen lassen? Würde die Anstrengung, die sie gemacht, um weiterleben zu können, ganz umsonst gewesen sein? Und wie würde es ihr selbst ergehen, wenn dies der Fall wäre?

Als sie, bleich vor Erregung, aber doch hoffnungsfreudig auszog, hatte man genug Veranlassung, sich zu beunruhigen. Keiner verhehlte es sich, daß Peter Nord einen zu großen Raum in ihrer Phantasie eingenommen hatte. Sie war die eifrigste Anbeterin dieses wunderlichen Heiligen. Alle Schranken waren für sie gefallen, als sie erfahren hatte, wie er ihretwegen litt. Doch was sollte aus ihrer Schwärmerei werden, wenn sie ihn erblickte? Ein Wahnsinniger hat nichts Romantisches an sich.

Als sie bis an das Friedhofstor getragen worden war, ließ sie ihre Träger dort halten und ging allein den breiten Mittenweg entlang. Ihre Blicke wanderten rund um den grünenden Platz, ohne jedoch jemand zu entdecken.

Plötzlich hörte sie hinten im Tannendickicht ein leichtes Prasseln und sah dort ein wildes, verzerrtes Gesicht mit starren Augen hervorgucken. Nie hatte sie Entsetzen so deutlich in einem Antlitze ausgeprägt gesehen. Ihr wurde bange, sterbensbange. Beinahe wäre sie fortgelaufen.

Doch da flammte ein großes, heiliges Gefühl in ihr auf. Jetzt war von Liebe und Schwärmerei keine Rede mehr, jetzt handelte es sich nur um die Angst, daß einer ihrer Mitmenschen, einer der Armen, die mit ihr das Jammertal durchwanderten, verloren gehen sollte.

Das Mädchen blieb. Sie wich keinen Schritt zurück, sondern ließ ihn sich langsam an ihren Anblick gewöhnen. Doch alle Macht, die sie besaß, legte sie in ihren Blick. Sie zog den Mann mit der ganzen Kraft des Willens, der ihre Krankheit besiegt, zu sich heran.

Und er kam aus seiner Ecke hervor, bleich, verwildert und ungepflegt. Er ging auf sie zu, ohne daß sein Gesicht den Ausdruck des Entsetzens verlor. Er sah aus, als stehe er unter dem Banne eines wilden Tieres, das ihn zu zerreißen gekommen war. Als er dicht vor ihr stand, legte sie ihm beide Hände auf die Schultern und blickte ihm lächelnd ins Gesicht.

»Sieh da, Peter Nord, was ist mit Ihnen? Sie müssen fort von hier. Was haben Sie für eine Absicht damit, daß Sie so lange hier oben auf dem Friedhofe bleiben, Peter Nord?«

Er zitterte und schien zusammenzusinken. Doch sie fühlte, daß sie ihn mit ihren Blicken bezwang. Ihre Worte hingegen schienen gar keinen Eindruck auf ihn zu machen.

Sie änderte den Ton ein wenig. »Höre, was ich dir sage, Peter Nord. Ich bin nicht tot. Ich werde nicht sterben. Ich bin gesund geworden, um hier hinaufzugehen und dich zu retten.«

Er stand noch immer in stumpfsinnigem Bangen da. Wieder veränderte sie die Stimme. »Du hast mir nicht den Tod gebracht«, sagte sie innig. »Du hast mir das Leben gegeben.«

Dies wiederholte sie Mal auf Mal. Und zuletzt zitterte ihre Stimme vor Bewegung und klang tränenerstickt. Doch er verstand nichts von dem, was sie sagte.

»Peter Nord, ich habe dich so lieb, so lieb«, rief sie. Er blieb ebenso gleichgültig.

Jetzt wußte sie nichts mehr, was sie mit ihm versuchen konnte. Sie mußte ihn wohl mit in die Stadt nehmen und auf Zeit und Pflege vertrauen.

Doch wer weiß, was für Träume sie hier hinaufbegleitet und was sie sich von diesem Zusammentreffen mit dem Manne, der sie liebte, versprochen hatte! Nun, da sie auf alles dieses verzichten und ihn nur als einen Geisteskranken behandeln mußte, erfüllte sie ein so tiefer Schmerz, wie wenn sie das Teuerste, was das Leben ihr geschenkt, fortgeben sollte. Und in dieser Bitterkeit der Entsagung zog sie ihn zu sich heran und küßte ihn auf die Stirn.

Dies sollte ein Abschied von Glück und Leben sein. Sie fühlte, daß ihr die Kräfte versagten. Eine tödliche Mattigkeit überfiel sie.

Doch da glaubte sie ein schwaches Lebenszeichen bei ihm zu merken. Er war nicht mehr ganz so schlaff und stumpf. Es zuckte in seinen Zügen. Er zitterte immer heftiger. Er erwachte, doch wozu? Schließlich fing er an zu weinen.

Sie führte ihn nach einem Grabsteine. Sie nahm darauf Platz, veranlaßte ihn, sich vor ihr niederzuwerfen und legte sein Haupt in ihren Schoß. Sie streichelte ihn, während er weinte.

Ihm erging es nun wie einem, der aus einem bösen Traume erwacht. »Weshalb weine ich?« fragte er sich. »Ach, ich weiß, ich habe so schrecklich geträumt. Doch es ist nicht wahr. Sie lebt. Ich habe sie nicht ermordet. Wie kann man so dumm sein, um einen Traum zu weinen.«

Und allmählich wurde ihm alles klar; doch seine Tränen fuhren fort zu fließen. Sie streichelte ihn, aber seine Tränen rannen noch lange.

»Das Weinen ist mir so nötig«, sagte er.

Dann blickte er auf und lächelte sie an. »Ist es jetzt Osterfest?« fragte er.

»Was meinst du damit?«

»Man kann ja von Ostern sprechen, wenn die Toten auferstehen«, fuhr er fort. Und, als wären sie langjährige Vertraute gewesen, begann er ihr von Frau Fasta und seiner Empörung gegen ihr Regiment zu erzählen.

»Jetzt ist es Osterfest, und ihre Regierung ist zu Ende«, sagte sie.

Doch als er nun daran dachte, daß Edith bei ihm saß und ihn streichelte, mußte er wieder weinen. Das Mißtrauen gegen das Leben, welches das Unglück dem kleinen Värmländer eingeflößt hatte, bedurfte der Tränen, um zerschmelzen zu können. Das Mißtrauen gegen die auf Erden blühende Liebe und Freude, Schönheit und Kraft, das Mißtrauen gegen sich selbst mußte fort und verschwand auch; denn es war Osterfest: die Tote lebte und Frau Fasta würde nie wieder zur Herrschaft gelangen.

Vineta

Es war eine Juninacht vor einigen Jahren. Ein Dampfschiff, das die Tour zwischen Stockholm und Visby machte, glitt über die Ostsee hin. Es war vollkommen stille. Das Meer machte keine einzige Bewegung, es schien nur darauf bedacht, den bleichroten Himmel widerzuspiegeln. Es entstanden Schattierungen und Farbenbrechungen wie auf Seide, wenn Kette und Einschlag von verschiedener Farbe sind.

Als die Passagiere in die Kajüte gegangen waren, begann der Steuermann des Dampfschiffes eine alte, schöne Melodie zu summen. Bald darauf sang er die Worte zu der Melodie, und je weiter die Nacht fortschritt, desto deutlicher sang er, obgleich er nie die Stimme mit voller Kraft ertönen ließ. Er änderte die Melodie nicht, sondern fuhr die ganze Zeit fort, dieselbe Weise zu singen.

An Bord befand sich ein reisender Engländer, der auf dem Verdeck geblieben war, von der Schönheit der Nacht gefesselt. Er hatte lange dem Singen zugehört und war ganz vertieft darin gewesen, dann hatte er sich losgerissen und war nach rückwärts gegangen, gleichsam wie um außer Hörweite zu kommen. Nun schritt er wieder nach vorn und ging gerade zu dem Steuermann hin.

»Was ist das für ein Lied?« fragte er auf Englisch.

Der Seemann, der auf großen Reisen gewesen war, verstand recht gut Englisch, aber mit seiner Fähigkeit, es zu sprechen, sah es windig aus. Er wußte nichts anderes von seinem Liede zu sagen, als daß es die Weise von Vineta war. »Ja«, sagte der Engländer, »das dachte ich mir schon, die Weise von Vineta.« Sein Ton war im höchsten Grade ärgerlich, aber gleichzeitig lächelte sein ganzes Antlitz, wie um sich vorzubehalten, daß es ihm nicht Ernst war. »Dieses Wort habe ich Sie jetzt die ganze Nacht hindurch singen hören, es war alles, was ich verstehen konnte. Aber jetzt frage ich. Ist das ein Lied für einen Steuermann? Vineta, das ist ja eine versunkene Stadt auf dem Grunde des Meeres. Denken Sie sich nun, daß hier an Bord einer wäre, der an Vorbedeutungen glaubte. Müßte der sich nicht fragen, ob Vineta das Ziel ist, zu dem Sie dieses Boot steuern?«

Er sprach mit derselben Gereiztheit und demselben Lächeln, als bäte er sich aus, daß man meinte, es sei sein Ernst. Der Seemann stand auch ganz gelassen da und lächelte. Er verstand jedes Wort, konnte aber keine Antwort zusammensetzen.

Der Engländer fuhr fort. »Lassen Sie uns vernünftig sprechen«, sagte er, aber das Lächeln wich noch immer nicht von seinem Antlitz. »Ich möchte gern, daß Sie mir ein paar Fragen beantworten. Glauben Sie wirklich nicht, daß es Ereignisse gibt, die nur da sind, um andere Ereignisse vorzubereiten?«

Diesmal hatte der Steuermann ihn nicht verstanden. Er schüttelte den Kopf. Der Engländer schwieg eine Weile und dachte nach, wie er seine Frage deutlicher vorbringen könnte. »Ich will Ihnen etwas erzählen, damit Sie mich begreifen«, sagte er endlich. »Als ich zwölf Jahre alt war, entschlossen sich meine Eltern auszuwandern, und ich sollte natürlich mit. Auf der Eisenbahnreise nach Liverpool sah ich von einem Koupeefenster aus eine Schule vorbeiziehen. Ich sage Ihnen, ich kann noch diese Knaben sehen, die von einem freien Tage im Grünen heimkehrten. Ich entsinne mich ihrer roten Wangen, der Blumen, die sie trugen, des Laubs, mit dem sie ihre Hüte geschmückt hatten. Nicht wahr, es war doch nur ein schöner Anblick, sie zu sehen, und doch erfaßte mich Angst. Es dünkte mich, als seien die Knaben in Wirklichkeit gar nicht da, als verkündigten sie nur etwas, das kommen sollte. Und ohne daß ich bis zu diesem Augenblick weiß, warum, schlug ich die Hände vor die Augen und fing an, zu weinen. - - - Und in der Nacht, die wir in Liverpool zubrachten, hatte ich einen warnenden Traum. Ich träumte, daß ich an Bord des Auswanderungsdampfers war. Und im Traume sah ich, wie das Schiff eben in See stechen wollte, und ich bemerkte, daß ein Matrose damit beschäftigt war, ein Wimpel auf dem Toppmast zu hissen. Da dachte ich im Traum: ›Dieser Wimpel kommt niemals hinauf‹, und so war es. Als er in halber Höhe des Mastes war, verwickelte er sich in dem Tauwerk und saß fest. Ich sah, wie der Mann zerrte und zog, um ihn herabzubekommen, und wie er aufs neue festsaß, als er ihn abermals hinaufhißte. Er konnte ihn nie weiter als in halbe Höhe des Mastes bringen. Mehrere eilten hinzu, ihm zu helfen; es entstand Aufregung und Verwirrung, der Kapitän kam, und die Steuermänner kamen. Es war mir, als könnte ich gar nicht verstehen, warum die Leute so viel Wesen wegen eines Wimpels machten. Es wurden ihrer immer mehr, die zogen und zerrten; aber der Wimpel ging nicht hinauf, und es verbreitete sich ein unerklärliches Entsetzen. Alle an Bord scharten sich um den Mast und sie gerieten alle außer sich vor Angst, als sie sahen, daß der Wimpel nicht hinaufging. Sie warfen sich alle auf die Knie, um Gott zu bitten, er möge den Wimpel hinaufgehen lassen. Ich, im Traume, war noch gar nicht ängstlich, aber plötzlich wurde ich es, als ich das Entsetzen der anderen gewahrte. Die Menschen waren leichenblaß, ihr Haar sträubte sich, die Augen drangen aus ihren Höhlen, es röchelte in ihren Kehlen, und sie falteten die Hände so krampfhaft, daß die Gelenke knackten. Da erfaßte mich solche Angst, daß ich erwachte. Noch am nächsten Tage lag der Schrecken mir in den Gliedern. Man wollte mich an Bord nehmen; aber ich ging nicht. Es lag ein solches Entsetzen über mir, daß meine Eltern glaubten, ich würde wahnsinnig werden, wenn sie mich zwangen, mitzukommen, und so ließen sie mich in England. Nachher zeigte es sich, daß dies ein Omen gewesen war. Ich wurde in die Schule gebracht, deren Zöglinge ich auf dem Wege gesehen hatte, und das Auswanderungsboot litt Schiffbruch. Meine Eltern und Geschwister und die meisten meiner Familie ertranken.«

Während der Engländer dies erzählte, war seine Stimme sehr düster und sein Antlitz ganz ernst; aber kaum hatte er aufgehört, von dem Traume zu sprechen, als auch schon das Lächeln, das stets gegen seine Worte zu protestieren schien, sich wieder auf seinem Gesichte zeigte. »Nun«, sagte er, »verstehen Sie es jetzt? Glauben Sie nicht, daß manche Ereignisse nur Vorboten anderer sind, die kommen sollen?«

Der Steuermann wendete nun die Augen von dem Rompasse ab und sah den Engländer an. Er sah einen jungen Mann, der etwas blaß war, mit einem gewöhnlichen und recht angenehmen Äußern. Der Mann sah ihn an, als ob er etwas Merkwürdiges in ihm suchte. Während der Fremde von seinem Traume sprach, hatte er sich von einem Schauer nach dem anderen durchschüttelt gefühlt.

Aber er antwortete nur: »Wie sollte das möglich sein!« Der Engländer zuckte die Achseln. »Möglich!« wiederholte er in beinahe überredendem Tone. »Könnte man sich nicht denken, daß die Natur mehr Besorgnis für den einen, als für den anderen an den Tag legte? Das Meer zum Beispiel«, fügte er einschmeichelnd hinzu, »gibt ja immer dem einen gutes Wetter und dem anderen schlechtes.«

Der Seemann nickte zustimmend.

Der Fremde fuhr mit neuem Mute fort. »Und haben Sie wirklich selbst nie ein solches Warnungszeichen an sich erfahren? Haben Sie nie daran gedacht, daß dieses Lied von Vineta als Omen aufgefaßt werden könnte? Pflegen Sie es jede Nacht zu singen?«

Es gab dem Steuermann einen Ruck, und er blickte beinahe mit Angst auf den Engländer, plötzlich raffte er sich auf, lächelte gutmütig und wies auf eine Bekanntmachung, die dicht daneben angeschlagen war: »Die Passagiere werden ersucht, den Steuermann nicht anzusprechen.« Er übersetzte dies langsam und ausdrucksvoll.

Der Engländer starrte ihn eine Sekunde an, ohne ihn zu verstehen. Dann begriff er und ging lächelnd nach rückwärts.

Aber der Steuermann atmete leichter. Wenn der Mann Gelegenheit gehabt hätte, mehr zu fragen, würde er wohl aus ihm herausgelockt haben, wer ihn die Weise gelehrt und warum er sie so lange nicht gesungen. Schließlich würde er ihm noch weisgemacht haben, es habe etwas zu bedeuten, daß er das Lied nun wieder gesungen. Er lächelte unwillkürlich darüber, daß es Tod und Untergang bedeuten sollte, daß er die Weise sang. Lag irgend ein Sinn darin, so kündete es wohl eher Auferstehung. Und er begann aufs neue zu summen.

* * *

Seit drei Tagen lag ein Nebel über Visby. Er war eines Morgens um die sechste Stunde über die Stadt gekommen, einen Augenblick, bevor das Stockholmer Boot in den Hafen eingelaufen war; und seither hatte er dicht über der Stadt geruht. Es war ein recht angenehmer Nebel. Ganz weiß, sehr mollig, leicht und in ständiger Bewegung. Er flößte immer die besten Hoffnungen ein, daß er im nächsten Momente schwinden würde, er hinderte die Sommerwärme nicht, sich geltend zu machen, er klebte sich nicht fest, wie rauhe Feuchtigkeit, weder an Mauern noch an Bäumen; der Boden war trocken, wie bei Sonnenschein. Trotz alledem wirkte der Nebel ein wenig niederdrückend, es war, als würden auch die Gehirne unsicher und tastend, weil die Blicke es nie vermochten, den weißen Schleier zu durchdringen. Er hatte beiläufig dieselbe Wirkung wie die Dunkelheit der Nacht. Die Leute fühlten sich geneigt, an übernatürliche Dinge zu glauben, etwas für möglich und wahr zu halten, dem sie sonst keinen Gedanken geschenkt haben würden.

Um diese Zeit wohnten die alten Fräuleins Isfeldt in Visby. Dies waren drei alte Damen, die den Ort und seine Geschichte kannten, Damen, die selbst mit zu seiner Geschichte gehörten. Es verhielt sich nämlich so, daß die armen Leute in Visby die Gewohnheit angenommen hatten, mit allen ihren Kümmernissen zu diesen Damen zu kommen. Und so nach und nach war etwas zwischen Seelsorgern, Armenvorstehern und regierenden Fürstinnen aus ihnen geworden. Es waren sehr gute Frauen, aber sie hatten etwas von »Vorsehung« an sich.

Am Abende des dritten Nebeltages bekamen diese Fräuleins in ihrem alten Hause den Besuch eines reisenden Engländers, der sanft und angenehm aussah; er stellte sich als Mr. Edward Stone vor, Lehrer an einer Schule in London, und befand sich nun auf einer Reise durch Skandinavien, um geologische Studien zu machen.

Mr. Stone erschien nicht allein; mit ihm kam Tom Sundling, der Steuermann auf einem der Stockholmboote und ein alter Bekannter der Fräuleins war. Sie kannten ja im übrigen den ganzen Ort. Es war beinahe unmöglich, von ihnen nicht gekannt zu sein.

Tom ging sofort auf Fräulein Maria zu, und da wußten die Fräuleins gleich, daß er eine Helferin brauchte, die beredt war; denn hätte es sich um etwas Geschriebenes gehandelt, so würde er sich an Fräulein Hilda gewendet haben, und wäre die Rede von tatkräftiger Hilfe gewesen, dann hätte Fräulein Alma herhalten müssen. »Fräulein Maria«, sagte er in müdem und niedergeschlagenem Tone, »ich habe mit diesem Herrn eine Sache zu besprechen; aber ich kann nicht gut genug englisch. Ich verstehe ihn; aber wenn ich selbst sprechen soll, finde ich die Worte nicht.«

Daraufhin setzte sich Tom auf ein Sopha, ohne daß ihn jemand dazu aufgefordert hätte, und der Engländer tat ein Gleiches. Die Schwestern sahen einander lächelnd an und schüttelten alle drei gleichzeitig den Kopf. Diese Männer waren augenscheinlich ganz aus dem Gleichgewicht. Schwester Maria würde wohl mit einem ungewöhnlichen Anliegen zu tun bekommen.

»Fräulein Maria«, fuhr Tom fort, »niemand ist so mit in der ganzen Sache gewesen, wie Sie und die anderen Fräuleins, und Sie können englisch sprechen. Wenn Sie darum so gut sein wollen, mir zu helfen, müssen Sie diesem Herrn Veras Geschichte erzählen.«

»Tom«, erwiderte Fräulein Maria Isfeldt und erhob sich in ihrer ganzen Würde. »Das will ich keineswegs.«

Und gleichzeitig mit Fräulein Maria erhoben sich auch Fräulein Hilda und Fräulein Alma, und der Engländer, der nichts von dem verstand, was gesagt worden war, merkte plötzlich, daß die drei einfachen, alten Frauen feine und vornehme Damen waren.

Der Seemann zuckte die Achseln, wie um zu sagen, daß er sich schon geweigert hatte, aber vergebens. »Sie will es selbst«, sagte er.

Fräulein Maria fuhr mit ihrem gewohnten Eifer auf: »Dies hätte ich nicht von Ihnen erwartet, Tom Sundling«, sagte sie. »Wenn auch Vera schlecht gegen Sie gehandelt hat, Tom, so hätte ich doch nicht geglaubt, daß Sie sie an einen Fremden verraten würden. Was will er mit ihr? Will er ein Buch über Euch schreiben? Es gibt genug schlechte Bücher in der Welt. Sind Sie so sicher, Tom, daß Sie nicht Vera größeres Unrecht zugefügt haben, als Vera Ihnen?«

Tom nahm den Tadel in Geduld entgegen. Er war wie ein Pferd, das müde gehetzt wurde und sich nicht einmal bei einem Peitschenhiebe aufraffen kann. Er wendete sich jetzt an den Engländer und sagte: »Fräulein Maria will wissen, warum Sie es wissen wollen.« Daraus setzte er sich auf das schmale Sopha, lehnte den Kopf gegen die Wand und saß so, starr und unbeweglich, als wäre er festgenagelt, während der Engländer sprach.

Dieser wünschte nichts sehnlicher, als sprechen zu dürfen. Die Fräuleins hätten daraus schwören mögen, daß der Mann sonst ebenso schweigsam war, wie Tom offen und gesprächig. Sie schienen beide aus ihrem gewohnten Gemütszustande gerissen zu sein, was ihnen auch sonst widerfahren sein mochte.

»Fräulein Maria«, sagte er, »ich kam vorgestern nach Visby, und in dieser Zeit ist es mir gelungen, eine Menge Dummheiten anzustellen.« Er lachte leicht, und die drei kleinen alten Damen tauten sichtlich auf. Er weckte offenbar ihr Mitgefühl.

»Es ist alles die Folge davon, daß ich vorgestern Nacht aufs Meer hinaus kam. Ich werde immer erregt, wenn ich zur See bin. Das Meer ist schuld daran, daß ich ein einsames und freudloses Dasein führen mußte. Ich glaube nicht, daß es etwas gibt, das ich so hasse, wie das Meer.«

Mr. Stone merkte, wie die kleinen alten Damen ihm gleichsam näher kamen. Auf einmal hatte er nicht mehr das Gefühl, unter Fremden zu sein; er saß zwischen alten, treuen Freunden.

»Es ist wohl am besten, wenn ich gleich eine Bemerkung über mich selbst vorausschicke«, sagte er. »Ich bin ein Mann der Wissenschaft, und die natürlichen Beziehungen zwischen Ursache und Wirkung sind das, woran ich in Wirklichkeit felsenfest glaube. Aber als Kind erhielt ich einen starken Stoß zum Mystischen hin, und das fordert zuweilen sein Recht. Ich habe zwei verschiedene Menschen in mir!«

Mr. Stones Blick wurde mit einemmale unsicher, und sein Mund lächelte geheimnisvoll. »In meiner Jugend, in meiner einsamen, sehnsüchtigen Jugend kannte ich keine andere Freude, als zu träumen. Ich dachte da wohl, daß das Meer seine Schuld gegen mich sühnen würde, indem es mich reich machte. Nun, vorgestern Nacht, als das Meer ganz stille lag, tauchte der Gedanke in mir auf, daß es sich so freundlich zeigte, weil ich an Bord war. Und der alte Gedanke von der Versöhnung kam gleich wieder hervor. »Denken Sie«, sagte er mit einem entschuldigenden Lächeln, »ich hatte oft geträumt, daß ich als Taucher auf den Grund des Meeres hinabstieg und nach Perlen suchte. Und das Meer zeigte mir, was es nie vorher einem Menschen gezeigt hatte. Die Tangwirrnis glitt zur Seite, und ich sah eine Grotte sich öffnen, dicht mit wunderbaren, großen Muscheln besetzt. Riesengroß waren sie und lagen eng aneinander, an den Wänden der Grotte befestigt, wie Weihwasserkessel. Aber wenn ich eintrat, da erschlossen sie alle auf einmal ihre Schalen, und ich sah ihr Inneres von großen, leuchtenden Perlen erfüllt.

Dieser Traum kam nun wieder. Aber ich liebe es nicht, in die Phantasien meiner Kindheit zurückversetzt zu werden. Sie bringen die Erinnerung an so viel Kummer und Einsamkeit mit sich. Ich begann, auf dem Verdeck auf und ab zu schreiten, um diese Gedanken zu verscheuchen. Da hörte ich, wie der Mann am Steuer eine Weise sang. Ich fing ein Wort auf, Vineta, und sogleich war ich aufs neue gefangen. Ich lauschte, ja, Fräulein, ich lauschte dieser Weise, wie ich nie auf Erden etwas gelauscht. Und ich betrachte den Mann, der singt. Sein Aussehen, seine Tracht, alles nehme ich in mich auf. Und dann fange ich an, mich zu verwundern, warum ich mich in dieses vertiefe, ob das etwas zu bedeuten, etwas zu verkünden hat.«

Er beugte sich vornüber und sah zu Boden. Es war, als starrte er in eine unendliche Tiefe einsamen Schmerzes hinab. Gleich hatte Fräulein Maria ihre Hand in der seinen, und Fräulein Hilda klopfte ihn auf die Schulter.

»Ich wäre als Kind nicht so einsam gewesen, wenn nicht etwas in mir gelegen hätte, das mich von anderen trennte. Ich bildete mir stets ein, von warnenden Erscheinungen, von Omen umgeben zu sein. Und ich war stolz darauf, es war, als ob die Vorsehung ganz besonders über mich wachte. Aber das hieß ja nur, das Leben zu einer wilden Jagd von

Ahnungen und Voraussagungen zu machen, in der ich hin- und herge-
schleudert wurde.« Der Mann nahm sich wieder zusammen. »Verzeihen
Sie«, sagte er lächelnd, »ich bin nicht hergekommen, um zu klagen. Ich
wollte nur sagen, daß all dies vorgestern Nacht wieder über mich kam,
und wissen Sie, was ich da tat? Ich ging zum Manne am Steuer hin und
fragte ihn, ob er nicht fühlte, wie ich. Aber er nahm meine Frage nicht
für Ernst; hätte er es getan, hätte er geantwortet, daß er war wie ich,
ich wäre ihm vor Freude um den Hals gefallen.

Am Morgen, als wir hier in Visby erwachten, hatte ich all das Übernatürliche von mir gewiesen; aber der Nebel brachte es zurück. Das
Omen hatte Recht, die Stadt, in die ich kam, war ja Vineta. Wie sie
auch in Wirklichkeit hieß, der Nebel machte sie zu Vineta.

Dies war unwiderstehlich, unwiderleglich. Es ist möglich, daß ich der
Erste war, der das Wort aussprach; aber in einem Augenblicke flog es
von Mund zu Mund unter all den Reisenden. Wir waren ja draußen
auf dem Meere eingeschlummert, und als wir nun erwachten, umgab
uns nicht Luft, sondern helle Feuchtigkeit. Wir konnten nicht weit sehen;
doch erblickten wir die verschwommenen Umrisse altertümlicher Türme
und Giebel, als wären wir in eine große Ruinenstadt gekommen. Es war
augenscheinlich für uns, daß wir uns auf dem Grunde des Meeres befanden; all das Weiße, das um uns dampfte, es war das Meer selbst, und
die Stadt vor uns, das war des Meeresgrundes tote Stadt, das versunkene
Vineta.

Ich habe Ihnen gesagt, Fräulein, wie ich als Kind träumte, wie ich
träumte, daß das Meer mich reich machen würde. Ich träumte auch,
das Meer würde mich glücklich machen. Im Traum pflegte ich mir
einzubilden, daß ich in eine Stadt auf dem Grunde des Meeres gekommen sei. Ich fühlte, daß ich vom Meer umgeben war; aber ich ging dort
einher, ohne daß es mich behinderte. Und dabei war ich unglücklich.
Es gehörte mit zu diesem Traum, daß ich an alles denken mußte, was
unangenehm war, zerrissene Kleider sowohl, wie schwere Lektionen.
Aber am tiefsten empfand ich es, daß ich allein war. Ich wanderte
Gasse auf, Gasse ab, war sehr müde und hungrig und wußte gar nicht,
welchen Weg ich nehmen sollte. Aber da kam ich zu einer Gasse, die
ich wiederzuerkennen vermeinte, ich sah ein freundliches, altes Haus
mit einer großen Steintreppe, und auf der Treppe saß ein Mädchen. Als
ich kam, da sprang mir das Mädchen gleich entgegen, sie umfaßte mein
Handgelenk mit ihrer Hand und zog mich mit sich ins Haus. Und das

Mädchen war meine Schwester, das Haus war unser altes Haus, meine Eltern saßen darinnen und warteten auf mich. Aber in das Haus hinein kam ich nie, ich träumte eigentlich nie weiter, als daß meine Schwester ihre Hand auf meinen Arm legte. Ich empfand dies als etwas unsäglich Weiches, die Berührung dieser kleinen, festen Hand; da war es mit allem Kummer vorbei, es war die schönste Anwandlung, ich fühlte mich von Glück durchströmt. Sehen Sie, Fräulein Maria, als ich durch Visbys Gassen schritt, empfand ich genau das Gleiche. Ich war unglücklich, wie ich es in meinen Phantasien zu sein pflegte. Und ohne zu erwägen, wie nutzlos es war, ging ich und suchte nach unserm alten Hause.

Es kam wohl alles vom Nebel her. Ich bin ja an Nebel gewohnt; aber der ist dunkel, schmutzig, grau. Dieser hingegen ist fein, leicht, weiß wie Blütenstaub. Dieser Nebel gibt Illusionen. Er macht alles so grenzenlos groß, die Straßen nehmen niemals ein Ende, und die Turmspitzen verhauchen oben in dem Unendlichen. Dieser Nebel macht alles ehrwürdig-altertümlich, er verleiht den Ruinen das Dasein von Jahrtausenden, er drängt sich zwischen die Bäume, vergrößert die Stämme und macht das Laub dicht und üppig. Ich sah kein frühlingsjunges Laub. Diese Blätter waren vor Jahrhunderten erschaffen, sie hatten schon Jahrhunderte durchlebt.

Und der Nebel gibt vor allem Schönheit. Wie er drapiert, wie er verhüllt, wie er nachdunkelt; Schönheit gibt er. Und alles dies machte, daß diese Stadt ganz wohl meine geträumte Stadt sein konnte. Es dünkte mich, ich sei auf dem Grunde des Meeres der Zeit. Hier war nicht mehr das vergängliche, das auf ihrer Oberfläche tändelte; hier war der mächtige Bodensatz der Erinnerungen. Hier muß ich meine Toten finden.«

Er blickte zu den alten Damen hin, um zu sehen, ob sie ihn verstanden. Und sie nickten zustimmend, als hätten sie schon lange das Ganze herausgefunden. »Es dünkte mir«, fuhr der Engländer fort, »daß alle die Menschen, die ich traf, Leute waren, die das Glück besessen und verloren hatten. Ich sah sie hier gehen, in nach innen gewendeter Freude, niemand suchend, nichts wünschend, den Gegenwärtigen fremd, in all jenem lebend, das gewesen. Ich verstand die Sagen von Atlantis und Vineta, von den Landen und Städten der Tiefe, die so herrlich sind, daß Goldäpfel aus jenen Teilen von ihnen erblühen, welche die Oberfläche des Meeres erreichen. Das entschwundene Glück will auch ein Heim haben. Dies sind die Städte und Lande der Erinnerung. So ist es, so hat die Dichtung es verstanden. Nun wohl, eine solche Stimmung war es, in welche der Nebel mich versetzt hatte. Ich war zurückgekehrt zu meinem entschwundenen Glück, ich war in meiner Heimat. Da saß ich nun und blätterte in unserm alten japanischen Bilderbuch. Denn, sehen Sie, der Nebel verbirgt ja alles, man sieht nur ein Ding auf einmal, ganz ohne Perspektive; aber man sieht das eine Ding um so viel besser, gerade wie auf den japanischen Bildern.

Es war ein kleines schwarzes Haus mit weißen Fensterbrettern und weißen Ecken, und die Fenster waren voll roter Pelargonien. Da stand es, auf seiner eigenen Seite im Bilderbuch, man konnte nicht vermeiden, es zu sehen, man sah nichts anderes. Und an einer anderen Stelle war ein großer Syringenstrauch, schwer von Blüten. Er prahlte mit seinen Blumen, als wäre er der einzige Syringenstrauch der Welt, und verlangte, darnach geschätzt zu werden.

Aber was sagen Sie dazu, Fräulein Maria, daß ich mitten in alledem das Lied des Steuermanns hörte? Vineta, Vineta, erklingt es vor meinem Ohre; aber der Nebel ist dicht um mich, und ich kann nicht sehen, wer es ist, der singt. Und ich begebe mich auf die Jagd nach dem Liede. Ich durchblättere das Bilderbuch Blatt für Blatt, während ich nach dem Liede forsche. Da waren Portale, da waren Mauern mit Schlingpflanzen, da war eine Seilerwerkstätte. Es ist verblüffend, zu sehen, wie die Menschen sich eingerichtet haben, in der Stadt der Erinnerung zu leben, wie sie ihre kleinen Hütten hinauf an die ewige Ringmauer lehnen, wie sie ihre Torwege mit den geschnitzten Pforten der Mönche verschließen. Was ich zuletzt sah, war eine Schmiede. Die stand so prächtig schwarz gegen die weiße Luft, und sie war uralt. Sie hatte keine Tür auf die Gasse, nur eine große Luke, und durch die konnte man die Esse mit den glühenden Kohlen sehen. Folgen Sie mir, Fräulein Maria?«

»Mister Stone«, antwortete Fräulein Maria munter, »Sie haben mich am Arme. Ich begleite Sie. Sollen wir bei der Schmiede stehen bleiben?«

Mr. Stone strich sich mit der Hand über die Stirne und schöpfte tief Atem. »Es ist töricht von mir, mit Ihnen von dem zu sprechen, was Sie tausendmal gesehen haben; aber ich möchte, daß Sie wissen, wie ich es sah. Nein, wir wollen nicht bei der Schmiede stehen bleiben; ich will von ihr nur sagen, daß sie mir unheilverkündend vorkam, daß sie mir einen unheimlichen Eindruck machte.«

Die Fräulein tauschten einen hastigen Blick voll Erstaunen und Interesse. Mr. Stone fuhr fort:

»Hinter der Schmiede fand ich das Lied. Dort wird die Gasse nicht von Häusern oder Mauern begrenzt, nur der Berg selbst springt vor. Den Felsen hinauf rankt sich Epheu, und darüber hin hängt Clematis; aber auf seiner Spitze steht ein Goldregenbusch. Und dank dem Nebel denkt der Busch, ebenso wie der Syringenstrauch vorhin, er sei der einzige in der Welt, und blüht darnach; aber die Bürde ist ihm zu drückend geworden und die blütenschweren Zweige sind dem Zusammenknicken nahe. Da liegt auf ihren Knien ein Mädchen und bindet den Goldregen auf. Sie ist es, die das Lied singt.

Es wäre ja Wahnwitz, zu sagen, daß diese Weise die schönste auf Erden sei, oder das Mädchen, das sie sang, holder als andere Frauen; aber nie habe ich mich so zu irgend einer anderen Melodie, oder irgend einem anderen Mädchen hingezogen gefühlt.

Ich habe gesagt, daß ich die Stadt mit einem japanischen Bilderbuch verglich. Ich erinnere Sie daran, damit Sie bemerken, wie gut sie, die den Goldregen aufband, in das Bild hineinpaßt. Ist der Typus nicht japanisch? Der Körper ist so zart, daß der Kopf mit dem schweren Haar zu groß zu sein scheint, und die Augen sind schräge. Dazu kommt, daß sie immer den Kopf auf die eine Seite gleiten läßt, und die Hände hängen so hilflos hinab. Sie gleicht sicher keiner andern auf der Insel. Es dünkt mir, daß sie anders sein muß, als alle übrigen, auch in seelischer Beziehung, und daß das Leben hier schwer für sie sein muß, als gehörte sie einer fremden Rasse an.« – Hier tauschten die alten Damen denselben verwunderten und bekräftigenden Blick, wie vorhin.

»Als ich durch den Ort ging, war mir aufgefallen, daß an jedem Hause ein kleiner Zettel hing. Diese Zettel bedeuteten jedenfalls, daß es Zimmer zu vermieten gab. Nun war nur eines möglich, nämlich nachzusehen, ob die Sängerin ein Heim hatte, und ob ein solcher weißer Zettel daran zu sehen war. Alles verhielt sich so, wie es sollte, hinter dem Goldregenbusch stand ein Haus; an der Tür des Hauses hing ein weißer Zettel. Ich gehe ins Hotel hinab, suche den Portier auf, der Englisch spricht, und bringe die Sache in Ordnung. Bevor der Abend angebrochen ist, bin ich in ein kleines Zimmer eingezogen, das als vierte Wand die Ringmauer hat. Dicht neben mir höre ich das ständige Ticktack einer Nähmaschine. Ich denke, daß die Mutter der Sängerin Nähterin sein muß.

Von meinem Fenster aus sehe ich auch den Felsen mit dem Goldregen. Da ist auch ein kleiner, schlecht gepflegter Garten. Die Sängerin geht darin umher und jätet; aber es will nicht recht vorwärts gehen. Wenn das Unkraut schön ist, läßt sie es stehen, sie hat nicht das Herz, es auszureißen.

Anfänglich bringe ich die Zeit an meinem Fenster zu und folge ihr mit den Augen. Sie sieht es und findet wohl mein Betragen wunderlich: aber sie läßt mich gewähren. Als sie sich endlich auf einer kleinen, schmalen Bank zur Ruhe setzt, gehe ich hinaus und lege mich ins Gras, zu ihren Füßen, ›Vineta‹, sage ich und sehe sie bittend an. ›Vineta‹, wiederholt sie fragend, sie will mir gern gefällig sein, aber ich erscheine ihr sehr wunderlich. Dann versteht sie, was ich will, und beginnt das Lied zu singen. Sie lehrt es mich später, Laut für Laut. Ich verstehe nicht ein Wort, aber ich bin nie so zufrieden gewesen.

Als ich das Lied gelernt habe, ist es klar, daß wir Freunde sind. Sie will mir ihr Eigentum zeigen, da ich ein unbekannter Fremdling bin. Und wissen Sie, was sie tut, sie legt ihre Hand um mein Handgelenk. Sehen Sie, sie will mich mit sich nehmen, und sie kann mir nicht sagen, wohin ich gehen soll. Wie ich schon früher bemerkte, es ist seltsam, wie die Menschen sich eingerichtet haben, in der Stadt der Erinnerung zu leben, hier hatten sie an einigen Nischen der Ringmauer Türen angebracht und verwahrten ihre Eßvorräte dort. Wozu konnte die Mauer nicht gebraucht werden! Sie war hohl, sie verwendete sie als Hühnerhaus. Darüber war ein Staarkäfig und ein Taubenschlag, da hing sogar ein Kanarienvogel in seinem Bauer. Vogelhaus an Vogelhaus, so weit sie hinaufreichen konnte. Aber damals dachte ich nicht an dies, obgleich ich es sah. Ich dachte daran, daß sie die Hand auf meinen Arm gelegt hatte. Die kühle Hand hatte sich darum geschlossen, wie der Glücksring des Märchens. Das war mein Traum. Ich wurde mit einem Schlage ganz ruhig, so fröhlich und vergnügt ward mir zu Mute. Nun war ich wirklich heimgekehrt. Wenn ich früher im Leben geglaubt hatte, ich sei zufrieden, so war es, weil ich vergessen hatte, was Glück war.

Gestern führte sie mich im Orte umher und zeigte mir auch die Gegend außerhalb der Mauern. Sie fühlt für mich wie für ein verirrtes Kind, und ich lasse sie für mich Sorge tragen.

Heute zur Mittagszeit wurde es mir klar, daß sie meine Frau werden muß. Ich will sie mit mir nach England nehmen. Sie macht mich glücklich, und ich kann sie nicht entbehren. Sie ist es, die das Meer zum Ersatz für meine einsame Jugend zu geben gewillt ist.

Ich gehe also wieder zum Portier des Hotels hinab, und mit seiner Hilfe suche ich den Steuermann auf, der das Lied des Mädchens sang. Sehen Sie, es schien mir, daß der, der ihr Lied sang, auch etwas von ihr selbst wissen würde. Und ich wollte ja so gern etwas über sie erfahren.

Nun zeigt es sich, daß der Steuermann die Sängerin kennt, es zeigt sich auch, daß er nicht die mindeste Auskunft über sie geben will.

Da verliere ich die Geduld und vertraue mich ihm an. Ich erzähle von meiner Lage und meinem Wunsche, die Sängerin zu heiraten. Der Seemann zuckt mit keiner Miene. Endlich sagt er, er wolle mit mir zu ihr gehen. Er tut es, und ich sehe, wie sie sich begegnen. Ihre Augen sind Freunde und ihre Stimmen Feinde. Ich weiß nicht, was sie miteinander sprechen, aber bald darauf berichtet er mir, er hätte ihr gesagt, daß ich sie heiraten wollte, und sie hätte erwidert, sie wünschte, daß ich ihre Geschichte hörte. Und da verfällt er darauf, zu Ihnen zu gehen, um einen Dolmetsch zu haben.«

Hiermit schloß er seine lange Geschichte, völlig gleichgültig gegen das, was er hören sollte, aber ganz glücklich darüber, sich Luft gemacht, all dies den verständnisvollen alten Damen erzählt zu haben.

Und nun rückte Fräulein Maria sich mit ihrem Strickzeug zurecht; denn jetzt kam die Reihe an sie. Was sie zu tun hatte, erschien ihr ebenso anstrengend, wie ehrenvoll. Aber erst wendete sie sich an den Seemann und sagte auf Schwedisch: »Sobald Du hier hereinkamst, Tom Sundling, merkten meine Schwestern und ich, daß Du sie gesehen hast. Ist es nun wirklich Dein Wille, Tom, daß ich die Geschichte erzähle. Kannst Du Vera einem anderen abtreten?«

Sie und die anderen kleinen, alten Damen wendeten ihre Blicke Tom zu; aber der erwiderte kein Wort. Da richtete sie sich an Mister Stone und sagte auf Englisch: »Mir und meinen Schwestern gefallen Sie sehr gut, Mister Stone, und gerade deshalb will ich ehrlich gegen Sie sein und Ihnen sagen, daß wir in dieser Sache nicht auf Ihrer Seite sind. Wir werden Ihnen entgegenarbeiten, Mister Stone, aber wir arbeiten Ihnen am besten entgegen, indem wir Ihnen gerade jetzt die Geschichte erzählen. Dies sage ich Ihnen, damit Sie uns späterhin nichts nachtragen.«

Und sie und ihre Schwestern winkten ihm zu, mit dem freundlichsten Lächeln in ihren verrunzelten Gesichtern. Dann lächelten die Beiden, die nicht das Wort führten, einander an. Sie wußten schon, wie Maria die Sache anpacken würde. Die eine wußte immer alles von der anderen.

»Es war hoch oben im Orte, dicht unter der Ringmauer«, begann Fräulein Maria, und man sah ihr an, daß sie es zu schätzen wußte, einem guten Zuhörer eine gute Geschichte zu erzählen. Sie war übrigens von Anfang an so eifrig, daß das Englisch ihr nicht die geringste Beschwerde verursachte. »Dort wohnte eine arme Witwe in einer sehr kleinen Hütte. Es war nicht viel daran, aber die Ringmauer bildete ihre vierte Wand, Epheu schmückte die anderen, und ein Turm erhob sich dicht daneben, so daß sie ein gewisses vornehmes Aussehen hatte. Die Witwe selbst saß den ganzen Tag an ihrer Maschine und nähte Wäsche. Ihre Tochter besorgte alle Hausarbeit.

Und diese Tochter, die kleine Vera, die durchaus nicht zur Erinnerung an irgend eine Nihilistin Vera hieß, sondern nur als Abkürzung ihres langen Taufnamens Veronika, sie ist es, die schon von ihrer frühesten Kindheit an bei uns wegen ihrer – Dummheit bekannt war.

Sie war so leichtgläubig, wissen Sie, daß es nichts gab, was man ihr nicht einreden konnte. Als sie vier Jahre alt war, stellten sie die Spielkameraden an, die Sperlinge zu hüten, als sie fünf war, lehrten sie sie, daß die Sperlinge sich fangen ließen, wenn man ihnen Salz auf den Schwanz streut. So etwas sagt man allen Kindern, und sie probieren es und überzeugen sich, daß es nicht wahr ist. Aber sie saß stundenlang mit einer Peitsche in der Hand da und glaubte, daß sie die Sperlinge hütete. Sie lief den ganzen Tag über unsere trockenen Wassergräben und verfolgte die Vögel. Sie kann eigentlich alles glauben, nur nicht, daß man sie zum besten hat.

Eines schönen Tages kommt sie in die Schule und man lehrt sie lesen und schreiben. Das geht recht leicht, aber später ist es fast unmöglich, mehr in den schönen, kleinen Kopf hineinzubekommen. Aber sie hat auch ihre starken Seiten, besonders schreibt sie sehr schön. In ihren Schreibheften ist nie ein Klecks, nie ein Eselsohr. Sie hat eine wunderliche Gabe, sich sauber und schmuck zu halten. Wenn sie weint, ist es, weil einer oder der andere Tinte auf ihr Kleid spritzt, oder weil sie sie wegen des altmodischen Tuches verspotten, das sie auf dem Kopfe trägt. Das findet sie so verletzend, daß sie sich den Tag darauf weigert, in die Schule zu gehen, sie, die sich sonst nichts daraus macht, wenn die ganze Klasse sie auslacht.

Die Schulzeit wird etwas hart für sie. Sie kann gar nicht rechnen. Ihre Mutter kommt oft zum Schulmeister und kann sich nicht genug darüber wundern, daß das Mädchen so dumm im Rechnen ist. Sie sagt, sie könne sie nach was immer auf den Markt schicken. Sie läßt sich von den Verkäuferinnen nie auch nur um einen Öre betrügen. Aber wenn das arme, kleine Ding mit Tafel und Griffel zu tun hat, kann sie nicht eine Zahl ausrechnen. Wenn sie an die schwarze Tafel tritt, malt sie die Zahlen darauf, keine in der Klasse schreibt sie schöner als sie, aber die Addenden setzt sie in eine Reihe, und Minuend unter Subtrahend.

In solch einem Augenblick der Verzweiflung an der schwarzen Tafel faßt sie Freundschaft für einen der Knaben. Sie soll eine Zahl durch eine andere teilen, und man hat ihr gesagt, sie müsse dividieren, aber sie hat die Zahlen untereinander geschrieben und kann nicht von der Stelle kommen. Sie hat das Gefühl, als wäre alles für sie vorbei, und mit leeren Blicken sieht sie über die Klasse hin. Da ist ein Junge, der anfängt, ihr zuzublinzeln und seinen Griffel in einen Winkel zu seinem Lineal zu setzen. Da erinnert sie sich, wie man eine Division aufschreibt und wie sie nur das weiß, kann sie auch schon rechnen.

Sie hat gegen niemand Verdacht; aber nichts kann mit dem Vertrauen verglichen werden, das sie seit dieser Zeit in den Knaben setzt. Sobald eine Frage an sie gerichtet wird, heftet sie die Augen auf ihn. Er flüstert ihr ein, bald richtig, bald falsch; alles, was von ihm kommt, nimmt sie mit blindem Vertrauen auf.

Manchmal macht es ihm Spaß, sie die ärgsten Dummheiten sagen zu lassen; es schadet alles nichts. Sie wird sich über die Sache nicht klar, oder sie denkt vielleicht, daß sie falsch gehört hat, und bei der nächsten Frage wendet sich ihr Blick ebenso geduldig flehend ihm zu.

Ebenso geht es in den Freiviertelstunden. Sie begibt sich immer unter seinen Schutz; es ist, als könnte darüber gar kein Zweifel mehr obwalten. Im Anfange fühlt er sich etwas geniert von der Zärtlichkeit des dummen Mädchens; aber sie besiegt ihn, und bald duldet er es nicht, daß ein anderer als er selbst sie zum besten hält. Das ist sein Recht. Er sagt ihr, daß, wenn sie eine Nacht in einem Eckturm wachen will, sie die Toten sehen kann, die durch Visby aus- und einziehen. Und sie tut es. Und da die Toten nicht kommen, macht er sie glauben, sie wäre im richtigen Augenblick eingeschlafen.

Es ist wohl nur der Schutz dieses Knaben, der das Leben erträglich für sie macht, die nichts anderes lernen kann, als was gewissermaßen auf der Straße liegt. Und wenn die beiden allein sind, haben sie ihren Spaß.

Einmal sah ich sie auf einer Wanderung. Sie pflegten sich bei dem Tore zu treffen, das vom botanischen Garten hinaus zu den Zuggräben führt, Sie kommt ganz still durch das Tor und stellt sich auf, um zu warten. Er erscheint mit mehr Spektakel. Erst kommt ein Hagelwetter von Steinchen, die rings um sie niederprasseln, dann hallt die Wölbung von einem gellenden Krähen wieder, schließlich taumelt einer rücklings aus dem Tore, zuerst ein Bein, dann ein Rücken, dann ein Kopf. Das ist, damit sie so lange als möglich glauben soll, es sei ein gewöhnlicher Gassenjunge und nicht ihr Freund. Sie hat auch Angst gehabt, das kann man an der Art sehen, wie sie die Hände faltet, als sie ihn erkennt. Aber er kann sich kein Vergnügen versagen, und als er über die Brücke beim Graben gehen soll, klettert er auf das Gitterwerk und balanciert da weiter. Er neigt sich viel stärker zur Seite als notwendig ist, und sie sinkt vor Entsetzen zusammen. Aber nachher gehen sie in vollendeter Einigkeit den Strand entlang. Sie spielen nicht; sie gehen und sprechen wie erwachsene Menschen. Und sie ist es, die das Wort führt. Sie weiß alles, was in der ganzen Gasse geschieht.

Nun sollen Sie eine andere Geschichte hören. Es ist eine Menge Holz in den Hafen getrieben, eine ganze verunglückte Holzlast liegt da und schaukelt sich. Das ist etwas für die Visbykinder. Tom Sundling hilft ihnen, Vera einzureden, daß sie versuchen sollte, dieses Brennmaterial, das niemand gehört, in Sicherheit zu bringen. Ihre Mutter würde für viele Winter Feuerung haben, wenn es ihr glückte, das Holz ans Land zu bringen. Sofort eilt Vera zum Hafen hinab; dort liegt das Treibholz wie ein großes Floß. Und das arme kleine Ding kriecht über eine Schute in ein Ruderboot, und von dort klettert sie hinaus auf die Blöcke. Aber es weht frisch vom Land, die Strömung geht vom Hafen weg. Der kleine Stoß, mit dem Vera auf die Bretter kommt, setzt sie in Bewegung, und die Kinderschar am Strande, die eben noch darüber jubelte, daß sie die schweren Blöcke heim zu ihrer Mutter schleppen will, beginnt vor Entsetzen zu schreien. Aber den ganzen Hafenkai hinab, bis zu dem engen Auslauf stürzt Veras Freund, Tom Sundling. Als sie vorbeitreibt, steht er auf der äußersten Kante. Er tut einen verzweifelten Sprung hinab zu ihr, nicht weil er sie dadurch retten kann, sondern weil er bei ihr sein muß. Und sie treiben ins Meer hinaus, dicht aneinander geschmiegt, beide weinend, denn sie sehen, wie die hohen Wellen draußen die Planken zu trennen beginnen. Da begegnen sie einem Segler, der sie rettet. Aber sie hätten so untergehen können, ohne daß sie einen

Vorwurf an ihn gerichtet, und ohne daß er etwas anderes gedacht hätte, als daß es seine Pflicht war, mit ihr zu sterben.«

Hier sandte Fräulein Maria Tom einen schnellen Blick zu; aber Tom saß jetzt so gebückt, daß sie sein Gesicht nicht sehen konnte. Sie richtete sich wieder an den Engländer.

»Aber am nächsten Tage kann dieser Ritter seiner Dame weismachen, daß er einen Ohrwurm in ihr Ohr kriechen gesehen habe. Und sie weint und jammert zur Freude der ganzen Schule und sagt, sie fühle es, wie das Tier in ihrem Kopfe umherkrieche und geberdet sich ganz verzweifelt, obgleich es doch ein so alter und gewöhnlicher Gassenjungenstreich ist, daß niemand begreift, wie sie es nur glauben kann. Da erbarmt sich Tom endlich ihrer und zieht den Ohrwurm beim anderen Ohr mit einer Zange heraus. Und sie haben einen Ohrwurm an der Zange, den sie ihr zeigen; und sie wird gleich wieder froh, aber an den Ohrwurm glaubt sie ihr Leben lang.«

Hier brach Fräulein Maria ihre Erzählung ab. »Wenn Sie jetzt so viel gehört haben, daß Sie nicht mehr an diese Heirat denken, Mister Stone, so sagen Sie es, und ich will den Schluß kurz machen.«

»Fräulein Maria«, antwortete Mr. Stone streng. »Sie setzen mich in Erstaunen. Ich habe nie etwas so rührendes gehört. Ein Hirn, das nie zu zweifeln lernte, nennen Sie dumm. Sind Sie übrigens überzeugt, daß wir die Dummheit hassen? Vielleicht lieben wir sie sogar ebenso sehr, wie die Weisheit. Glauben Sie nicht, daß dieser Ehrenmann von einem Burschen gerade ihre Dummheit liebte? Sie paßt zu ihr, sie hat einen so süßen Mund, um Dummheiten damit zu sagen, und sie hat eine so milde Art zu vergeben, wenn er schlecht gegen sie gewesen ist. Glauben Sie nicht, daß ich begreifen kann, daß sie gerade so sein muß? Ihre Seele hat etwas Fremdes an sich, das wir nicht verstehen; lassen Sie uns verständnisvoller werden, und wir werden vielleicht sehen, daß ihre Gedanken einen geraderen und klareren Weg gehen, als die unsrigen.«

»Mister Stone«, sagte Fräulein Maria mit warmer Feierlichkeit, »ich danke Ihnen, das war gut gesprochen. Nun will ich gleich in meiner Erzählung fortfahren. Aber Sie gefallen mir, Mister Stone, und Sie gefallen auch meinen Schwestern, und deßhalb sage ich Ihnen, daß Sie hier gleichsam ein Ball der Vorsehung sind. Und vergessen Sie nicht, daß ich Ihnen gesagt habe, ich würde Ihnen entgegenarbeiten.«

Dann wandte sie sich auf Schwedisch an Tom Sundling. »Ich hoffe, Sie leiden wie ein Hund, Tom, so wie Sie da sitzen, verdient haben Sie es.« Dann fuhr Sie auf Englisch fort: »Als sie sechzehn Jahre sind, geht Tom zur See, und nun greift ein anderer Mann in Veras Leben ein. Ich sehe ihn oft vor mir, den lahmen Schmied. Es ist etwas Unheimliches an diesem Mann mit dem mächtigen Oberkörper und den lahmen Beinen. Es ist grauenerweckend, seine starken Arme zu sehen und den großen Kopf, der bis auf zwei Haarbüschel an den Ohren ganz kahl ist, und das dunkle, gefurchte Gesicht mit Rußflecken in den buschigen Augenbrauen.

Sie wissen, daß die Schmiede in demselben Hause ist, in dem Vera mit ihrer Mutter lebt. Das Mädchen hat den Schmied von ihrer frühesten Kindheit an gesehen. Sie ist an ihn gewöhnt, sie merkt gar nicht, wie abschreckend er ist. Die Arbeit in der Schmiede fesselt sie, sie kommt oft hin, um zuzuschauen. Es macht ihr immer Spaß, die Funken von dem weißglühenden Eisen sprühen zu sehen. Sie kann stundenlang dastehen und diese sicheren Hammerschläge bewundern, die niemals ihr Ziel verfehlen. Der Schmied ist barsch gegen sie, wie gegen alle und jagt sie mit Grobheiten fort; aber das Mädchen kann es nicht lassen, wiederzukommen. Es gibt immer etwas in der Schmiede zu sehen, da kommen Bauern herein, um Hufeisen zu kaufen, der Wagenmacher erscheint, um Raddauben machen zu lassen. Eines Tages brüllt der Schmied Vera nicht mehr an, sondern sagt mit barscher Zärtlichkeit: ›He, du Dirnchen, gefällt dir der Schmied, sollst auch einmal meine Frau werden, wenn du groß bist.‹ Da erschrickt sie und läuft ihre Wege.

Aber die Furcht geht vorüber, und sie kehrt zur Schmiede zurück. Dort stehen eine Menge Leute, und Vera hofft, daß der Schmied nicht Zeit haben wird, an sie zu denken. Aber bevor sie noch eine Minute dort gestanden hat, pufft der Schmied einen Bauer in die Seite und weist auf sie: ›Sieh die mal an, die soll mein Weibchen werden.‹ Sie entflieht wie ein Windhauch, und die Bursche lachen brüllend über den Spaß.

Dies bleibt seither der empfindliche Punkt ihres Lebens. Sie muß unablässig zurückkommen, um zu sehen, ob die Gefahr noch dort ist. Hie und da einmal unterläßt es der Schmied, etwas zu sagen, und ein paar Tage lang hat sie keine Angst mehr. Dann kommt sie wieder, um zu sehen, ob es wirklich vorbei ist, und dann sagt er immer etwas.

Auf jeden Fall ist es ja schon seit lange klar, daß sie Tom haben soll. Sie kann nicht begreifen, was der Schmied sich denkt. Aber es macht ihr Angst.

Da zerbricht Veras Mutter die Nähmaschine. Sie wird wieder und wieder in Stand gesetzt; aber sie wird nie mehr wie früher. Sie näht leere Stiche, geht schief und macht schlechte Arbeit. Da wird die Frau außer sich vor Angst, sie glaubt, daß sie alle ihre Kunden verlieren wird, und daß sie vor Hunger sterben müssen, sie und Vera. Nun kommt der Schmied und verspricht ihr eine neue Nähmaschine, wenn er Vera haben kann.

Sie wehrt sich ein bißchen; aber zuletzt gibt sie nach. Nichts in der Welt vermag sie so zu locken, wie eine neue Nähmaschine; überdies, sehen Sie, hat sie die Tochter wohl gern, aber sie rechnet sie für nichts. Sie hat nie auf eine gute Heirat für sie gehofft.

Sie machen alles in größter Heimlichkeit ab dort oben beim Schmiede. Wir Schwestern erfahren es erst, als sie in der Kirche aufgeboten werden. Vera selbst tut bei allem mit, ohne daß sie auch nur versucht, Widerstand zu leisten. Tom ist fort, und so kann sie bei niemand Hilfe suchen. Sie ist so jung, so jung, erst siebzehn Jahre.

Als Tom heimkam, war sie also schon verheiratet. Im Anfang macht es ihm keinen sonderlich großen Eindruck. Er pflegte mit den anderen Seeleuten von ihr als dem dummen Mädchen zu sprechen, das ihm immer nachlief. Ich habe gehört, daß Tom das belebende Element an Bord des Fahrzeugs war, dank all den Geschichten, die er von seiner Liebsten zu erzählen hatte. Aber es lag unter alledem Liebe verborgen; denn er sprach gern von ihr, er prahlte mit ihrer Dummheit, da er nicht mit ihrer Klugheit prahlen konnte. Die Klugen sind in Toms Augen beschränkte, gewöhnliche Leute im Vergleiche mit seinem dummen Mädchen.

Aber als Tom heimkam, hatte er ein wenig Gewissensbisse. Und jetzt mit ihr als seiner Braut umherzugehen, nachdem er so viel über sie gelacht hatte, kam ihm peinlich vor. Darum nimmt er es sich nicht allzusehr zu Herzen, als er hört, daß sie verheiratet ist. Aber so nach und nach kommt eine Leere über ihn und eine Sehnsucht. Er geht umher und klagt. Er besitzt nichts in der ganzen Welt, wenn er sie nicht zu beschützen und zu beherrschen hat. Wenn er allein ist, streckt er die Arme aus und ruft nach ihr. Und er geht zu ihrer Mutter und weint. Der junge Bursche gibt der alten Frau die Wahrheit zu hören. Er sagt ihr, daß sie herzlos ist, daß sie ihr Kind verkauft hat, daß Vera so unendlich mehr wert ist, als sie.

Als er gerade im besten Zuge ist, steht Vera im Zimmer. Er weint, als er sie sieht, und sie zieht ihn mit sich in die Kammer, die Stube, in der Sie jetzt wohnen, Mister Stone, und tröstet ihn auf ihre süße, unverständliche Weise. Tom Sundling, Mister Stone, hat mir selbst erzählt, was sie sagte.

Was bedeutet es eigentlich, daß sie verheiratet ist. Der ganze Unterschied ist ja, daß sie jetzt sowohl für den Schmied, als für ihre Mutter das Essen zubereitet. Aber sie hat doch noch Zeit genug. Er kann ganz gut zu ihnen kommen wie früher und sie kann auch mit ihm spazieren gehen.

Da muß er lachen, weil sie noch ebenso dumm ist, wie früher, worauf alles wieder in das alte Geleise zu kommen scheint. Aber als Tom sich ein bißchen in der Heimat zurechtfindet, merkt er schon, daß es nicht so bleiben kann wie früher. Sobald er kann, begibt er sich auf eine lange Reise. Aber als er recht weit weg gekommen ist, wechselt er das Schiff, um rasch wieder heimzukommen. Er kann es fern von ihr nicht aushalten.

Als er endlich wieder daheim in Visby ist, hört er überall erzählen, wie schlecht Vera geworden ist, seit sie sich mit dem Lahmen verheiratete, sie macht Jagd auf arme Schuldner und pfändet sie, gerade wenn sie etwas besitzen, womit sie hofften, sich einen frohen Tag zu machen. Sie geht auch über Land, um bei Pfändungsauktionen zu sitzen und den Preis der Maaren hinaufzutreiben, die sonst für so gut wie nichts abgegangen und dem Eigentümer zurückgegeben worden wären.

Eines Sonntag Nachmittags sieht Tom sie bei der Andacht im Bethaus. Sie kommt, nachdem der Prediger angefangen hat zu sprechen, geht mit knarrenden Schuhen zu einer der vordersten Bänke, läßt das Psalmbuch hart aus den Boden fallen und beginnt, mit einer der Nachbarinnen zu sprechen. Sie führt sich so lärmend auf, – ja, wir sahen sie auch – daß der Prediger innehält und sie ansieht. Aber sie läßt sich nicht stören, und der Vortrag ist in Gefahr, nicht weiter gehalten werden zu können. Da erhebt sie sich, gleichsam als wollte sie sagen, daß dies nicht lohnte, angehört zu werden, und geht ihrer Wege. Die Leute sprechen später viel darüber. Wir Schwestern wissen ja gleich, daß das etwas ist, was sie von dem Lahmen gelernt hat. Der Prediger hat ihn einmal wegen seiner Gottlosigkeit ermahnt, und nun will er sich rächen.

Sie können mir glauben, Mister Stone, der Lahme ist ein Unhold. Seine Bosheit ist bisher durch seine Krankheit machtlos gewesen; aber jetzt hat er sich ein Wesen verschafft, das ausführen kann, was er sich ersinnt. Und sie gehorcht. Tom und andere, auch ich, Mister Stone, sagen ihr, daß sie sich nicht zu etwas zwingen lassen darf, das Unrecht ist; aber es gibt nichts, nichts in der Welt, vor dem ihr so bange ist, wie vor dem Schmied. Tom glaubt, daß sie ihn ermorden würde, wenn der Mann es haben wollte.

Und er gewinnt die Überzeugung, daß ihn etwas Entsetzliches erwartet. Dieses Geschöpf ohne Willen oder Verstand wird sich ins Verderben stürzen lassen.

Der Schmied bekommt um diese Zeit einen neuerlichen Schlaganfall. Jetzt kann er nicht mehr den Hammer führen, und in der Untätigkeit wird er noch ärger.

Tom bemerkt jetzt, daß durch die ganze Stadt ein häßliches Gerücht über seine Schwester verbreitet wird. Wir helfen ihm, der Nachrede bis zur Quelle nachzuspüren und finden, daß sie von der Schmiede ausgeht. Aber niemand hat den Schmied etwas sagen hören, nur seine Frau ist es, die geplaudert hat.

Tom hat den Schlag wohl erwartet, aber er empfindet ihn dennoch tief. Er hält es für das Beste, wenn er nicht mehr sucht, Vera zu treffen und er sieht sie acht Tage nicht.

Andrerseits tut er, was er kann, erläutert und mildert. Und er will wenigstens diese arme Willenlose nicht mehr gänzlich verlassen. Er nimmt einen Platz auf einem der Dampfschiffe an, die zwischen Stockholm und Visby verkehren und braucht sich so nicht für länger, als für ein paar Tage hintereinander von der Heimat zu entfernen.

Eines Abends jedoch trifft er sie bei der Schwester. Vera kommt ganz verweint herein, wirft sich auf die Knie und bittet um Vergebung. Toms Schwester ist hart gegen sie; niemand hatte damals so recht Barmherzigkeit für Vera. Tom steht still dabei und hört zu, bis sie sich eine widerwillige Verzeihung erbettelt hat, dann begleitet er sie nach Hause.

Auf dem Wege bittet und fleht er sie an, stark zu sein. Da erschließt sie ihm ihr Herz wie früher, und er sieht, was ihr Leben ist. Die böse Laune des Kranken brummt und zischt unaufhörlich um sie. Er hat tausend boshafte Einfälle, und am ärgsten quält er sie damit, daß er Tom für sein ganzes Leben unglücklich machen kann.«

»Nun, Mister Stone«, fragte Fräulein Maria, »wissen Sie jetzt genug?«

»Haben Sie nie«, erwiderte Mr. Stone beinahe mit Heftigkeit, »von Wesen sprechen hören, die zu fein für ihre Umgebung sind. In diesen

Tagen hat ihre Nähe allein mir Glück geschenkt. Soll ich sie lassen, weil sie zu schwach war, weil man ihren Willen mißhandelt, sie vor Angst wahnsinnig gemacht hat?«

Die Gesichter der drei alten Damen leuchteten vor Wohlbehagen. Fräulein Maria fuhr, ohne eine Bemerkung zu machen, fort:

»Nachdem Tom sie zu dem Bekenntnis gebracht hat, daß sie sich um seinetwillen fürchtet, kann er sie auch beruhigen. Er sagt ihr, daß niemand ihm schaden kann, darum braucht sie ihrem Mann nicht zu gehorchen.

Am nächsten Tage scheint sie dies auch dem Lahmen gesagt zu haben, und da erleidet er noch einen Schlaganfall. Seit dieser Zeit ist sie so verschüchtert, daß sie nichts anderes wagt, als zu gehorchen. Aber der Schmied liegt jetzt so darnieder, daß er kein Glied rühren kann; sprechen und essen ist alles, wozu er im Stande ist.

Da kommt es Schlag aus Schlag. Eines Morgens, als Tom ans Land kommt, erfährt er, daß der Schmied tot ist, etwas später erzählt man ihm, daß Vera den Mann getötet hat; dann kommt einer und sagt, sie sei schon im Gefängnis.«

Fräulein Maria schwieg einen Augenblick. Einer ihrer Zuhörer, sie wußte nicht welcher, hatte so tief Atem geschöpft, daß es wie ein Stöhnen klang. Dem Anschein nach waren sie beide gleich unbeweglich, Tom noch immer über das Sopha hängend, so daß man sein Gesicht nicht sehen konnte, der Engländer gerade, steif, beinahe als wüchse er.

»Der Schmied«, fuhr Fräulein Maria fort, »hatte sie eines Morgens zeitig gezwungen, ihn zum Meere hinab zu bringen. Sie hat ihn auf einem Zugwagen hinabgefahren, ihn in ein Boot gesetzt und ist mit ihm aus dem Hafen gerudert. Als sie weit genug draußen waren, muß sie ihm über den Bootrand hinab ins Meer geholfen haben.

Der Mann war lebensmüde, das steht fest; aber er hatte den Plan zu seinem Tode so entworfen, daß seine Frau des Mordes verdächtigt werden mußte. Jeder wußte, daß er ohne Hilfe nicht ins Meer kommen konnte. Und wenn er Tom auf diese Weise unglücklich machen wollte, so ist es ihm geglückt.

Denn Tom kann nicht darüber wegkommen, Mister Stone. Jedesmal, wenn er an Glück denken will, türmt sich gleichsam eine Mauer vor ihm auf, an die es sich stößt. Er glaubt nicht, daß Vera den Mann mit freiem Willen ertränkt hat. Er weiß wohl, daß sie es bloß in törichtem Gehorsam tat. Er glaubt, daß der Mann es ihr befohlen hat.

Aber es ist ihm Angst vor ihr geworden. Man kann sie ja zu allem verlocken. Es ist unmöglich ein solches Weib zu seiner Frau zu machen. Sie hat weder Verstand, noch Willen.

Jedenfalls stand Tom ihr zur Seite. Die Sache kam vor Gericht, und sie hat es wohl Toms Zeugenschaft zu verdanken, daß sie freigesprochen wurde. Er half ihr tüchtig und rechtschaffen, bis sie wieder auf freiem Fuße war. Dann sagte er ihr, daß es jetzt aus zwischen ihnen sein muß. Er will sie nicht mehr sehen; was sie getan hat, trennt sie für immer.

Er leugnet nicht, daß er sie noch lieb hat; aber Tom ist nach diesem schweren Kummer ein müder, lebensüberdrüssiger Mann. ›Es würde mich toll machen, wenn die Leute etwas Böses von meiner Frau reden könnten‹, sagte er. ›Ich könnte mich nie auf sie verlassen.‹ Und er beschließt, sie nicht mehr in ihrem Hause aufzusuchen und zur anderen Seite zu sehen, wenn sie sich auf der Gasse treffen; denn sie ist trotz alledem eine Verlockung für ihn.

Sie unterwirft sich wie gewöhnlich. Die Schmiede wird verkauft, und sie zieht heim zu ihrer Mutter. Und trotz allem, was ihr widerfahren, ist sie stets unbegreiflich jung. Das Kind sitzt fest in ihr. Tom ist um ihretwillen frühzeitig gealtert; aber sie vergißt und blüht.«

Die Alte nickte bekräftigend, dann fuhr sie mit großer Feierlichkeit fort:

»Nun ist der dritte Mann in Veras Leben getreten. Es ist ein Fremder, ein Ausländer, er kann nicht einmal mit ihr sprechen, er hat ihr einen Heiratsantrag gemacht, ohne ihre Geschichte zu kennen. Sie hat Tom aufgetragen, ihn von ihr hören zu lassen. Dies ist ein bemerkenswerter Zug, der so manches bedeuten kann. Seit langer Zeit hat sie keiner von uns gesehen, hat sie sich entwickelt, hat sie begonnen, über sich selbst nachzudenken? Niemand von uns hat das Recht, auf Mister Stones Entschließung einzuwirken, jetzt da er alles weiß; aber bevor er sich entscheidet, ist es Toms Pflicht, ihm zu sagen, welchen Eindruck sie machte, als er sie wiedersah.«

Tom Sundling sah auf. »Als ich ihr sagte, daß der Engländer sie haben wollte, antwortete sie, daß sie niemand täuschen möchte. Ich sagte, er brauche nichts anderes zu wissen, als daß sie Witwe wäre, dies genügte doch, da er sie fort in ein fremdes Land führen will. Sie erwiderte, es sei ihr wohl begreiflich, daß ich die Sache nur deshalb so eifrig betreibe, um mich nicht länger mit ihr beschäftigen zu müssen.«

Tom schwieg, die Worte blieben ihm im Halse stecken, er sank zu schlaffer Unbeweglichkeit zusammen, wie früher.

Eine volle Minute war es in der kleinen Stube der Fräuleins ganz still. Sie blickten alle Tom Sundling an, der in dumpfer, hoffnungsloser Unbeweglichkeit dasaß und fühlte, was die anderen von ihm erwarteten, aber außerstande war, es zu tun.

»Sie sehen, er kann nicht darüber hinweg«, sagte Fräulein Maria, indem sie von Tom, wie von einem Schlafenden sprach.

Mr. Stone erhob sich und redete von dem Manne, wie von einem Toten, mit dem man nicht mehr rechnet.

»Ich beklage den Mann«, sagte er. »Er hat das Glück verscherzt. Er hat es verscherzt, eine feine, weiche Seele ausbilden zu können, die sein war. Ich verstehe ihn, aber ich beklage ihn. Was mich betrifft …«

Und in der augenblicklichen Pause, die folgte, war es, als spräche eine Stimme sachte das englische *»for my part«* nach.

»Was mich betrifft«, sagte der Engländer, und er war jetzt so hoch gewachsen, als er nur sein konnte, »so entsinnen Sie sich, Fräulein Maria, was ich Ihnen von ihrer Hand um mein Handgelenk sagte. Sie ist es, die mir geschenkt wurde. Sie ist mir von meiner Kindheit an geweissagt, und ich sollte sie aufgeben, jetzt, da ich sie gefunden? Ich nehme sie mit mir in meine Heimat und will Freude um mich haben all mein Leben lang.«

*   *
*

Diese Nacht schlief Mr. Stone im Hotel; aber zeitlich am nächsten vormittag wanderte er zu dem kleinen Hause unter der Ringmauer. Er öffnete die Türe und blickte hinein. Die Mutter saß mit ihrer Nähmaschine am Fenster, es sah nicht aus, als schenkte sie ihm Aufmerksamkeit. Die Tochter stand beim Rauchfang, er winkte ihr zu, und sie kam zu ihm hinaus.

Nun handelte er nach einem bestimmten Plan. Er wußte bestimmt, wie alles verlaufen würde. Er nahm sie mit sich hinaus vor die Stadt, vor Ringmauern und Gräben. Dort draußen stand eine einsame Ruine; es lag etwas Ansprechendes darin, daß sie allein da zu stehen wagte, ohne von den Mauern beschützt zu werden. Und rings um die Ruine erstreckte sich eine Halde, die dem Meeresgrunde der Phantasie mehr glich, als irgend etwas in Visby. Die ganze Halde war scharf, schreiend blau von großen, starren Pflanzen, deren schlanke Stiele ganz von blauen Blüten bedeckt waren. Aber mitten zwischen dem Blauen nickte feuerroter Mohn, leuchtend wie Flammen. Dicht daneben erhob sich der Kalkberg mit seinen unregelmäßigen Absätzen, und auf diesen lagen losgerissene Blöcke, denen man in dem unbestimmten Tageslichte wohl die Gestalt ruhender Meerestiere zuschreiben konnte. Und über allem dieser leichte, schwebende Nebel, der mit seinen Wurzelfasern Nahrung aus der Erde zu saugen schien.

Alles ging, wie er wollte. Sie setzte sich auf einen Stein, und er lag zu ihren Füßen. »Vineta, Vineta«, sagte er und machte ihr ein Zeichen, daß sie singen möge. Und er schloß die Augen, während sie sang; er sog ihr Wesen mit dem Liede ein: er fühlte mit jeder Fiber, wie süß ihre Gegenwart war. Ach, wie war sie ihm lieb und teuer!

Aber plötzlich hörte sie auf, zu singen. Er sah empor und gewahrte, daß sie unbeweglich dasaß, die Hände gegen das Herz gedrückt, indeß die Augenlider sich langsam schlossen. Der Mund hatte sich geöffnet, wie um zu schreien; aber der Schrei kam nicht. Es war, als wäre alles bei ihr erstarrt.

Sie konnte es nicht mehr ertragen, sie wollte ihr Schicksal hören. Und er, der sie gequält hatte, indem er sie warten ließ! Wenn er früher gezweifelt hatte, ob diese wunderliche Vineta-Liebe auch die wahre, die echte Liebe war, so wußte er jetzt, daß er nicht mehr zu zweifeln brauchte. Er liebte! Denn er fühlte ihre Leiden!

Im nächsten Augenblick stand er neben Vera, beugte sich über sie und sprach; aber da sie nicht verstand, was er sagte, hatte er sich einen Ring verschafft. Er schob ihn auf ihren Finger, und nun begriff sie.

Da erfaßt sie seine Hände und küßte sie. Sie würde sich zu seinen Füßen niedergeworfen und sie geküßt haben, wenn er es hätte geschehen lassen. Die Tränen strömten aus ihren Augen, und gleichzeitig lachte sie laut.

Er verstand sie wohl. Ein Mann, der ihre Geschichte kannte, wollte sie zu seiner Gattin machen. Wer sein ganzes Leben lang geknechtet und verachtet war, mußte ja so fühlen. Dennoch hätte er gewünscht, daß sie nicht von so lärmender Freude, von so unterwürfiger Demut gewesen wäre. Es war offenbar, daß sie nicht einen Schatten von Liebe für ihn empfand.

Aber die Hauptsache war ja, daß sie seinen Ring entgegengenommen hatte. Nun war der erste Schritt getan, sie so nach und nach zur Seinen zu machen. Er legte sich wieder zu ihren Füßen hin, und sie sang das Lied zu Ende. Sie sang auch andere Lieder. Er lag wieder da und sog das Glück ein. Wie selig war er doch, und um wie viel mehr würde er es erst sein, wenn er sie lieben gelehrt hatte!

Später gingen sie Arm in Arm nach Hause. Sie war von übersprudelnder Munterkeit, sprach zu ihm, und er bildete sich beinahe ein, daß er sie verstand. Als sie daheim bei der Schmiede angelangt waren, kam ihnen ein Mann entgegen. Es ist Tom, und als sie ihn sieht, bleibt sie wie hilflos stehen und streckt ihm die Hand, auf welcher der Ring des Engländers glänzt, entgegen. Aber Toms Gesicht ist in qualvoller Angst verzerrt, er lacht hart, und als er den neuen, blinkenden Ring sieht, reißt er ihn von ihrem Finger und wirft ihn auf die Straße. Dann reißt er auch das Weib an sich, zieht sie mit sich wie einen entlaufenen Hund, und geht mit ihr fort, indeß er Mr. Stone allein, vernichtet, zurückläßt, außerstande, zu begreifen, was vorgefallen ist.

Dies war am Vormittag vom vierten Tage des Nebels, und damit hatte seine Macht ein Ende erreicht. Gegen Abend zerstreute er sich.

Tom suchte später am Tage Mr. Stone auf und erklärte sich ihm. Als er Vera wiedergesehen hatte, war alles in ihm erwacht, und am ärgsten wurde es, als er so viel von ihr hören mußte. Nein, am ärgsten war es, daß ein anderer sie inniger liebte als er. Die ganze Nacht war er vor Schmerz wie toll gewesen. Er hatte seine Angst überwinden müssen, er konnte sie keinem andern überlassen. »Und sie hat doch immer nur mich lieb gehabt«, sagte er endlich.

Die drei Fräulein kamen auch zu Mr. Stone; sie strahlten. »*Sie* haben es getan, Sie sind es, der die Beiden zusammengeführt hat«, sagten sie zu ihm. »Wir taten nichts, obgleich wir Ihnen ehrlich entgegenarbeiteten. Sie haben das Feuer aufs neue entzündet. Sie sind für einander geschaffen, die zwei, sie gehören zusammen. Sie haben ein gutes Werk getan.«

--

So kam es, daß Mr. Stone am Abend Visby verließ, zu gleicher Zeit mit dem Nebel. Beim Fortsegeln sah er Visby zum erstenmal. Es war ein ganz kleines Örtchen mit einer Menge roter Dächer und recht viel Grünem. Die Türme der Ringmauer sanken von ihrer Riesenhöhe hinab, die Ruinen verschwanden zwischen den roten Dächern. Und die Umgebung war im Grunde trostlos grau.

Aber er bekümmerte sich weiter nicht um die Aussicht. Er fragte sich nur: warum, warum? Wenn er nur gekommen war, um diese Beiden zusammenzuführen, warum war da seine Liebe so stark geworden? Warum mußte er eine Leere fühlen, die wie eisige Kälte brannte, einen Schmerz, eine Verzweiflung?

Er wandte sich wieder dem Meere zu: »Mann«, sagte er, »wann wirst du aufhören, mich zu verfolgen?«

Es währte geraume Zeit, bis er entdeckte, daß er dem Meere Unrecht getan. Es ist kein wirkliches, lebendiges Glück, das seine Märchenstadt zu bieten hat, nur eine Wiederholung des Vergangenen. Das Meer hatte ihn zum Kinde gemacht, es hatte ihm die Traulichkeit des Heims gegeben, eine kühle Hand um seinen Puls gelegt. Was konnte er sich mehr zu wünschen vermessen?

Römerblut

Wenn Ihr in Rom gewesen seid, so sind Euch gewiß die kleinen Landgüter vor der Stadtmauer aufgefallen. Man hat ein paar Hufen Land, auf denen man Artischocken, Erbsen und Blumenkohl zieht, je nach der Jahreszeit. Man hat ein paar niedrige strohbedeckte Wohnhäuser, einen Eselstall, einen großen, gemauerten Brunnen und ein paar Hühnersteigen. Man hat natürlich eine Menge Federvieh und nicht nur Hühner, Truthähne, Enten, sondern auch Pfauen und Fasane.

Und dann schafft man sich, um ein bißchen besser zu leben, denn Grünzeug und Hühner werfen keinen glänzenden Gewinn ab, ein paar große Fässer römischen Schloßwein an und legt sie in eine der langen Hütten, die jede nicht mehr als ein Gelaß haben; dahin stellt man auch einen Ladentisch und ein Wandbrett mit Gläsern und Literflaschen, aber draußen auf dem Hof, rings um den Brunnen und die Hühnersteigen, ordnet man lange Bänke und feste Tische. Doch es weht von der Campagna, und der Wind streicht scharf und ungehemmt hier vors Stadttor her. Darum bringt man kleine Schutzdächer über den Bänken an und umgibt sie mit Schilfwänden, durch die die Sonne, gelb wie Gold, hereinrieselt. Zuletzt denkt man auch daran, ein Schild zu malen und hängt es über das kleine Mauerpförtchen, das nach der Straße und der Stadt führt. Und die Osteria ist fertig.

Nino Beppone war nun zehn Jahre in solch einer kleinen Osteria Kellner gewesen, man darf jedoch nicht glauben, des Lohnes und der Trinkgelder wegen, oder weil Nino zu nichts anderem taugte. Nino war ein prächtiger, ja ein gebildeter junger Mann; wenn er Jahr um Jahr Kellner in einer Osteria vor dem Stadttor blieb, geschah es, weil er in Teresa, die älteste Tochter des Hauses, verliebt war.

Ah, wie Nino sie liebte! Sie war so schön. Sie war gerade in der Art schön, wie Nino es haben wollte, mit großen starken Zügen und warmen klaren Farben. Sie ging, sie ging wie eine Königin. Sie sprach mit einer hellen, klingenden Stimme, und keine Silbe ihrer Worte konnte verloren gehen. Sie lachte so rein, wie eine Silberglocke läutet. Ihre Hände waren schön, weiß und fest, und ihr Händedruck stärkend wie ein Segen.

Alle, die in die Osteria kamen, wollten bei ihr bestellen und wollten, daß sie immer hinter dem Schanktisch zur Hand sei. »Wo ist Teresa?« fragten sie ganz gewiß, wenn sie sie nicht sahen. Und das begriff Nino sehr wohl. Wußte er nicht selbst, um wie viel besser die Suppe schmeckte, wenn sie sie aus dem Kochtopf schöpfte, als wenn die Schwestern es taten? War es nicht schon eine Freude, im selben Raume zu weilen wie sie?

Die Leute kamen nicht so sehr herein, um Wein zu trinken, als um Teresa alle ihre Sorgen erzählen zu können. Sie mußte hören, daß der Esel gestorben war, daß man sie im Ballspiel besiegt hatte, oder daß der tolle Pietro wieder jemandem das Messer in den Leib gestoßen. Nino wußte, daß junge, frische Bursche, die gar keine Sorgen hatten, zuweilen dasaßen und sich lange traurige Geschichten ausdachten, nur damit sie ein Weilchen bei ihrem Tische stille stand, ihnen zuhörte und sich ein wenig ihrer annahm. Ach nein, sie waren nicht in sie verliebt, sie wollten nur, daß sie den Wein in ihr Glas goß, oder ihnen eine Mandarine zusteckte, wenn sie gingen, oder sagte, daß sie in ihren Gebeten sich ihrer erinnern wollte.

Die anderen Schwestern verheirateten sich, sobald sie ihr sechzehntes Jahr erreicht hatten; eine zog fort, und eine blieb mit Mann und Kindern daheim. Aber Teresa wollte sich nicht verheiraten, und Nino wußte schon, warum. Sie wollte weder ihn noch irgend einen anderen aus dem Landvolk, einen Signor wollte sie.

Du lieber Gott, ja, sie war so stolz. Das sah man schon an der Art, wie sie das Haar aufsteckte, ganz wie eine Signorina, und an ihren Sonntagskleidern. Zuhause trug sie eine grüne Schürze und ein rotes Tuch um den Hals, aber wenn sie nach Rom ging, war sie schwarz gekleidet. Und sie hatte einen großen Hut mit vielfach gebogener Krempe und einen Federkragen um den Hals, so lang, daß er bis zum Kleidersaum reichte.

Eigentlich war es Nino nicht unerwünscht, daß sie keinen Tampagnolo nehmen wollte. Er, Nino, hatte keine Hoffnung, sie je zu bekommen. Er war dick und rund wie ein Mehlsack, und er hatte auch solch eine graue Müllerhaut. Und nur ein paar kleine Striche, anstatt Augen, rein ohne Farbe. Er war zu häßlich für sie. Aber da es nun seine guten Wege hatte, bis ihr Signor kam, und kein anderer den Versuch wagte, sie fortzunehmen, konnte Nino wenigstens Jahr aus Jahr ein als ihr Kamerad umhergehen. Und das war kein geringes Glück.

Natürlich sagte es ihr zu, eine Signora zu werden. Das einzige Unnatürliche war bloß, daß sie nicht einsah, daß sie schon eine war.

Die Tage draußen aus dem Meierhof dünkten Nino voll Seligkeit. Des Morgens, wenn Teresa ihre Vögel betreute, trug Nino ihr die Schale mit dem Mais. Vormittags half er ihr, das Unkraut ausjäten oder das Gemüse in Ordnung bringen, das auf den Markt geschickt werden sollte. Und abends, wenn die Arbeitsleute auf ihrem Heimweg eintraten, um ein Glas goldgelben Castello romano zu trinken, da stand sie am Fasse und füllte in die Maße ein, und er nahm sie aus ihrer Hand. Wenn es ein großer Tag war, Festtag oder Markttag und das Volk war zusammengeströmt, so daß alle Bänke übervoll waren und der ganze Hof von Drehorgelspielern und Verkäufern von gebratenen Äpfeln und Kastanien wimmelte, und er und sie atemlos und heiß zwischen den Tischen mit ihren Flaschen und Gläsern hin- und hereilen mußten, dann nickten sie einander zu, wenn sie zusammentrafen. Da fühlten sie sich so kameradschaftlich wie Soldaten, die in den Kampf ziehen.

An anderen Abenden, wenn keine Gäste kamen, saß Nino da und erzählte ihr aus Büchern, die er gelesen hatte. Sie wollte von nichts anderem hören, als vom alten Rom und am liebsten vom Aufstand der Plebejer gegen die Patrizier und von den mächtigen römischen Matronen. Nino wußte wohl, warum. Dasselbe Blut, sie fühlte sich vom selben Blut. Am nächsten Tage trug sie den Kopf noch viel stolzer, als früher. Nino wußte, daß er wie ein Tollhäusler handelte. Jedesmal, wenn er von Cornelia, der Mutter der Gracchen erzählte, entfernte er sie weiter von sich. Warum konnte er diese Erzählungen nicht sein lassen? Warum liebte er sie am allermeisten, wenn sie den Nacken so hoch hob, und wenn ihre Augen blitzten?

Als sie vierundzwanzig Jahre alt war, hörte Nino die Leute sagen, daß es bald zu spät für sie sein würde, einen Mann zu bekommen. Sie war nicht mehr schön. Nino konnte nicht begreifen, was sie meinten. War sie nicht schön?

Eines Tages jedoch merkte er, daß sie recht gehabt hatten. Sie war wirklich im Begriff gewesen, alt zu werden. Sie mußte ganz verblaßt gewesen sein, obgleich er es nicht gemerkt hatte. Nun merkte er es daran, daß sie wieder aufzublühen anfing. Ihre frische Jugendschönheit kam aufs neue unter irgend einer grauen Hülle hervor. Was war das für ein Wunder? Nino erschrak beinahe, als er es sah.

Beinahe jeden Abend erschien jetzt ein kleiner Leutnant in der Osteria. Ach, ach, Nino konnte nicht leugnen, daß er das Niedlichste war, was man sehen konnte. Er hatte eine Uniform in Schwarz und Silber und ein weiches kindliches Gesicht. Und er war verliebt vom ersten Augenblick, da er sie sah. Und sie, war ihre Schönheit um seinetwillen wiedergekommen? Gefiel ihr der kleine Leutnant? War der Signor nun endlich erschienen?

Nino begann den Krieg und die Krieger zu hassen. Italien führte jetzt Krieg mit Abessinien, und es war Elend genug, daß man ein fremdes Volk angriff, das nichts Böses getan hatte, es war Elend genug, das, was die Kriegsleute dort draußen anrichteten, hier zu Hause konnten sie es doch lassen, die Leute ins Unglück zu bringen.

Nino suchte Gleichgesinnte auf und kam in Friedensvereine. Hier trat er als Redner auf und forderte gebieterisch die Abschaffung des Kriegsheeres. Italien sollte nicht mehr als Land des Streites groß sein, sondern als ein Land des Friedens. Nino legte Ziffern vor, er tummelte sich mit Statistik und anderen wunderbaren Wissenschaften. Er merkte, daß man sich darüber wunderte, daß er nicht mehr war, als Bursche in einer Campagna-Osteria.

Bei diesen Versammlungen stellte Nino seinen Mann. Er beschloß Adressen an die Minister und Adressen an den König. Und in seinen Reden widerlegte er die kriegsfreundlichen Zeitungen Punkt für Punkt. ›Laßt uns diesem afrikanischen Unfug ein Ende machen, wir wollen unsere Soldaten wieder haben, um sie in die landwirtschaftlichen Schulen zu schicken!‹ Das waren Ninos Worte.

Aber wenn Nino von solch einer Friedensversammlung nach Hause kam, bei der er den Krieg und die Kriegsheere abgeschafft hatte, ging Teresa ihm entgegen. Sie blieben bei dem Brunnen stehen, wo sie immer zu sitzen und zu plaudern pflegten, und Teresa wollte vom Krieg sprechen. Um den jetzigen Krieg kümmerte sie sich nicht, aber sie wollte wissen, was die Römer in früheren Tagen ausgeführt hatten. Nun war es Scipio, von dem er erzählen sollte. War es nicht Scipio, der nach Afrika gezogen war und die Schwarzen besiegt hatte? Und Nino mußte von ihm berichten. Nino mußte die halbe Nacht aufsitzen und von Krieg, Krieg, Krieg sprechen.

Während er davon sprach, wurde sie so strahlend schön. Die Laterne, die auf dem Brunnenstaket hing, zeigte sie Nino wunderbar schön und mit einem geheimnisvollen Lächeln um die Lippen. Nino begriff, daß sie nur einen Helden lieben konnte. Und was war er? Er, der es ihr nicht einmal abschlagen konnte, von diesen verabscheuungswürdigen Gemetzeln zu erzählen. Wenn sie einen Nero geliebt hätte, wäre Nino gezwungen gewesen, die Tyrannen zu preisen. Nino war gewiß kein Held.

Als sie sich mit Leutnant Ago verlobte, beschloß Nino sich frei zu machen und einen anderen Dienst zu suchen, aber er konnte nicht. Sie war gerade da so gut gegen ihn. Er mußte wohl bis nach der Hochzeit warten. Sie vergaß Nino keinen Augenblick. Sein Geburtstag kam, am Tage nach der Verlobung, und Nino war am Morgen düster und glaubte, dies würde der traurigste Tag seines Lebens werden. Aber er war noch nie vorher so gefeiert gewesen. Sie hatte ihm Taschentücher gestickt, mit Monogrammen, die über das halbe Tuch reichten. Sie hatte ihm auch eine Torte gebacken und bei ihrem Schutzpatron für ihn gebetet. Sie scherzte mit ihm. Nino mußte sich froh zeigen. Er mußte den ganzen Tag lachen, weil sie es wollte. Jetzt sollten alle glücklich sein. Aber bei Nacht konnte Nino nicht umhin zu weinen. Er hatte gemerkt, daß sie in diesen Tagen den Vögeln doppelte Rationen gab, der Esel hatte frisches Stroh bekommen, und die Katze durfte auf ihrer Schulter sitzen, so lange sie wollte. Nie hatte sich Nino so gleich gestellt mit der Katze, dem Esel und den Hühnern gefühlt.

Wie sie sich darüber freute, daß ihr Bräutigam Offizier war! Nächst dem, daß er ein Signor war, gefiel ihr sein militärischer Beruf. Als man sie einmal fragte, ob sie nicht Angst hätte, daß er nach Afrika geschickt würde, hörte Nino, wie sie antwortete:

»Wollte Gott, er könnte fahren. Dann würdet ihr sehen, wie alles anders werden würde«, denn dies war im Winter 1896, und da sah es aus, als sollte aus diesem Kriege mit Menelik und seinen Schoanern nichts rechtes werden. Man schickte nur Schiffe auf Schiffe mit Truppen aus. Die Truppen lagerten sich dort in der Aduagegend, aber man hörte nie, daß es zu etwas kam. Es war so, wie wenn Bienen aus dem Korbe fliegen und außerhalb des Fluglochs in einem großen Beutel hängen bleiben, und man geht jeden Tag hin und sieht sie an und ärgert sich, daß sie nicht schwärmen wollen.

Sie benahm sich auch großartig, als sie gegen Ende Februar erfuhr, daß er nach Afrika abgehen mußte. Nino sah keine Träne in ihren Augen. Sie dachte nur daran, daß es nun endlich zu Schlachten und Siegen kommen würde. Jetzt sollte ihrem armen Italien geholfen werden.

Sie gab ein Abschiedsfest für ihn und seine Kameraden. Es war ein herrliches Fest. Der Castello Romanowein floß in Strömen. Sie hatte ihre fettesten Truthühner geschlachtet und die ersten Artischocken gepflückt. Und sie hatte Torten und Zuckerwerk bis in die Unendlichkeit gebacken.

Am Brunnenstaket hatte sie eine Fahnenstange errichtet und die italienische Flagge gehißt, und der arme Nino mußte ihr behilflich sein, Transparente zu verfertigen, auf denen zu lesen war: ›Es lebe die Armee! Sieg unseren tapferen Soldaten! Für Italien!‹ und andere hochgestimmte Worte. Er hatte ihr helfen müssen, farbige Lampions unter den Strohdächern zu befestigen, Sänger zu mieten, die die neuen Kriegslieder singen konnten; aber er hatte geschworen, daß sie ihn nicht dazu bringen würde, eine Rede zu halten. Armer Nino, sie forderte ihn nicht dazu auf, sie wagte es nicht, ihm etwas so hochwichtiges anzuvertrauen.

Aber abends, als die kleinen Feuerwerkskörper zu den Füßen der Gäste knallten, und als nicht nur die Strohdächer über den Bänken, sondern auch die Hühnersteigen, das Wohnhaus und der Brunnen von grün-rot-weißen Lampions strahlten, und als Nino drüben zwischen den Artischocken bengalische Feuer entzündete, da sah er, wenn sonst niemand, was sie eigentlich meinte. Es war, als wollte sie mit jedem Glas Wein, das sie den Soldaten kredenzte, sagen: ›Gehet hin und machet Ernst aus diesem. Roms Frauen wollen neue Triumphzüge hinauf gen Campidoglio schreiten sehen!‹

Niemand wußte besser als Nino, wie sehr Teresa diesen zierlichen kleinen Mann liebte, der gegen die Barbaren ausziehen sollte. Und als er sah, wie sie ihn gehen ließ, ohne zu klagen, ohne einen Augenblick schwach zu werden, mußte er sie fast gegen seinen Willen bewundern. Sie hätte eine der Matronen des alten Rom sein können, dachte Nino. Es rollt echtes Römerblut in ihren Adern.

Als Leutnant Ago mit seiner Truppe nach Neapel abreiste, von wo aus sie sich nach Afrika einschiffen sollte, begleitete Nino sie zur Eisenbahnstation.

Es war Nacht. Die Soldaten kamen in raschem Takt herangemarschiert, rings um sie schwärmten Gassenjungen, Verwandte und Kriegsenthusiasten. Unten an der Station war Roms Sindaco und mehrere Generale. Es wurden Reden gehalten, man rief: ›Es lebe Italien‹, man küßte sich und man warf Blumen. Teresa stand bleich vor Begeisterung da und klagte nicht mit einem Worte. Es waren feine Damen da, die an die Soldaten Blumen verteilten. Das tat sie nicht.

Sie dachte nur an einen, und sie gab ihm keine Blumen, aber er mußte ihr versprechen, Meneliks Hauptstadt zu erobern. Leutnant Ago versprach, mit der Krone der abessinischen Kaiserin zu ihr zurückzukommen. Und so schieden sie.

Aber Leutnant Ago war noch keine zwei Tage fort, er war noch gar nicht nach Afrika abgereist, als die Nachricht eintraf, daß der große Schwarm, der in Adua gelagert war, sich zu rühren anfing, er zog gegen die Abessinier und wurde geschlagen und zerstreut.

Das war gerade um die Zeit, als niemand an etwas anderes dachte, als den Sieg, der dort drüben erkämpft werden müßte, nachdem man so unerhört viele Menschen hingeschickt hatte. Der König selbst hatte sich nach Neapel begeben, um die Abfahrt der letzten Truppen anzusehen. An einem Tage sprach er ihnen von dem Ruhme, den sie dem geliebten Italien erringen würden, am zweiten Tage kam ein Telegramm, das von verlorener Schlacht, zerstreutem Heer, Flucht und Panik erzählte.

Ganz wunderlich, wie die Telegramme in diesen Tagen trafen. Meneliks Kugeln hatten nur etwa siebentausend Mann fällen können, aber die Depeschen nahmen das Werk der Kugeln auf, sie kamen von der Hochebene Aduas, passierten das Mittelmeer und erreichten ihr Ziel. Ach, kein italienisches Herz kam unversehrt davon!

Teresa kam ganz vernichtet zu Nino. »Was ist dort geschehen, Nino? Wie konnte es so schlecht gehen?«

Nino erzählte ihr, daß die Italiener nicht so sehr von ihren menschlichen Feinden geschlagen worden waren, als von der übermächtigen Natur. Dort mußte man Berge erklimmen, von denen die niedrigsten höher waren, als das Sabiner- und Albanergebirge aufeinander gelegt. Da gab es keinen Weg, sondern man zog über Halden, die mit so steifen und dornigen Disteln bewachsen waren, daß nicht einmal ein Esel sie fressen konnte. Mit der Nahrung war es so schlimm bestellt, daß die Soldaten sich über die Maultiere warfen, die auf dem Wege zusammengebrochen waren, und die Fleischstücke an sich rissen.

Aber das war doch nichts, um Menschen hinzuschicken! Ein Land, wo man Maulesel essen mußte!

Nein, das meinte Nino eben auch.

Nun konnte er frei von der Leber reden, endlich durfte er ihr sagen, wie gräßlich der Krieg war. Sie lasen die Zeitungen zusammen. Sie lasen, daß man fürchtete, daß die Truppen, die jetzt auszogen, Menelik und die Schoaner im Hafen von Massaua treffen würden; die jetzt fuhren, zogen dem sicheren Tod entgegen.

Sie las auch, daß die Barbaren vor allem auf die Offiziere schossen. Sie lagen da und zielten auf ihr blaues Rangzeichen und holten sie von den Hügelabhängen herab, wenn sie mit ihren Soldaten vorrückten.

Und es gab so viel Grausamkeiten und Entsetzlichkeiten, die diese Schwarzen begingen; ihre Weiber plünderten die Toten und zerstückelten sie.

Da war es um sie geschehen. Sie bebte vor Entsetzen und wagte nicht mehr zu lesen.

Nino schob seine Mütze zurück und fragte, was sie eigentlich geglaubt habe, was die Leute im Kriege anfingen? Hatte sie sich nicht gedacht, daß sie sich dort töteten? Nein, sie wußte nicht, was sie geglaubt hatte. Das hatte sie nicht gedacht.

Da kam ein Brief vom Leutnant Ago, in dem er Abschied von ihr nahm. Das Dampfschiff, das ihn nach Afrika führen sollte, ging am nächsten Abend ab. Am Abend waren sie und Nino auf dem Wege nach Neapel. Was wollte sie dort? Nino glaubte, sie wolle ihren Bräutigam noch einmal sehen, bevor er abreiste. Selbst hatte sie sich es nicht so klar gemacht, warum sie fuhr, aber sie konnte es nicht lassen. Und keinen anderen als Nino hatte sie zur Begleitung haben wollen.

Als sie morgens in Neapel angelangt waren, suchte sie ihren Leutnant in der Kaserne auf.

Er kam ihr entgegen, verwirrt und hastig, aber sichtlich geschmeichelt und gerührt, daß sie gekommen war, um ihm Lebewohl zu sagen. Aber Teresa wurde totenbleich, als sie ihn erblickte. Er trug jetzt eine helle Uniform aus gelblich-grauem Leinen mit einem blauen Bande über der Brust. Das war das blaue Band, das die Schwarzen sich zur Schießscheibe nahmen.

Er mußte gleich wieder zu seinen Soldaten zurück. Konnte sie denn den ganzen Tag über nicht mit ihm zusammentreffen? Ja, sie wollten gegen ein Uhr miteinander frühstücken. Er konnte zwei Stunden abkommen. Sie besprachen den Ort, und er eilte weg.

Das war ein Tag! Nino und sie gingen hinab in die »Villa« und setzten sich auf eine Bank um zu warten. Sie tat nichts anderes, als daß sie unaufhörlich Nino fragte, wie viel es auf seiner Uhr war. Und als sie nun allein mit Nino blieb, da war ihr Gesicht starr und bleich, wie das der Statuen, die rings um sie standen, und ihre Augen schienen nicht mehr zu sehen, als die steinernen. Nino fragte sie, warum sie so wunderlich vor sich hinstarre. Sie sagte, sie säße da und sähe *seine* Leiche an. Die ganze Nacht hatte sie ihn tot in einer Bergkluft liegen sehen, und auch die alten Weiber der Schwarzen waren ihr erschienen, wie sie herbeieilten, um zu plündern und zu zerstückeln. Nino hatte ja gesagt, daß sie dort die Leichen zerstückelten.

Nino versuchte, etwas Tröstliches zu sagen. Alle würden ja nicht fallen, meinte er, und Leutnant Ago, der so tapfer war, konnte sich der Barbaren schon erwehren.

Was half es, tapfer zu sein, sagte sie, wenn der Feind in Schlupfwinkeln verborgen lag und auf das blaue Band zielte. Hatte Nino das blaue Band bemerkt? Warum war es blau, das Todesband, warum war es nicht rot wie Blut?

Sie nahm Nino das Versprechen ab, daß er sie nicht verlassen würde. Sie nicht verlassen, den ganzen Tag.

»Nein, nein, Teresa.«

Er war auch mit beim Frühstück. Leutnant Ago bestellte ein Zimmer, und so aßen die drei zusammen.

Im Anfang war Teresa munter, sie zeigte sich ebenso sorglos, als säße sie daheim in der Osteria. Nino dachte, daß sie für diese zwei Stunden allen Kummer von sich werfen und einzig und allein glücklich sein wollte. Sie war sogar viel munterer, als gewöhnlich, sie kokettierte mit Leutnant Ago, bis er ganz toll war. Und sie ließ es zu, daß er sie küßte.

Nino sah in seinen Teller, aber er merkte es doch. von Zeit zu Zeit sah er sie an, und seine kleinen grauen Äuglein bettelten, gehen zu dürfen. Aber da kam ihre Hand, die ganz eiskalt und zitternd war, unter dem Tisch herangeschlichen und legte sich auf die seine und hielt ihn zurück. Der Leutnant fand ihn wohl höchst überflüssig, aber sie wollte ihn offenbar da haben.

Es gab sowohl Asti spumante, als Lacrimae Christi, und Nino trank, wie er nie zuvor getrunken hatte. Aber es gelang ihm nicht, sich taub oder blind zu machen.

Plötzlich, als Nino sich dachte, daß Leutnant Ago ganz berauscht von ihren Blicken und ihren Küssen sein müßte, neigte sie sich zu ihm und fragte schelmisch, ob er es nicht lassen könnte, zu reisen. Könnte er es nicht so einrichten, daß er daheim bleiben konnte?

Er lachte. Nein, er konnte nicht entrinnen.

Konnte er nicht krank werden? Sich krank stellen? Nein, nein, das konnte er nicht.

Aber hatte er denn daran gedacht, wie lange es dauern würde, bis sie ihre Hochzeit feiern konnten?

Der Leutnant glaubte kaum, daß sie im Ernst sprach. Gewiß hatte er daran gedacht, aber das ließ sich ja nicht ändern.

Teresa lächelte nicht mehr, sondern sprach mit einer Stimme, die vor Rührung bebte.

Sie bekannte, daß sie sich furchtbar gesehnt hatte, seit er abgereist war. Sie konnte keinen Tag ohne ihn sein. Könnte er sich nicht irgend einen Vorwand ausdenken, um bleiben zu können?

»Teresa«, sagte er, »ich wäre ja ein ehrloser Mann. Bitte mich nicht!«

»Ehrlos«, sagte sie mit schmeichelnder Stimme. »Wie kannst Du so etwas sagen? Du würdest ja nicht hier bleiben, weil Du feig bist, sondern weil ich Dich so liebe, daß ich Dich nicht ziehen lassen kann.«

Und sie lächelte und bat, aber Leutnant Ago war unbeweglich.

Da fing sie mit etwas anderem an. Wenn es nun zur Schlacht käme, und die Schwarzen zu schießen begännen? Wollte er ihr da versprechen, das blaue Band fortzunehmen?

Nein, das wollte er nicht. Er durfte es nicht.

Überhaupt glaubte der Leutnant eigentlich, daß sie im Grunde nur scherzte.

Nino sah sie, wie ermattet, den Kopf sinken lassen.

Als sie aufblickte, war jede Spur von Heiterkeit aus ihrem Antlitz verschwunden. Sie war so, wie sie am Vormittag gewesen.

Nun begann sie, ihm mit Heftigkeit alles zu erzählen, was sie von dem fremden Lande und der Kriegsführung der Schwarzen gehört hatte. Sie sprach von den Bergen und den Distelgewächsen und der Hungersnot. Als sie von den Mauleseln erzählte, lachte er und sagte, das sei nicht wahr.

Sie sprach vom Leutnant Petrini, der von den Weibern der Schoaner verbrannt worden war. Wußte er das, ja, wußte er das? Und was für eine Ehre war es, im Kampf mit den Barbaren zu siegen? Und sie schossen alle Offiziere nieder, wußte er das? Sie zielten auf die blauen Bänder und schossen auf die Offiziere.

»Ah, Teresa«, sagte er, »willst Du mich erschrecken? Sind das Worte für eine Römerin?« – »Ja, ja gerade für eine Römerin. Roms Frauen hatten nie zugelassen, daß man ihnen raubte, was sie liebten.« Und sie war nur gekommen, um ihm zu sagen, sie wüßte bestimmt, daß er fallen würde, wenn er jetzt reiste. Sie sah ihn tot vor sich. Sie sah seinen

Körper zerstückelt und blutig. Und nachdem sie dies gesagt hatte, war es mit aller Beherrschung vorbei, und sie zeigte ihm ihre ganze Verzweiflung. Sie warf sich vor ihm auf die Knie, bettelte, weinte, flehte.

Er war sehr gerührt, aber auch befangen. Einen Augenblick sah er zu Nino hin, gleichsam unschlüssig, was er beginnen sollte. Nino zog seine Uhr hervor. Ja gewiß, das war das Einzige, was er tun konnte. Sagen, daß die Zeit abgelaufen war, und dann gehen.

»Was willst Du?« sagte er. »Was willst Du, daß ich tun soll? Ich kann mich nicht losmachen.«

»Stelle Dich krank. Es reisen ohnehin so viele. Es ist unrecht, zu reisen. Die dort drüben verteidigen nur Haus und Heim. Sage, daß Du nicht gegen sie kämpfen willst.«

»Dann ist es um mich geschehen.«

»Du wirst dort sterben. Das ist nichts, um dafür zu sterben. Die Schwarzen haben uns nichts getan. Laß sie in Frieden. Sie wollen uns ja unser Land nicht nehmen, warum sollen wir ihres rauben?«

»Teresa«, sagte Leutnant Ago, »sage mir jetzt mutig Lebewohl, so wie in Rom. Nun muß ich gehen.«

»Du mußt?«

»Ja.«

»Nun so geh!«

»Teresa!«

»Geh doch. Ich werde versuchen, nicht an Dich zu denken. Du bist für mich tot.«

Sie stand nicht auf, sondern blieb auf dem Boden liegen. Sie sah ihn nicht einmal an. Er strich über ihr blauschwarzes Haar. Sie rührte sich nicht. Er seufzte tief, wußte nicht, was er sagen oder tun sollte, und ging wirklich.

Mit einem angstvollen Griff drückte er Ninos Hand. Es war, als vertraute er Teresa ihm an. Abends, gegen zehn Uhr, standen Nino und Teresa am Hafen. Ein paar große Dampfer lagen da, bereit, abzugehen, und eine Menge Boote wartete darauf, die Soldaten hinzubringen. Einige tausend Menschen standen auf dem Quai, um die Abfahrt anzusehen.

Aber das war ein Unterschied, jetzt nach der Niederlage! Früher im Winter hatte man nicht genug jubeln können, als die Truppen an Bord geführt wurden. Jetzt lag nichts als Düsterkeit über den Wartenden. Man würde am liebsten die Boote und die Dampfer versenkt haben, damit sie keinen Sohn Italiens nach dem verfluchten Barbarenland führen konnten. Die Soldaten kamen so still, als wollten sie sich fort-schleichen. Keine Musik, keine Schüsse, keine Hochrufe. Aber aus der wartenden Menge stieg ein dumpfes Murren der Empörung auf, und man beschleunigte die Einschiffung so viel, als nur denkbar. Man war nicht ganz sicher, daß das Volk nicht auf den Gedanken verfiel, die Abfahrt zu verhindern.

Teresa schien etwas Ähnliches zu hoffen. »Sie werden es nicht zulas-sen, Nino«, sagte sie. »Alle diese Männer werden es nicht zulassen, daß man ihre Söhne fortführt, damit sie von den Barbaren geschlachtet werden.«

Aber ein Boot voll nach dem anderen wurde weggebracht, und die Menge ließ es geschehen. Einige Menschen brachen in die Reihen der Soldaten ein, aber nur um zu küssen und Abschied zu nehmen. Nino sah Leutnant Ago am Quai stehen und das Einsteigen in die Boote überwachen.

Ah, wo war Teresa? Eben erst hing sie an Ninos Arm, aber jetzt sah er sie unten am Landungsplatz. Sie schlang die Arme um Leutnant Ago. Er küßte sie, dann wollte er sich aus ihrer Umarmung lösen. Es war nun die Reihe an ihm, einzusteigen.

Sie schien sich zurückzuziehen, aber da sah Nino etwas Blankes in ihrer Hand leuchten. Sie schien den Leutnant noch einmal umarmen zu wollen. Im selben Moment wankte dieser und schrie auf.

Nino war dort unten. Er riß Teresa an sich. Er zog sie in den Volks-haufen, in das heißeste Gedränge.

»Stehe stille hier.«

Sie lachte beinahe irrsinnig. »Jetzt wird er nicht reisen, Nino«, sagte sie.

Nino packte sie beim Handgelenk. »Schweig«, sagte er und drückte, so daß es schmerzte.

»Meinethalben können die Gendarmen ...«

Nino drückte mit eiserner Faust zu, und sie schwieg.

Das war ein Drängen, ein Hin- und Herstoßen. Nino blieb gelassen in dem dichtesten Getümmel. Er versuchte nicht zu fliehen.

»Recht so«, flüsterte ein Neapolitaner Nino zu. »Nur stille stehen, so daß die Gendarmen keinen Verdacht schöpfen. Kein Neapolitaner wird Euch verraten.«

Teresa begann plötzlich zu schluchzen.

»Laß das sein«, sagte er, »Du darfst nicht.«

Und ihre Tränen versiegten. Sie stand stumm und still da, so lange Nino es wollte. Er hatte sie ganz in seiner Gewalt.

Leutnant Ago wurde fortgetragen, die Polizei begann nach der zu forschen, die ihn verwundet hatte. Nino und Teresa hörten, wie man der Menge Fragen stellte. »Wohin war sie geflohen? Wer hatte sie gesehen?«

Es war eine große Signorina – nein, eine kleine. – Hier hatte man sie gesehen – nein, hier. Sie hatte den Weg zur Station genommen – nein, nach Santa Lucia. Und die Polizisten zerstreuten sich nach rechts und links.

Nino führte Teresa zur Eisenbahnstation, und sie reisten kühn nach Hause. Er verließ sich darauf, daß Leutnant Ago sie nicht angeben würde.

In der Zeitung las er auch am nächsten Tag, daß der Leutnant erklärt habe, er kenne die Frau nicht, die ihn verwundet hatte.

Er war verwundet, aber nicht gefährlich. In der nächsten Woche kam ein Brief von ihm an Teresa.

Seit der Reise nach Neapel ließ sie sich in allem von Nino lenken und leiten. Nun kam sie auch mit dem Briefe zu ihm.

»Lies ihn, Nino«, bat sie.

Er erbrach das Couvert, sie stand zitternd daneben.

»Ist es aus, Nino?« fragte sie.

Nino antwortete ja, so angstvoll, als verkündete er ihr ein Todesurteil.

»Laß mich hören«, sagte sie und richtete sich auf. Nino las ihr vor, daß Leutnant Ago sie nicht mehr liebte. »All meine Liebe ist tot«, schrieb er, »meine arme Liebe ist tot.«

Sie zuckte verächtlich die Achseln.

»Die Liebe eines Signor verträgt es wohl nicht, Blut zu sehen«, sagte sie.

»Du, Teresa«, schrieb Leutnant Ago, »Du warst für mich des Vaterlandes Stolz, Du warst das wiedergeborene Rom, Du warst das starke Weib der Vorzeit. Du warst die, die die Römer einst zu Helden machen sollte, Du solltest Seelenstärke genug haben, um uns hinauszuschicken, um die Welt zu erobern. Vergib mir, daß ich mich täuschte. Nun weiß ich, daß die alten Römerinnen tot sind, die Töchter des neuen Rom senden keinen Mann hinaus, um Ehre zu erringen, sie haben nur den Mut, ihn zu hindern, seine Pflicht zu tun.«

Teresa legte ihre Hand auf die Ninos. »Ich will nicht mehr hören«, sagte sie.

Nino schwieg.

»Wenn ich es nicht getan hätte, Nino«, sagte sie, »würde er jetzt tot sein. Ich verstehe nicht, was er meint. Ich sah ihn tot in einer Bergschlucht liegen. Da läge er jetzt, wenn ich nicht gewesen wäre. Wie konnte ich ihn da ziehen lassen?«

»Findest auch Du, Nino, daß ich feige bin?« fragte sie. »Bin ich entartet? Habe ich keinen Tropfen Römerblut in meinen Adern?«

Nino sah zu ihr auf, wie sie da schön und stolz und trotzig vor ihm stand. Er liebte sie, so wie er sie immer geliebt, und er sah seine ganze Zukunft vor sich. Sie würde nie heiraten, er würde sie nie verlassen können, und sie würden das Leben zusammen leben, sie als Herrscherin, er als Knecht. Die Zeit, die nun vorbei war, in der er beinahe Herrscher gewesen, die kehrte nicht zurück. Sie nahm bald wieder die Zügel der Gewalt an sich.

»Sag mir, Nino«, fragte sie, »waren die Frauen des alten Rom wilde Tiere? Gaben sie zu, daß man ihnen das raubte, was sie liebten?«

Nie hatte Nino so wie jetzt begriffen, was das neue Italien von dem alten unterschied, aber er schloß die Augen vor allen Zeugnissen der Geschichte, denn er war aufs neue Teresas Sklave und Knecht geworden und antwortete, so wie sie es wünschte, daß in ihren Adern Römerblut floß, das edelste Römerblut.

Stimmungen aus den Kriegsjahren

Rahels Weinen

August 1914

Mitten in der Mittagsstille, während ich und ein paar andere Hausgenossen auf der Veranda saßen und plauderten, hörten wir einen sonderbaren Laut die Luft durchschneiden. Er war sehr stark und wild, voll Angst, Schmerz und Raserei, und zugleich so fremd und ungewohnt, daß wir einander im ersten Augenblick erstaunt ansahen ohne zu verstehen, was es war oder woher er kam.

Hastig durchliefen unsere Gedanken alle Möglichkeiten. Das konnte nicht der so seltsam und unheimlich klingende Schrei eines Pferdes sein, das angebunden steht und vor Durst vergeht. Auch war es keiner der zornigen Schreihälse des Waldes, weder Fuchs noch Uhu war imstande, einen solchen Laut zu entsenden, so gewaltsam und rauh, daß er wie ein Widerhall aus vergessener Urzeit schien.

Es war nicht ganz unmöglich, daß der Schrei oder das Brüllen, oder wie man es nun nennen wollte, von irgendeinem Menschen ausgegangen war, der sich verletzt hatte. Aber es war die Stunde des Tages, wo die Arbeitsleute Mittagsrast hielten. Die Mähmaschinen rasselten nicht draußen auf dem Acker, und keine schwerbeladenen Wagen bewegten sich zwischen Feld und Hof. Es konnte kaum ein Unglück in dieser Stunde geschehen sein, die der Ruhe gewidmet war.

Die furchtbare Hitze, die in diesem Sommer lähmend über der Erde brütete, herrschte auch an diesem Tag. Sie verbrannte noch immer das Gras auf dem Boden und die Blätter auf den Bäumen, sie sog das Wasser der Bäche und Quellen an sich und drohte den ganzen Talkessel vor uns in eine braungebrannte Wüste zu verwandeln. Der rauhe, mächtige Ruf, den ich eben gehört hatte, war mir so unerklärlich, daß es mir in den Sinn kam, es sei die Klage der großen Natur, der vereinte Jammerschrei der Scholle und der Pflanzen über ihr unerträgliches Leiden.

Während wir noch vor Staunen und Verwunderung still blieben, ließ sich der furchtbare Laut noch einmal hören. Mit unbarmherzigem, unerträglichem Grimm erschütterte er die Luft und schnitt in die Ohren, schmerzhaft wie ein Folterwerkzeug.

Als er nun zum zweiten Male ertönte, stürzten alle, die rings um mich saßen, fort, um zu ergründen, was dies war. Ich allein blieb sitzen. Ich hatte das unklare Gefühl, daß ich etwas Ähnliches schon einmal gehört hatte. Ich neigte den Kopf und legte die Hand über die Augen, um besser in den verborgenen Raum meiner Erinnerungen forschen zu können. Sogleich wurde ich in Gedanken in große, offene Gefilde versetzt. Ein grauweißer, steiniger Boden wogte in wohlgeformten Hügeln auf und nieder.

Hin und her, wie ein Falke, der in wolkenhohem Flug Beute sucht, schwebte die Erinnerung über diese Gegenden, die sie noch nicht beim Namen nennen konnte. Auf einem Abhang wuchsen feuerrote Anemonen, und auf der Spitze eines Hügels stand ein kleiner Hain von bleichen, schattenlosen Oliven. Ich wußte nun, an diesem Orte, wo ich einen Laut gehört hatte, ähnlich dem, der soeben in meinem Ohr erklungen war, hatte ich auch feuerrote Frühlingsblumen gesehen, und immergrüne Laubbäume. Er mußte also sehr weit weg in der Welt liegen, sehr fern von Värmland und Schweden.

Die Erinnerung spähte und forschte, um Dunkel und Vergessenheit durchdringen zu können, und ganz plötzlich, durch eine unerhörte Anstrengung, brach sie zur Klarheit durch. Ich sah mich selbst und meine Reisegenossin in einem großen alten Landauer fahren, der einmal, vor sehr langer Zeit, als Galawagen in irgendeiner Großstadt gedient haben mochte. Wir fuhren an Unmengen von roten Anemonen vorbei, über eine breite, prächtige Landstraße einer mauerumkränzten Stadt zu. Ich erkannte den Wagen. Es war eines jener ausgedienten Fuhrwerke, wie sie von den Droschkenkutschern in Palästina vermietet werden. Ich erkannte den Weg wieder, die Umgebung, die mauerumkränzte Stadt. Ich hatte all dies gesehen, als ich vor vielen Jahren von Jerusalem nach Bethlehem reiste.

Auf dem Rücksitz des Wagens sitzt unser syrischer Dragoman, braun im Gesicht, einen roten Fes auf dem Kopfe. Er lenkt unsere Aufmerksamkeit auf ein kleines, weißes, von einer niedrigen Kuppel überwölbtes Haus, das ganz einsam in einiger Entfernung vom Wege liegt. Es ist ohne Fenster und gleicht diesen allgemein vorkommenden Grabkammern, die die Einwohner des Morgenlandes ihren vielen Heiligen zu errichten pflegen und die wir an den verschiedensten Orten gefunden haben, bald weit weg in der Wüste, bald mitten in einer Stadt oder einem

Dorfe, bald wie hier an einem Wege, auf dem eine Menge Menschen vorbeiziehen.

Der Dragoman erzählt nun, daß dieses kleine Häuschen Rahels Grab ist, und zugleich beteuert er uns, daß dies keine leere Vermutung ist, sondern eine wirklich bewiesene Wahrheit. Gelehrte Männer haben über die Echtheit fast aller heiligen Stätten Palästinas gestritten, nie aber über diese. Es ist kein Zweifel, das ist die Stelle, wo Jakob, der auch Israel genannt wird, seine Lieblingsfrau begraben hat, kurz nachdem sie ihm seinen Sohn Benjamin gebar, gleichsam zum Ersatz für einen anderen Sohn, den er auf der Wanderung durch die Wüste von wilden Tieren zerrissen wähnte.

Wir werden beide ein bißchen atemlos bei dem Gedanken, was dies bedeutet. Hier hatte eine schöne Nomadenfrau ihre Ruhestatt durch eine Reihe von Jahren gehabt, deren Zahl niemand anzugeben wußte. Hier ruhte sie, lange bevor ihr Sohn Josef ein mächtiger Mann im Lande Ägypten geworden war, lange bevor eine Königsburg in Mykene aufgerichtet wurde oder eine griechische Flotte über das Meer gezogen war, um Troja zu erobern, und hier schlief sie noch, ohne daß das Grab in Vergessenheit gehüllt oder von Zerstörungssucht gekränkt worden wäre.

Der Dragoman erzählt uns, daß in früheren Zeiten, ja bis in unsere Tage, wie der eine oder andere zu berichten weiß, jedesmal, wenn ein Unglück über Israel hereinbrechen sollte, Weinen und Klagen aus diesem Grabe ertönte. Hier hatte die Stammutter der Juden in der Nacht vor jenem Tage, wo die kleinen Schuldlosen in Bethlehem ermordet wurden, ihre Jammerrufe erhoben. Von hier hörte man ihre Klage über das Tal hinausströmen, an jenem Abend, bevor Jerusalem zerstört wurde und das unermeßliche Tal Hinnom sich bis zum Rande mit den Leichen seiner Söhne und Töchter füllte. Und viele Male seither haben sowohl die Einwohner Bethlehems wie die Beduinen der Felder ihre unheilverkündenden Rufe an dunklen Abenden und Nächten durch die Täler unterhalb von Bethlehem erklingen hören. Selten sind lange Zeiten verflossen, ohne daß sie sich aus dem Schlummer des Todes losreißen mußte, um über die Unglücksschicksale zu trauern, die ihrem Volke drohten. Nicht ein Wort spricht Rahel, aber ihr Weinen klingt unheimlich durch die Stille, die ihr Grab umgibt. Es wird von langgedehnten Schreien begleitet, wilder und schrecklicher als ein jetzt lebendes Wesen ausstoßen kann.

Als wir dies hören, sagen wir zwei Reisegenossinnen zueinander, es sei nicht zu verwundern, daß Rahels Grab bis auf unsere Tage bewacht wurde. Da alles Volk an sie als an die große Mutter glaubt, deren Liebe zu ihren Sprößlingen nie sterben kann, konnte sie nie vergessen werden, und kein vom Weibe Geborener hat gewagt, die Hand gegen ihre Ruhestatt zu erheben.

Wir sprechen von diesem, als der Wagen an dem weißen Grabhaus vorbeifährt. Im selben Augenblick zucken wir heftig zusammen. Es ist jetzt nicht Abend, sondern hellichter Vormittag, aber dessen ungeachtet hört man vom Grabe einen langen, unheimlichen, gedehnten Schrei und gleich darauf noch einen und noch einen.

Das ganze Tal ist wie erfüllt von diesen Lauten, die unser Trommelfell zerreißen. Es liegt nichts Menschliches in ihnen, ja kaum etwas Tierisches. Es war nichts, das in dieser Welt daheim war, in der wir nun lebten. Es waren solche Schreie, wie das wilde Weibtier sie am Morgen der Zeiten ausgestoßen haben mag. So hatte Eva gejammert, als Kain Abel bedrohte, so hatte Hagar über Israel geweint. So mußte Rahel, die durch alle Zeiten Geliebte und Liebende über ihr Volk wehklagen und jammern. Der Dragoman gibt in aller Eile dem Kutscher ein Zeichen zu halten. Er springt aus dem Wagen und geht in die Grabkammer. Nach einer kleinen Weile kommt er zurück.

Er erklärt uns, daß die furchtbaren Schreie von einer Beduinenfrau ausgestoßen werden, die in der Gruft steht und Rahel um Hilfe für einen kranken Sohn anruft.

Wir sind halb und halb enttäuscht. Wir haben uns beinahe vorgespiegelt, daß es die Klage der großen Stammutter ist, die wir hören. Wir sagen zueinander, daß diese Beduinenfrau von Rahel selbst klagen gelernt haben muß. Diese Urzeitlaute mußte sie in irgendeiner dunklen Nacht aus dem Grabe dringen gehört haben, und nun wiederholte sie sie, so gut sie es verstand, um die Teilnahme der schlummernden Toten zu erwecken.

Wir sagen auch, daß solche Laute nicht in der Kehle einer europäischen Frau wohnen können. Wir sagen, daß wir in unserem Weltteil nie etwas Ähnliches hören werden.

Wir sagen viel dergleichen, aber trotz alledem hatte ich an diesem Sommertage, dem letzten Tage im August 1914 denselben wilden Laut dicht vor meinem eigenen Haus gehört. Ich hatte den Schrei der wilden Mutter wieder erkannt, wenn ihrem Kinde Gefahr droht, wie jeder, der ihn einmal gehört hat, sich für alle Zeiten daran erinnern muß und ihn nie verkennen kann.

Die fortgewesen waren, um die Sache zu untersuchen, kamen jetzt zurück. Sie sagten, die Rufende sei eine arme Frau, deren einziger Sohn sie eben verlassen sollte, um in den Kriegsdienst zu gehen. Es handelte sich um nichts anderes als eine gewöhnliche Waffenübung, aber sie glaubte, daß er nie zurückkommen würde, da doch jetzt an allen Ecken und Enden Krieg war. Sie hatten ihr Vorwürfe gemacht, weil sie so wie eine Wahnsinnige geschrien und das ganze Haus erschreckt hatte. Aber sie hatte zur Antwort gegeben, daß sie so schreien mußte. Sie konnte nicht anders, da ihr Sohn nun in den Krieg sollte, um getötet zu werden.

Ich dachte bei mir selbst, daß der harte Zwang der Zeit den Laut aus der Urzeit, Rahels, der trauernden Mutter Weinen, in ihre Kehle gelegt hatte. Es war lange her, daß man ihn in diesen Gegenden gehört hatte, so lange, daß niemand hätte sagen können, von welchem Wesen er herrührte. Aber nun, da der Krieg über die Welt losgelassen war, war er aus der Tiefe der Menschennatur auferweckt, und nun würde er nicht so bald vergessen werden.

Vielleicht würden wir ihn jetzt so oft zu hören bekommen, daß alle auch in unserer weltfernen Gegend lernen würden, ihn wiederzuerkennen. Glückliche, ruhige Mütter, die nie geahnt hatten, das es einen solchen Laut gäbe, würden vielleicht lernen müssen, daß er auch in ihrer Kehle wohnte.

Die verschollene Kirche

Als ich noch ein Kind war, hörte ich oft alte Leute sagen, daß es in dem großen Walde, der sich östlich von meinem alten Heim ausbreitete, drei große Merkwürdigkeiten gäbe.

Da sollte fürs erste eine schöne weiße Blume wachsen, so selten, daß ihresgleichen im ganzen Lande nicht aufzufinden war. Heute wußte niemand so recht, wo im Walde man sie suchen sollte, aber daß sie da war, das war ganz ausgemacht. Sie stand in einem tiefen Tannendickicht, am Rande eines dunklen Moors, soviel wußte man. Und wenn jemand nur imstande wäre, sie zu finden und zu den Menschen hinunterzubringen, so daß sie den Wohlgeruch atmen und den Silberschimmer der Blätter sehen könnten, dann würden sie sie mehr lieben als Lilien und Rosen.

Die zweite große Merkwürdigkeit, die sich in der Tiefe des Waldes verbarg, war eine Heilquelle.

Die kam mit dunklem, perlendem Wasser unter der Wurzel einer großen Birke hervorgerieselt, und früher einmal waren große Volksmassen zu ihr gepilgert. Da hatten die Blinden ihr Gesicht wiederbekommen, und die Lahmen waren mit gesunden Gliedern von ihrem Schmerzenslager aufgestanden. Es war ein unermeßlicher Schaden, daß heutzutage niemand den Weg zur Quelle finden konnte oder zu der großen Birke, die sie beschattete. Ach, gab es doch so viele Kranke, die sich nach dem gesundheitspendenden Wasser sehnten, und wenn jemand so glücklich wäre, es zu finden, er würde geliebt werden wie ein Engel Bethesdas.

Das dritte Merkwürdige, das es im Walde gab, war eine alte verlassene Kirche, die seit der Zeit der großen Pest dastand und ebenso unmöglich aufzufinden war wie all das andere.

Sie stand tief drinnen zwischen hohen alten Föhren, ganz einsam und verlassen. Die gewaltigen Balken der Wände waren von Würmern durchnagt, die ungestört Jahrhunderte hindurch gearbeitet hatten, ohne daß ihre gierigen Kiefer es vermocht hätten, das mächtige Holz zu Staub zu zermahlen.

Sie hatte keine hochgespannten Wölbungen, keine schönen Säulenreihen aufzuweisen. Sie war ärmlich und klein, kaum größer als eine gewöhnliche Hütte, und sie ruhte auf einem Grunde von locker ausgestreuten Steinen. Sie war so niedrig, daß ein erwachsener Mann kaum den Arm der ganzen Länge nach auszustrecken brauchte, um das Dachgebälk zu berühren.

Das Schindeldach und die Holzwände waren mit einem Fell aus Moos bekleidet, das hier dichter und länger wuchs als auf irgendeiner Felsplatte. So mancher Jäger und Holzhauer war an der Kirche vorbeigegangen, in dem Glauben, sie sei nur ein Block, ein riesiges Wurfgeschoß, das irgendein Riese der Vorzeit gegen die alte Kirche geschleudert hatte, die einmal hier in der Gegend gestanden haben sollte.

Sie hatte nie Fenster mit bleigefaßten Scheiben gehabt, sondern das Licht war durch schmale Luken hereingerieselt, deren Klappen verschlossen standen, seit ein Pfarrer, den seine Gemeinde verlassen hatte, dort seine letzte Messe las. Aber die Luken waren mit großen Büscheln von Farrenkraut ausgefüllt, und lange Streifen von Moosflechten hingen darüber und verrieten dem Vorbeigehenden nicht, daß dies ein von Menschenhand errichtetes Bauwerk war und kein Steinblock.

Rings um die Kirche stand uralter Wald. Der Boden war von lichtem Moos und Heidekraut bedeckt. Die Auerhenne schlich mit ihrer Küchleinschar herum. Die Natter sonnte sich auf der Türschwelle, die seit der Zeit des schwarzen Todes kein menschlicher Fuß betreten hatte.

Von der großen Ortschaft, die sie einmal umgeben hatte, war nunmehr keine Spur zu sehen. Die Kirche allein stand da und legte Zeugnis ab, daß in ihrer Nähe, auf der Waldebene zwischen den schützenden Bergen, Menschen einmal ihre Herden geweidet und ihre Felder zur Ernte bestellt hatten, daß sie hier getanzt und gespielt, geheiratet und Kinder gezeugt hatten, daß sie hier getrost einhergegangen waren und geglaubt hatten, daß ihre Nachkommen bis ans Ende aller Zeiten hier leben und hausen würden.

Das war alles dahin. Nur die alte Kirche stand noch da und erzählte von Krankheit und Tod, von Kindern, die elternlos durch verlassene Heime geirrt waren, von Liebenden, die schreckensbleich auseinanderstoben, von Feldern, die kein Sämann mehr aufsuchte, von fallenden Häusern, von Herden, die in versperrten Hürden verhungert waren, von allen Greueln der Vernichtung, die sie umgeben hatten, bis Tannen und Moos und Heidekraut herangekommen waren und eine schützende Decke über die Verwüstungen des großen Sterbens gebreitet hatten.

Früher einmal konnte es an schönen Sommertagen vorkommen, daß fröhliche Jugendscharen in den Wald hinaufzogen, um nach diesen drei merkwürdigen Dingen zu suchen, von denen die Alten soviel zu erzählen wußten. Da wurde hinter Steinblöcken gesucht, und unten in Schluchten, da watete man mit ängstlichen Schritten weit ins Moor hinaus und kletterte bis zur Spitze des Bergfirstes, aber wenn der Abend anbrach und man heimkehren mußte, hatte man nie etwas gefunden.

Wenn dann die Jungen in den Hof zurückkamen, waren sie sehr mißmutig und zweifelnd, aber die Alten beteuerten alle, daß es irgendwo im tiefen Walde diese drei Dinge geben müsse. Sie hatten es in ihrer Jugend gehört, von jenen gehört, die damals alt waren, und es gewiß nicht übers Herz brachten, eine Unwahrheit zu sagen.

Und heute noch kann ich nie über den hügeligen Weg gehen, der zur Waldeshöhe führt, ohne zu hoffen, daß ich ganz unvermutet sehen werde, wie die weiße Blume in dem Tannendickicht ihre Blütenkrone entfaltet, oder hören, wie das heilspendende Wasser unter einer Birkenwurzel hervorrieselt.

Die alte Kirche jedoch habe ich niemals zu entdecken gewünscht. Ich habe dieses alte Haus gefürchtet, wo einmal so viel angstvolles Beten und klagender Jammer und rufende Verzweiflung ungehört verklingen mußte. Sicher, dachte ich, versteckt sie sich so gut unter ihrer Moosdecke, damit niemand den Raum betreten muß, wo ein ganzes Volk vor seinem Untergang in fruchtlosem Flehen auf den Knien lag.

Aber nun, in diesen Tagen, seit der große Krieg ausbrach, möchte ich sie gerne finden. Jetzt suche ich nicht mehr nach Blumen und Heilquellen, jetzt möchte ich diese alte Kirche wiederfinden, die Zeuge der Verwüstung und des Untergangs von Dörfern und Landesteilen war.

»Verlassene Kirche«, möchte ich zu ihr sagen. »Die Zeit der Zerstörung ist wiedergekommen. Der Tod zieht durch die Lande und türmt Leichenhaufen auf. Wieder irren Kinder elternlos durch verlassene Heimstätten. Der Sämann wird von seinen Feldern vertrieben, Häuser und Städte werden dem Erdboden gleichgemacht, und die Gotteshäuser widerhallen von angstvollen Gebeten. Die Welt, die mein war, sie wird nun ebenso in Trümmer geschlagen wie die, die einstmals dein war.

Du altes Haus, ich weiß keinen Ort, wohin es mir besser anstünde zu kommen, mit meinem Kummer.

Ich bin eine Spielerin und Gauklerin gewesen, aber aus meiner Seele will weder Spiel noch Gaukeln mehr kommen.

Meine Seele ist geworden wie du, stumm, ohne Glocken, ohne Sang.

Meine Seele ist arm und dunkel und verwildert geworden, sie ist voll von Bildern des Schreckens und Grauens, sie ist geplündert und scheu und heimatlos, sie weiß weder Rat noch Ausweg, sie möchte sich nur verbergen und verschwinden vor aller Angesicht, so wie du, du arme alte Kirche in der Einöde.«

Der Nebel

An einem Herbstmorgen des Jahres 1914, im ersten Jahre des großen Krieges, senkte sich ein recht starker Nebel über die kleine friedliche, von den Weltereignissen nahezu unberührte Gegend herab, wo der Friedfertige seine Behausung hatte. Der Nebel war jedoch nicht dichter, als daß er den ganzen Garten und alle Stallungen und Scheuern sehen konnte, aber weiter vermochte der Blick nicht zu dringen. Er sah keine Felder, keine Anhöhen, keinen Wald. Seine ganze gewohnte Umgebung war verschwunden. Er hätte sich einbilden können, daß er auf einer einsamen kleinen Insel weit draußen im Weltmeere wohnte.

Er war dieses engen Gesichtskreises ungewohnt, so ungewohnt, daß er einen quälenden Druck über den Augen verspürte. Es hatte etwas Verstimmendes, sich nicht frei nach allen Seiten umsehen zu können, und als er seinen gewohnten Morgenspaziergang durch den Garten machte, war ihm ängstlich und unruhig zumute wie vor einer drohenden Gefahr.

Unwillkürlich zog er die Augenbrauen zusammen und versuchte die Blicke zu schärfen, damit sie die Nebelmauer durchdringen könnten. Doch all das half nichts, er mußte sich damit begnügen, das Allernächste zu betrachten. Anfangs recht unwillig suchte er eine Zerstreuung darin, einige feuerrote Ahornblätter zu bewundern, denen die Feuchtigkeit den Glanz alter Kupfergefäße geliehen hatte. Gleich darauf wurde seine Aufmerksamkeit von den betauten Spinnweben angezogen, die über ein Erdbeerbeet voll welkender Pflanzen ausgespannt waren. Er sagte sich selbst, daß diese Spinnweben die Schönheitsschleier des Herbstes waren, und er fragte sich, ob nicht vielleicht einst von ihnen die alternden Frauen es gelernt hatten, ihren erlöschenden Reiz hinter perlbestreuten Schleiern zu bergen.

Dieser Gedanke machte ihm Spaß, seine Verstimmung schwand, und er sah sich mit neuem Interesse um. Vor sich hatte er einen alten Astrachanbaum, der von Früchten schwer beladen war, und er überraschte sich darauf, den Baum außerordentlich schön zu finden. Dieser Baum pflegte ihn sonst jedesmal, wenn er den Garten durchstreifte, durch seine Häßlichkeit aus der Stimmung zu bringen. Er war niedrig und breit, die Äste spreizten sich geradlinig und plump vom Stamm weg. Aber jetzt zur Zeit der Reife, wo die Äste von Früchten schwer waren, beugten sie sich in zierlichem Bogen. Sie zeigten, daß sie nicht nur Stärke, sondern auch Geschmeidigkeit hatten. Er begriff, daß ihre geradlinige Ungeschlachtheit notwendig war, sollten sie die Bürde tragen können, die nun auf ihnen lastete.

Er fühlte sich plötzlich mit dem Nebel ganz ausgesöhnt. Er war es, der den Gesichtskreis zusammendrängte und seine Aufmerksamkeit auf Kleinigkeiten lenkte, an denen sich zu erfreuen er bislang verabsäumt hatte. Um gut zu sehen, um zu verstehen, was man sieht, dachte er, ist es zu allen Zeiten notwendig gewesen, die Blicke auf das Nächstliegende zu heften.

Diese Erfahrung wurde noch beim nächsten Schritte verstärkt, als er ein paar vollreife, grüne Pflaumen entdeckte, die letzten des Jahres, die bis jetzt allen spähenden Blicken entgangen waren. Aber der Nebel schien ihm einen neuen Gesichtssinn geschenkt zu haben, und er setzte sich sofort in den Besitz der kleinen blinkenden Dinger. Im selben Augenblick hörte er zum ersten Male an diesem Morgen einen Laut aus der Außenwelt. Eine starke, grobe Stimme rief drinnen im Nebel.

Herr Gott, sei gnädig und hilf den Kriegführenden. Ja, ja, erbarme dich der Kriegführenden! – Er blieb stehen und horchte. Deutlich drangen die Worte aus dem Nebel, doch kein Mensch war zu sehen. »Herrgott, sei gnädig und hilf den Kriegführenden! Ja, ja, erbarme dich der Kriegführenden, denn sie haben es so schwer. Das Blut fließt in den Straßengräben wie Wasser. Ja, ja, ja, Herr, mein Gott!«

Der Friedliebende, der in friedliche und angenehme Gedanken versunken, einhergegangen war, machte eine ungeduldige Bewegung. Schon wieder der Krieg! Konnte man ihn denn nicht für einen Augenblick vergessen! Wenn man seine Aufmerksamkeit etwas anderem zuwandte, schien die Natur selbst Stimme zu bekommen, um einem das Schreckliche, das über die Menschheit hereingebrochen war, ins Bewußtsein zurückzurufen.

Wieder rief es aus dem Nebel: »Das Blut fließt wie Wasser in den Straßengräben. Die Leichenhaufen liegen so hoch wie Erntegarben auf den Feldern. Ja, ja, ja, hilf den Kriegführenden!«

Es war natürlich die geistesgestörte Frau, die immerzu betend und singend in der Gegend herumstrich, sie hatte es sich jetzt einfallen lassen, Gott für die kämpfenden Großmächte anzurufen. Sie ging wohl dort oben über den Weg, der den Waldessaum entlang lief und der jetzt durch den Nebel unsichtbar geworden war. Es war rührend, sie zu hören, aber dabei konnte er doch nicht umhin, darüber zu lächeln, daß dieses armselige Geschöpf durch seine Gebete den Weltkrieg eindämmen wollte.

»Hilf den Kriegführenden, auf daß Friede werde!« wiederholte die Geisteskranke. »Das Blut fließt in den Gräben wie Wasser.«

Er stand still und lauschte, so lange sie in Hörweite war. Dann seufzte er und setzte seine Wanderung fort.

Wahrlich, die Zeit war so, daß jeden Menschen die Lust anwandeln konnte, über Wege und Stege zu ziehen und die Angst hinauszuschreien, die man empfand.

Er stöhnte bei dem Gedanken an diesen Kampf, an dem nahezu die ganze Menschheit teilnahm und der die ganze Welt mit Zerstörung bedrohte. Wenn es doch wenigstens eine Sturmflut oder ein Vulkanausbruch wäre, mit dem man es zu tun hätte! Das Unglück wäre darum nicht geringer, aber man hätte doch nicht das erniedrigende Gefühl, daß es von Menschen verursacht, von Menschen anbefohlen wurde! Man brauchte dann auch nicht daran zu denken, daß, da es vernünftige Wesen waren, die vom Wahnsinn des Krieges ergriffen worden, es doch irgendein Wort oder vielleicht irgendeine Maßregel geben müsse, die der Raserei Einhalt tun könnte. Man brauchte dann nicht täglich und stündlich voll Schmerz und Angst nachzugrübeln, um das zu finden, das der Vernichtung einen Damm setzen konnte.

»Was kann ich tun?« fragte er sich selbst. – »Mein Wort hätte nicht größeres Gewicht als das der armen geisteskranken Wanderin. Aber doch …«

Er konnte sich des Gefühls nicht erwehren, daß etwas geschehen sollte, daß man nicht still sitzen konnte.

Auf seiner Wanderung war er nun in die entlegenste Ecke des Gartens gekommen. Und als er sich nun wandte, um zurückzugehen, hatte er ein lächelndes, anmutiges Bild vor sich.

Von hier hob sich der Boden in sanfter Steigung zum Wohnhaus. Der Friedfertige sah seinen ganzen alten Hof vor sich, mit seinen roten Häuschen und seinen Laubmassen in schillernden Herbstfarben. Es war vielleicht eigentlich nichts anderes, als was er alle Tage sah, aber es nahm sich anders als gewöhnlich aus, weil der Nebel es von der umgebenden Landschaft herausgeschält hatte.

Als der Hof sich ihm so vereinsamt zeigte, merkte er erst so recht, wie schön das rote Wohnhaus hoch oben auf dem Hügel sich mit den grünen und gelben Baumwipfeln ringsum zusammenfügte, mit den niedrigeren Flügelanbauten, mit dem lauschigen Buschwerk darunter und mit dem Kranz der frischgesetzten Obstbäume, die den Fuß des Hügels umgaben. Nie hatte all dies sich so harmonisch zusammengeschlossen wie heute, wo der Nebel es umrahmte und alle Lücken ausfüllte. Nichts konnte man fortnehmen, alles mußte da sein, alles lag an seinem rechten Platze. So von Nebel und Grün zusammengefügt, dünkte ihm sein Heim anziehender denn je. Es strahlte Geborgenheit und Traulichkeit aus. Er fühlte sich ruhig und glücklich, wenn er es nur ansah.

Plötzlich kam ihm ein absonderlicher Einfall. Er dachte sich ganz allein mit seinem alten Hof. Er dachte sich den Hof und sich selbst, ihr eignes stilles Leben lebend, indes der Nebel sie mit seinen Mauern umschloß und sie vor der Welt verbarg. Der sollte Tag für Tag Wache um sie halten, so dicht und undurchdringlich, daß nicht einmal die Vorüberfahrenden, die oben über den Weg am Waldessaum kutschierten, darum wissen sollten, daß sie hier dicht daneben waren.

Der Postbote mit seiner schwarzen Tasche würde in dem irreführenden Nebel nicht in den Hof treffen. Keine Gäste, keine Fremden würden die Mündung der Allee finden können, die zum Wohnhaus hinaufführte. Nichts aus der Außenwelt würde in den Hof dringen können, und nichts aus dem Hofe in die Außenwelt.

Winter würde auf Herbst folgen, Sommer auf Frühling, in sachtem Wechsel. Schnee würde fallen und schmelzen, Erde und Bäume würden sich in Grün kleiden, und das Grün würde welken und schwinden. Kälte und Wärme würden wechselweise zu ihnen dringen, aber der wallende Nebel würde immer bleiben.

In einem Traumdasein würden sie dahinleben, er und der Hof. Arbeit würde auf Arbeit folgen. Die Ernte auf die Aussaat, das Backen aufs Brauen, in langsamem Wechsel. Kühe würden gemolken, Schafe geschoren, Garn gesponnen, Tücher aus glänzendem Drill aus den Webstühlen gezaubert werden. Von ihrer eigenen Arbeit würden sie leben müssen. Nichts würde hingetragen, nichts fortgebracht werden können. Die Sorge, die sie bedrückte, würde ihre eigene sein. Sie würden nur auf sich selbst angewiesen sein. Sie würden auf einer Insel im Weltenmeer wohnen, zu der kein Fahrzeug den Weg wußte.

Was den Friedliebenden am meisten lockte, war die Aussicht, auf diese Art dem Grauen des großen Krieges entrinnen zu können. Er streckte seine Arme aus und sprach zum Nebel.

»Verweile, Nebel, verweile! Furchtbare Zeiten stehen bevor. Erspare es mir, sie zu durchleben! Stehe Wache um mein Haus mit deinen weißen Mauern! Laß mich hier auf meiner Väter altem Hofe hausen, ohne zu wissen, was sich an Blutvergießen und Gewalttaten zuträgt! Laß mich und meine Leute hier still unserer Arbeit nachgehen, ohne uns von den Gerüchten des Unglücks fremder Menschen stören zu lassen!

Vögel werden manchmal den Weg zu uns finden, doch wir werden nicht forschen, ob sie wohl eine Botschaft unter dem Flügel tragen.

Zuweilen, des Morgens, werden wir die arme Wahnsinnige unter lauten Gebeten vorbeigehen hören. Doch wir werden nicht aufhorchen, ob sie noch für die Kriegführenden betet.

Einmal, wenn alles vorüber ist, wenn die Menschen aufgehört haben zu kämpfen und sich gegenseitig zu vernichten, wirst du dich auflösen und verschwinden. Und wir, die wir nichts von dem Entsetzlichen wissen, das sich zugetragen, wir werden mit Wonne wieder in die Welt hinausgehen, um des Lebens ewiges Fest zu feiern. Unser Gemüt ist nicht durch die Berichte über Gewalttaten und Blutvergießen besudelt. Unsere Herzen sind nicht hoffnungslos geworden durch das Anhören des Unglücks, das wir nicht die Macht haben zu verhüten. Wir werden in dem Glauben in die Welt zurückkehren, daß die Menschen milden Sinnes sind und das friedliche Aufbauen lieben. Wir werden wie die frommen Siebenschläfer sein, die vor der Zeit der Gewalt gerettet wurden, um zu sehen, daß Glück und Friede wiederkehren können, daß Not und Elend nicht das einzige sind, was die Erde ihren armen Kindern beut.«

Als der Friedliebende diese Worte ausgesprochen hatte, hörte er zwei verschiedene Laute. Ein Windstoß fuhr durch den Nebel, schlangenhaft zischend. Das war der eine. Der andere war ein schwaches Echo des Gebets der armen Wanderin. – »Verhilf den Kriegführenden zum Frieden, Herr, du, mein Gott!« – ertönte es aus weiter Ferne. Es klang beinahe wie eine Warnung.

»Laß mich hier in meinem Garten wandeln, Nebel«, – rief er aus – »und immer neue kleine Schönheiten entdecken! Lehre mich den Blick auf das Naheliegende zu heften! Laß mich auf die Art wirken, die mir eigen ist, mich mit Dingen beschäftigen, die mir gemäß sind! Erspare es mir, gleich einem Geistesgestörten durchs Land zu streifen, um zu versuchen, das richtig zu stellen, dem ich nicht gewachsen bin.«

Als dies gesagt war, hörte man abermals ein Rauschen im Nebel. Er glaubte etwas zu vernehmen, das so klang wie »es geschehe dir, was du willst«.

Aber das war natürlich nur ein Selbstbetrug. Beinahe im selben Augenblick kam ein frischer Wind herangeweht. Der riß den Nebel in Fetzen, die er nach allen Seiten wegschleuderte. Alles nahm wieder seine gewöhnliche Gestalt an, und er lächelte über die Gedanken, die der Nebel in ihm geweckt hatte und die sich nie verwirklichen würden. Doch solche Wünsche auszusprechen wie die seinen ist ein gefährlich

Ding. Die Naturmächte finden zuweilen ein boshaftes Vergnügen daran, unseren törichtesten Einfällen entgegenzukommen.

Von diesem Tage an merkte der Friedliebende, daß die Nachrichten vom Kriege, trotzdem sie an Grausigkeit zunahmen, sein Empfinden nicht mehr so aufwühlten wie früher. Alles, was geschah, dünkte ihn fremd und ferne und schien ihn nichts anzugehen. Er tat seine gewohnte Arbeit, ohne von der Angst angefochten zu werden, daß die Welt sich selbst zugrunde richtete.

Der Mann, der nicht begriff, daß es der Nebel war, der sein Gebet gehört und sich abstumpfend auf seine Seele gelegt hatte, gab sich dem Glauben hin, daß er an Gleichgewicht und Weisheit zugenommen habe.

Er pries seine Klugheit und seine Vorsicht. Aller Drang, ein Mittel zu finden, das die Sintflut, die über die Welt hereingebrochen war, aufhalten könnte, ertrank ebenfalls in dem Nebel, der, ohne daß er es merkte, seinen Verstand einhüllte. Alle Lust zu handeln fiel in Ratlosigkeit zu Boden, aber er war so stumpf geworden, daß er sich glücklich pries, weil er Weisheit genug hatte, sich still zu verhalten und sich nicht durch hoffnungslose Bestrebungen aufzureiben.

Er sah, daß andere, die nicht mehr waren als er, hervortraten, um ihr Wort zu sagen, aber er merkte nicht, daß sie durch ihre Reden irgend etwas erreichten. Er verglich sie dem Weibe, das er an jenem nebligen Herbstmorgen zu Gott rufen gehört hatte. Er sagte sich, daß ihre Seelen verwirrt sein mußten, da sie etwas unternahmen, wozu sie weder Macht noch Befugnis hatten.

Aber im innersten Innern der Tiefe seiner Seele hatte er doch ihr Tun mit brennender Angst verfolgt. In schönen, sternklaren Nächten verlor der Nebel die Gewalt über seine Seele, und da dachte er in Verzweiflung der Stunde, wo er das Irdische verlassen und vor seinen Richter hintreten mußte. Und er wußte, in dieser Stunde würde die Frau, die rufend über den Weg ging, neben ihm vor Gottes Thron stehen. Und zu ihm würde Gott Vater mit strenger Stimme sagen: »Ich entfesselte zu deiner Zeit einen Sturm auf Erden. Wie kam der Gedanke in dein Herz, daß du dich vor diesem Sturm verbergen könntest?« Da würde der Friedliebende sich verteidigen und sagen: »Es war übermenschlich, das, was du von mir verlangtest. Ich schwieg stille, weil ich keinen Ausweg sah. Es war nicht meines Amtes, deinen Sturm zu dämpfen. Ich fürchtete, daß ich mehr Schaden als Nutzen stiften würde.«

Da würde der höchste Richter sagen: »Ich weiß, daß ich dir nicht Verstand genug gegeben hatte, den Sturm zu dämpfen. Aber ich hatte dir Kräfte genug gegeben, Mitleid zu zeigen und Barmherzigkeit zu üben.«

Da würde der Friedliebende auf die Frau weisen, die neben ihm vor Gottes Thron stand. »Diese Frau hat ohne Unterlaß gesprochen und gesprochen«, würde er sagen, »und was hat es gefruchtet?«

»Freilich konnte ihr Ruf das Herz der irdischen Machthaber nicht bewegen«, würde dann Er sprechen, der über Himmel und Erde gebietet.

»Aber meine Arme hat er ihr aufgetan, und den Weg zu meiner Herrlichkeit.«

Da würde der Friedliebende wissen, daß für ihn keine Hoffnung ist, und in seiner Verzweiflung würde er von Gottes Thron hinuntersinken, immer tiefer und tiefer, in jene Räume, wo alles Kälte und Dunkel und Schweigen ist und Versteinerung und lähmender Nebel.

Der kleine Matrose

Es ist an einem schönen Sonntagnachmittag, und ich sitze allein auf einer Bank in dem alten Schloßgarten vor einem kleinen Städtchen an der Westküste. Er ist ein sehr friedlicher, ruhiger Ort, obgleich er jetzt dem Publikum überlassen ist. Hier und dort sind unter den Bäumen Tische und Stühle aufgestellt. Hier und dort sitzen einige stille Gäste, die leise, fast flüsternd miteinander sprechen. Eine einzige alte Kellnerin besorgt die Bedienung. Sie nimmt ruhig und freundlich die Bestellungen entgegen und führt sie sorgfältig, aber ohne die geringste Eile aus. Wenn sie dann mit einem vollbeladenen Kaffeetablett kommt und es vor einen Gast niederstellt, lächelt sie wohlwollend wie eine Hausfrau, die ihrem Besuch das Beste vorsetzt, was das Haus zu bieten vermag.

Ein Stückchen hinter mir haben drei Personen an einem Tisch Platz genommen. Sie sitzen so regungslos und stumm, daß es eine Weile dauert, bis ich merke, daß sie da sind. Nur in langen Zwischenräumen sagt eines von ihnen ein Wort.

Die kleine Gesellschaft besteht aus zwei alten Frauen in ernsten schwarzen Kleidern und einem jungen Manne von ungefähr zwanzig Jahren, etwa wie ein besserer Matrose gekleidet. Die beiden Alten sind so sehr davon ergriffen, hier draußen unter fremden, feingekleideten Menschen zu sitzen, daß sie absolut keinen Gesprächsstoff finden können, aber der junge Mann hält es offenbar für seine Pflicht, von Zeit zu Zeit etwas zu sagen.

»Mutter und Tante«, ruft er aus, »wie nett das ist, daß wir so schönes Wetter für diesen Ausflug haben!«

»Ja, sehr nett«, antworten die beiden Alten wie aus einem Munde, und dann senkt sich wieder Schweigen auf sie herab.

Ich rücke ein wenig auf der Bank, um besser sehen zu können. Der junge Matrose sitzt ein wenig achtlos zurückgelehnt, die Hände in den Hosentaschen, und schaukelt sich aus seinem Stuhl hin und her. Er sieht gar nicht gelangweilt aus. Im Gegenteil, ein zufriedener Ausdruck ist in seinem knabenhaften Gesicht.

Die zwei alten Frauen, die neben ihm sitzen, sind ganz ungewöhnlich häßlich. Sie sehen nicht einmal freundlich aus, sondern sitzen herb und düster da, gezeichnet von mühseliger Arbeit und schwerer, freudloser Lebensauffassung. Aber jedesmal, wenn der junge Mann ihren Blicken begegnet, leuchtet er auf und lächelt. Es ist nicht nur der schöne Nachmittag, der sein Wohlbehagen verursacht, sondern vor allem die Gegenwart dieser alten Frauen.

»Wie nett das doch ist, Mutter und Tante, daß wir so schönes Wetter für diesen Ausflug haben!« ruft er noch einmal aus, und die Alten stimmen bei wie zuvor. Ich denke bei mir selbst, daß es nicht so ganz ausgemacht ist, daß die zwei alten Frauen wirklich mit dem Ausflug zufrieden sind. Sie sind vermutlich so eingefleischte Stadtbewohner, daß sie sich am wohlsten in ihren eigenen kleinen Stuben fühlen, in ihrer eigenen wohlvertrauten Straße. Vermutlich ist es ihnen nicht sehr angenehm, sich in einem solchen Vergnügungslokal zu zeigen. Nun ja, es wird ja nur Kaffee und Tee serviert, aber sie fühlen sich doch unsicher. Sie wären viel zufriedener, wenn sie in der Kirche säßen und die Abendmette hörten.

Natürlich hat »der Junge« ihnen zugesetzt, doch einmal herauszukommen. Er wollte ihnen eine Freude machen, indem er sie einmal hier hinaus in das Grün und die Blumen brachte. Er glaubte, es würde sie unterhalten, die vielen feinen Herrschaften zu sehen, die gerne zu diesem friedevollen Platz hinauswanderten.

Als die alte Kellnerin mit einem schweren Tablett zu der Gruppe kommt, sieht sie ganz besonders vergnügt und wohlwollend drein. Das ist etwas nach ihrem Herzen: ein Sohn, der mit seiner Mutter und einer alten Verwandten da ist, um ihnen eine frohe Stunde zu bereiten.

Jetzt, wo der Kaffee getrunken wird, ist es etwas lebhafter. Der Junge macht den Wirt, und die alten grämlichen Frauen müssen beinahe lachen, als sie sehen, wie resolut er aufsteht und nach der Kaffeekanne greift. Das ist ja die verkehrte Welt. Sie pflegen doch sonst ihm alles hinzustellen und ihn aufzufordern zuzugreifen. Nun müssen sie es geschehen lassen, daß er den Kaffee einschenkt, Zucker hineintut, Sahne eingießt, alles im Überfluß.

Er ist vielleicht nicht ganz sicher, wieviel die Kanne enthält, denn er wagt nicht, in seine eigene Tasse einzugießen. Trotz aller Proteste tut er es nicht. Er hat schon vorher so unglaublich viel Kaffee getrunken. Und er nimmt sich auch nichts von dem Backwerk. Aber seinen Gästen häuft er so viel Kuchen auf, daß er rings um den Teller liegt.

Dann setzt er sich nieder und betrachtet die beiden Alten mit strahlender Miene. Er bemüht sich gar nicht zu verbergen, wie stolz er darauf ist, sie bewirten zu können, wie sehr es ihn freut, daß es ihm gelungen ist, sie hier heraus zu bringen, sie aus ihrer engen Gasse zu locken.

Bisher waren sie diejenigen, die sich für ihn plagen und rackern mußten, aber diesmal ist er mit reichlicher Löhnung heimgekommen. Die Gehalte sind ja jetzt im Kriege um das Vielfache erhöht worden. Jetzt kann er sie freihalten.

Während er sich zurücklehnt, um in eine möglichst bequeme Stellung zu kommen, denkt er daran, daß Mutter und Tante vielleicht noch nie ein solches Vergnügen gekostet haben. Wenn er wieder aufs Meer hinauskommt, wird es ihm lieb sein, daß er ihnen eine solche Freudenstunde geschenkt hat.

Der kleine Matrose ist ein wenig zerstreut gewesen, während die Alten gegessen und getrunken haben. Aber im selben Augenblick, in dem sie die Tassen wegstellen, springt er auf, um ihnen nachzuschenken. Die Alten zieren sich ein bißchen, aber er gießt ihnen wieder volle Tassen ein.

»Ihr müßt schon vorlieb nehmen, Mutter und Tante, morgen gehe ich ja wieder auf Langfahrt.«

Aber zum dritten Nachguß sagen die Alten entschieden Nein. Das ist etwas, das sie nie vertragen konnten. Das muß er doch wissen.

Sobald er überzeugt ist, daß sie wirklich genug haben, schenkt er sich selbst ein und trinkt eine Tasse nach der andern. Er leert die Kanne bis auf das letzte Tröpfchen und befreit das Backwerkkörbchen von allem Kuchen. Das geht so rasch und leicht, daß die Alten ganz verdutzt sind.

»Ja, du bist mir der Rechte, du! Sagst, daß du heute keinen Kaffee mehr trinken magst!«

Er lacht und ist glücklich über seine kleine List, und die beiden Alten vergessen sich so weit, daß sie lächeln, sie auch.

Aber als das Kaffeetablett abgetragen wird, ist es mit der Lebhaftigkeit aus, und das Schweigen senkt sich wieder auf sie herab. Die beiden Alten sehen sich um, als befürchteten sie, jemand könnte bemerkt haben, daß sie sich amüsierten. Sie recken sich empor und setzen die strenge Kirchenmiene auf.

»Es ist aber doch wirklich nett, daß wir so schönes Wetter für diesen Ausflug haben«, sagt der Sohn.

Er sagt es mit einer Miene, als wäre er es, der den Sonnenschein und die Ruhe und den Sommerzauber bestellt hätte und nun dafür gelobt sein wollte. Und sie verstehen es und loben ihn, aber damit lassen sie das Gesprächsthema fallen.

Doch der kleine Matrose ist nach dem Kaffee lebhaft geworden, und er will sie wirklich in ein Gespräch hineinlocken.

»Sieh doch, Mutter, die vielen Schwalben!« sagt er.

Die Mutter hebt den Kopf, blickt aber in die verkehrte Richtung. Ihre Augen sind grau vom Star, und sie sieht keine Schwalben, aber das macht nichts. »Nein, wirklich, wie schön sie fliegen!« antwortet sie. Ein Weilchen später ist die Rede davon, heimzugehen und von all dem Schönen Abschied zu nehmen. Die Alten haben den Vorschlag gemacht, aber der Junge bittet sie ganz eifrig, noch ein bißchen zu bleiben. Er hat es hier so gut.

Und er sitzt da und schaukelt sich und pfeift vor sich hin, nachdem alle Gesprächsthemen zu Boden gefallen sind. Er wünscht sich wahrhaftig nicht von hier fort.

Er ist ganz zufrieden mit seiner Welt.

Da kommt eine Schar von fünf, sechs jungen Leutchen durch den Garten gewandert. Sie sprechen lauter als die bisherigen Gäste, sie bringen eine ganz andere Stimmung mit, als die früher unter den himmelhohen Bäumen herrschte.

Sie wandern dicht an dem Tisch vorbei, an dem der kleine Matrose sitzt, sie nicken und winken, um von ihm bemerkt zu werden, aber sprechen ihn nicht an, sondern gehen weiter.

Aber eine von ihnen bleibt stehen, ein stattliches Mädchen, schön, zartwangig, mit großen, bittenden Augen.

»Grüß Gott, Kristensson!« sagt sie und nähert sich zögernd.

Der kleine Matrose nickt und lächelt, aber steht nicht auf und nimmt die Hände nicht aus den Hosentaschen.

»Grüß Gott, Anna!«

»Sie sind heut vormittag nicht mit zum Segeln gekommen, Kristensson?«

»Nein, Anna, ich wollt' doch auf den Kirchhof, sehen, wie sie den deutschen Matrosen begraben.«

»Aber heut abend kommen Sie doch zum Tanz, Kristensson?«

Sie spricht ganz verzagt und hoffnungslos, mit Tränen in der Stimme.

»Dank schön, Anna! Aber heut abend hab ich daheim noch soviel zu tun. Sie wissen ja, Anna, daß ich morgen fort muß.«

»Ja so. Ja, dann behüt' Gott, Kristensson!«

»Behüt' Gott, Anna!«

Er läßt sie gehen, schaukelt sich weiter und fängt wieder an zu pfeifen.

Die zwei Alten haben die kleine Szene mit der gespanntesten Aufmerksamkeit verfolgt. Als das Mädchen geht, huscht der Schatten eines Lächelns über ihre Gesichter. Sie können doch nicht umhin, sich zu freuen, daß der Junge es vorzieht, bei ihnen zu bleiben, obgleich Jugend und Liebe locken.

Die beiden alten Frauen erheben sich entschlossen. Jetzt ist es aber genug. Sie müssen heim, des Abendbrots wegen. Sie danken ihm ganz zeremoniös für das Fest, aber mitten in die Reihe der feinen Worte hinein ruft die Mutter aus: »An den Abend werd' ich denken bis zu meiner letzten Stunde.«

Der kleine Matrose scheint nicht erfreut über den Aufbruch. Er bleibt bis zum letzten Moment sitzen; man sieht es seiner Miene an, daß er noch gerne weiß Gott wie lange geblieben wäre.

Während sie sich entfernen, folge ich ihnen mit den Blicken durch den Gartengang. Der kleine Matrose geht neben seiner Mutter. Sie haben eine Stelle zu passieren, wo der Weg über eine kahle Felsplatte führt. Da schlingt er den Arm um die Mutter und stützt sie.

Aber auch nachdem sie an der gefährlichen Stelle vorbei sind, geht er so weiter, den Arm um die Mutter gelegt.

Und es kommt mir jetzt vor, daß der Junge sie eigentlich gar nicht stützt, sondern sich eher an ihr festhält. Er umklammert sie, um Schutz zu finden.

»Er fürchtet sich«, denke ich. »Man sieht es an den zusammengezoge-
nen Schultern, daß er sich fürchtet. Er ist ganz außer sich vor Grauen,
und wie früher einmal, als er noch ein kleines Kind war, schmiegt er
sich an seine Mutter, um Schutz zu finden. Aber wovor fürchtet er
sich?«

Ich werfe einen beinahe entsetzten Blick auf die Stühle, auf denen
die drei Menschen gesessen haben. Waren nicht eigentlich vier Gäste
an dem kleinen Kaffeetisch gewesen? Saß nicht der bleiche Schatten des
deutschen Matrosen, des Mannes vom Riff Horn, dessen windgetriebene
Leiche man draußen zwischen den Schären gefunden und in die Stadt
gebracht hatte, um sie zu begraben, mit im Kreise? Hatte der kleine
Matrose ihn nicht die ganze Zeit da gesehen, drohend mit den
Schrecknissen des Meeres? War nicht er es, der durch seine unheimliche
Gegenwart den Jungen von Spiel und Lust gescheucht und das angstvolle
Herz gezwungen hatte, in dem alten sichern Hafen Schutz zu suchen?

Er wollte, daß seine Mutter in dem sicheren Gefühl seiner ungeteilten
Liebe für ihn bete. Er wollte jenen Schutz sein eigen nennen, den der
Segen einer Mutter bringen kann, wenn er reich und vorbehaltlos ge-
spendet wird.

Der Scheiterhaufen

Brief eines dänischen Kriegsgefangenen

Früher im Leben habe ich kaum je eine gereimte Zeile verfaßt, aber
jetzt tue ich nichts anderes als Verse schreiben. Ich will die Kunst lernen,
meine Gedanken zu unvergeßlicher Dichtung zu formen. Ich will lernen,
den mächtigen Zauberstab zu schwingen, der die ganze Welt zum Gehorsam zwingt.

Es kommt mir selbst merkwürdig vor, daß ich so schreiben kann,
denn ich habe gerade keinen geeigneten Arbeitsraum. Es herrscht keine
Stille um mich und was man Dichterruhe nennt, davon kann ich nicht
viel genießen. Ich sitze in einer Gefangenenbaracke in Irkutsk, in dem
verdammten Lande Sibirien, und ich habe neunundneunzig Kameraden
um mich hier im Zimmer.

Sie lärmen und tosen beständig, und ich glaube, sie tun alles, was sie
können, um mich zu stören. Sie setzen sich neben mich und singen
Lieder, und sie heulen mir gerade in die Ohren. Es ist, als ob sie es

nicht ertragen könnten, daß ich da sitze und Verse schreibe. Es ist, als wäre es verboten, in der Gefängnisbaracke Verse zu schreiben, wie ich mir denke, daß es verboten ist, in der Hölle Psalmen zu singen.

Aber ich schreibe doch auf jeden Fall, weil ich mir Waffen schmieden will. Ich will mich üben, damit ich den Krieg niederschlagen kann. Ich will ihn zu Boden werfen, ich will meinen Fuß auf seinen Nacken setzen. Er soll das Unrecht bereuen, das er gegen mich begangen hat.

Ich gebe es ja zu, sie sind unglücklich, all diese, die in der Gefangenenbaracke eingesperrt sind. Ich weiß, ein paar von ihnen sind vor Heimweh wahnsinnig geworden und die anderen gehen nur herum und warten, daß sie an Typhus oder Cholera erkranken. Aber sie sind alle Soldaten, sie sind ausgezogen, um zu kämpfen und zu töten, und es widerfuhr ihnen kein Unrecht, als sie gefangengenommen und nach Sibirien geschickt wurden.

An mir hingegen, an mir beging man eine große Sünde, als man mich herbrachte, denn ich bin ein friedlicher Däne. Ich habe nie ein Gewehr ans Auge gehoben und mein Land ist nicht mit im Weltkrieg. Ich weiß noch heute nicht, warum das große Rußland seine Hand auf mich legte, in dem kleinen Städtchen in Westpreußen, wo ich mich bei meinen Anverwandten aufhielt. Ich war kein Spion, ich war kein Verräter, ich weiß nicht, warum ich in die Gefangenschaft geschleppt wurde.

Ich weiß nicht, warum man sich weigert, mich frei zu geben. Warum darf ich nicht heim nach Dänemark und für die Meinen arbeiten? Warum muß ich meine besten Jahre in Grübeleien und Müßiggang vergeuden?

All dies kann nur einen Sinn haben. Ich bin hieher gebracht worden, um das tiefste Elend des Krieges zu kosten. Ich bin hieher gebracht, damit dem Kriege ein Feind erwächst, der nie Frieden schließen, nie auf einen Vergleich eingehen wird.

Ich schreibe und schreibe, ich will die schöne Kunst lernen, Gedanken in Verse zu bringen. Ich will, daß meine Gedichte harte Zangen werden, die die Kriegslust der Menschen umklammern und sie mit den Wurzeln ausreißen. Ich will, daß sie siebzehnjährige Mägdlein werden, denen kein Mann zu widerstehen vermag. Ich will, daß sie summende Mückenschwärme werden, die den Schlaf aller Schlummernden stören. Aber ich bin ein Anfänger, und ich sehe es, noch sind meine Gesänge machtlos. Sie fallen zu Boden wie trockenes Laub. Es raschelt, wenn sie fallen, aber niemand dreht sich um und sieht nach, was da fiel.

Wenn jemand wüßte, wenn jemand wüßte, was es heißen will, in der Gefangenenbaracke zu sitzen und zu dichten. Manchmal kann ich nicht schreiben, weil ich meinen alten Rock flicken muß. Wir haben dieselben Kleider an wie vor drei Jahren, und sie sind so zerlumpt, daß sie in Stücke zerfallen. Manchmal ist es hier beim Fenster so kalt, daß die Finger erstarren wollen, und manchmal kann ich mich nicht zur Lampe durchdrängen. Aber ich schreibe und schreibe: ich suche nach dem gefährlichen Wort, das sich um den Krieg schlingen kann wie eine mächtige Schlange und ihn erwürgen. Ich will ihn in einen Schmutzpfuhl stoßen. Ich will ihn in einer Gefangenenbaracke sterben lassen, in dem verfluchten Lande Sibirien.

Ich schreibe und schreibe. Es ist nicht zu verwundern, daß die russischen Wächter sich über mich lustig machen und glauben, daß ich verrückt bin. Es gibt viele im Gefangenenlager, die sich sonderbar betragen, aber noch haben sie keinen gesehen, der einen so wunderlichen Einfall gehabt hätte wie ich.

Aber ich weiß, daß nie Friede wird, bevor ich nicht in die Welt hinausziehen darf mit meinen kleinen Liedern, bevor ich nicht loskomme und sie Fischern und Bauern vorlesen kann, Frauen und Kindern, all denen, die in den Schützengräben kämpfen, und den Gefangenen und den im Kriege Verstümmelten. Es wird nie Friede, bevor nicht meine Verse umherfliegen und die Herzen entzünden können, so wie Feuerfunken Heuschober entzünden.

Wenn ich dann in eine Stadt komme, dann werde ich mich auf den Marktplatz stellen, auf die Rathaustreppe, und Männer und Frauen werden sich um mich versammeln. Und wenn sie meine Worte hören, dann wird in ihnen ein furchtbarer Zorn gegen den Krieg entstehen. Sie werden auf dem Markte Stroh und Holz aufsammeln und einen großen Scheiterhaufen entzünden, und sie werden nach Hause eilen und zurückkommen mit allen Vernichtungswaffen, mit allen Kriegsbüchern und Kriegsbildern. Sie werden kommen mit Uniformen und Trommeln, mit den schmetternden Trompeten und den flatternden Fahnen. Und all dies werden sie in den Scheiterhaufen werfen, auf daß es verbrenne.

Ja, das Friedensfeuer wird brennen. Alte Verse von blutigen Heldentaten werden brennen und Kinder werden ihre Spielzeughelme und Holzschwerter in den Scheiterhaufen werfen. Rostige Ritterrüstungen wird man aus den Museen tragen und mit Säbeln und Maschinengewehren einschmelzen. Alle Ehrenzeichen des Krieges, all seine Proklamationen, all sein Eigentum wird von den Flammen verzehrt werden.

Und die Kasernen wird man niederreißen, um dem großen Friedensfeuer Nahrung zu geben, Mauern und Festungswerke werden in seinem Scheine zusammenstürzen und die Schützengräben werden vernichtet werden und Kanonen und Mörser zu Schrothaufen.

Lasset das Friedensfeuer brennen! Lasset es brennen zur Freude für die Menschen! Lasset es knallen von Granaten und Kartätschen! Werfet die Kriegsschiffe hinein, werft die Unterseeboote hinein, werft die Flugmaschinen hinein! Lasset es flammen und prasseln, Gott und den Menschen ein Wohlgefallen! Lasset das Friedensfeuer brennen! Werft den Haß hinein, werft die Arglist des Menschenherzens hinein, werft den Übermut hinein, werft die Grausamkeit hinein! Dann wird der Krieg sich fürchten und die Menschheit sich frei machen aus ihres Bedrückers Hand.

Ich schreibe und schreibe. Ich suche nach der flammenden Kraft, die meine Worte zu zündenden Feuerfunken machen soll.

Ich habe aufgehört zu schreiben. Es kam nicht dazu, das Friedensfeuer zu entzünden. Die russischen Wächter legten ihre Hand auf mich. Während ich dies schreibe, liege ich im Krankenhaus.

Aber ich habe keinen Typhus, ich nicht, wie die Menschen um mich. Ich werde nicht sterben wie die andern. Ich fiebere nur danach, zu schreiben, den Krieg zu Asche zu verbrennen auf dem großen Friedensscheiterhaufen.

Ich habe gehört, daß eine schwedische Gesandtschaft nach Irkutsk gekommen ist, und heute habe ich eine Rote-Kreuz-Schwester im Krankenhause gesehen. Ich will sie bitten, sich meiner Verse anzunehmen, meiner armen kleinen Lieder. Ich kann den Gedanken nicht ertragen, daß sie hier im Krankenhaus liegen bleiben und als Kehricht verbrannt werden.

Ich werde sie bitten, daß sie sie mitnimmt in die Heimat. Wie wird es meinen Versen ergehen, wenn sie heimkommen? Wird sie jemand aufnehmen und weitergehen lassen? Ich weiß, daß sie schwach und schlecht sind, aber sie sind das Vermächtnis eines Kriegsgefangenen, der in Sibirien gestorben ist.

Wird jemand sie drucken? Wird jemand sich um sie kümmern? Werden die Menschen nur ihren Fuß auf sie setzen und sie verachten? Werden sie auf den Märkten verlesen werden? Werden sie imstande sein, das Friedensfeuer zu entzünden?

Ich liege im Lazarett in Irkutsk, in dem verfluchten Lande Sibirien. Es handelt sich um Typhus. Niemand pflegt lebend von hier davonzukommen.

Meine dürftigen, armen Verse, werden sie leben, werden sie leben, wenn ich aus dem Leben gegangen bin?

Das Rote Kreuz

Gottes Mühlen mahlten langsam und sicher. Die großen Flügel drehten sich nach den Winden des Himmels. Die schweren Steine rieben sich mit dumpfem Rasseln aneinander. Was als Mahlgut in die Mühle gebracht wurde, waren Gottes Gedanken. Das Mehl, das zwischen den Steinen gemahlen wurde, waren die Schicksale und Ereignisse des Erdenreiches.

Die Mühlen mahlten langsam, aber die Flügel drehten sich im Kreise, ohne je zu ruhen, und Gottes Gedanken wurden so gut zermahlen, daß zwischen den Schicksalen und Ereignissen, die aus dem Mehlkasten hervorkamen, kein Zusammenhang zu bestehen schien.

Von Gott kam eines Tages ein Gedanke und wurde in den Mahlgang geworfen. Es war ein Gedanke, so schön, daß die Engel ihn in Verzückung in den Weltraum hinaussangen, und das Echo des Weltraums warf ihren Gesang zurück, so daß die Menschen ihn vernehmen konnten. Der Gedanke Gottes, der so von den armen Bewohnern des Erdballs aufgefangen wurde und sie mit hoffnungsvoller Erwartung erfüllte, war: *Friede auf Erden.*

Gottes Gedanke verschwand zwischen den großen Steinen. Er wurde mit anderen Gedanken Gottes zusammengeführt, die schon früher in die Mühlen geworfen waren. Schicksale und Ereignisse, die aus diesen Friedensgedanken Gottes stammten, wurden mit allen anderen Schicksalen und Ereignissen des Erdenreichs vermengt.

Gottes Mühlen mahlten weiter ohne Unterlaß. Bald sah man Erscheinungen entstehen, die aus Gottes Friedensgedanken stammen mußten. Das Christentum entstand, das Papsttum entstand. Aber sie waren nicht fähig, alle Länder des Erdballs zu gewinnen, und der Friede kehrte durch sie nicht bei den Menschen ein.

Die *Besitzergreifung der Erde* war auch ein Gedanke Gottes, und aus ihm hatten die Mühlen seit den Tagen des Paradieses Wetteifer und Unruhe gemahlen. Die Entwicklung der verschiedenen Fähigkeiten war ebenfalls ein Gedanke Gottes, und aus ihm hatten die Mühlen seit der Zeit des babylonischen Turms Nationen und Sprachen und Sitten hervorgemahlen, die nie nebeneinander gedeihen können.

Gottesfrieden und Mönchsorden mahlten die Mühlen. Das waren wiederum Bruchstücke von Gottes Friedensgedanken, daran konnte niemand zweifeln. Aber wer begriff, daß, als einige Bauersleute in einem fernen Alpenland eine Eidgenossenschaft zur gemeinsamen Verteidigung gegen die Unterdrückung hoher Herren schlössen, dies wiederum Mehl aus demselben Mahlgut war?

Die Hirten und Bauern der Eidgenossenschaft waren sicherlich nicht diejenigen, die es auf irdischen Frieden abgesehen hatten. Macht und Erweiterung, Unterdrückung der Nachbarn, tapferer Widerstand gegen Fremdherrschaft, das war ihr Ziel. Niemand war kampflustiger als die Männer aus den Alpen. Wenn der Kampf im Heimatland ruhte, dann zogen sie als Söldner zu den Fürsten des Flachlandes und kämpften ihre Kriege aus. Ein Ruf des Schreckens und Entsetzens umgab die Schweizer, und diesem Ruf, doch keineswegs einem Friedensgedanken Gottes schrieb man es zu, daß die kleinen Fürsten des Flachlandes sie nicht mehr in ihrem eigenen Land anzugreifen wagten.

Gottes Mühlen mahlten dem Volk in den Alpentälern anscheinend nichts anderes als Unfrieden. Protestant stand gegen Katholik, Deutscher gegen Franzosen, Edelmann gegen Kirchenfürst, Bürger gegen Edelmann, arm gegen reich, Land gegen Stadt, Staat gegen Staat. Erst als mächtige Reiche ringsherum entstanden, hörte das Volk des Landes auf, sich gegenseitig zu bekriegen. Aber keineswegs war es Gottes Friedensgedanke, der sie dazu bewog, sondern die Furcht, Freiheit und Vaterland einzubüßen.

Das ganze Land lag wie eine Festung hinter seinen Mauern aus Bergketten. Die Fürsten des Flachlandes erkannten, daß derjenige unter ihnen, der diese Festung besetzen konnte, allen Nebenbuhlern übermächtig werden würde. Keiner gönnte sie dem anderen, darum sagten sie zu dem Gebirgsvolk: »Wenn ihr euch von unseren Streitigkeiten fernhaltet, werden wir euch in euren Bergen in Frieden lassen.« Auf diese Art wurde das Alpenland ein geschütztes Friedensland. Aber niemand sagte: »Sieh da, hier ist Gottes Friedensgedanke Wirklichkeit geworden.« Jeder war sich klar darüber, daß es die gegenseitige Mißgunst und der Eigennutz der Mächtigen war, die dem Lande die Segnung des Friedens schenkten.

Gottes Mühlen setzten ihre ewige Arbeit fort. In das kleine geschützte Land kamen Flüchtlinge und Verfolgte, um eine Freistatt zu suchen, Gelehrte und Forscher, um Arbeitsruhe zu finden. Hierher kamen Kranke und Schwache aus aller Herren Länder, um Gesundung zu suchen, und alle friedlichen Reisenden lenkten ihre Schritte lieber hierher, als nach anderen Ländern. Hier versammelten sich die Völker zur Beratschlagung, und hierher wurden die großen Institutionen verlegt, die mit dem Welthaushalt zusammenhängen. Man wußte es immer mehr zu würdigen, hier einen geschützten Zufluchtsort zu haben, der außerhalb von allen Kämpfen stand. Alle waren dankbar, daß er existierte, aber sein Dasein schrieb man der Klugheit und Voraussicht der Menschen zu und keineswegs dem unbestimmten Traum von einem Friedensgedanken Gottes.

Weit weg im Unausdenkbaren taten Gottes Mühlen ihre Arbeit. Niemand sah, wie die Flügel sich drehten, niemand hörte das dumpfe Rasseln, wenn die Steine sich aneinander rieben. Niemand wollte mehr etwas davon wissen, daß die Schicksale und Ereignisse des Erdenreiches Mehl waren, das sie gemahlen, oder daß Gottes Gedanken das Mahlgut waren, das in den Mahlgang geworfen wurde.

Und als ein Mann aus der Schweiz, dem Friedenslande, eines Tages einen Platz aufsuchte, wo zwei Heere sich im Kampfe gegenüberstanden, da begriff niemand, daß dies irgendwie mit einem Friedensgedanken Gottes zusammenhängen könnte.

Es schien nur natürlich und folgerichtig, daß ein Mann aus dem Friedenslande, wo man sich hatte gewöhnen müssen, Räuber wie Samariter als seinen Nächsten zu betrachten, über dieses Schauspiel des Unfriedens empört sein mußte. Es war natürlich, daß er sich von Siegern wie von Besiegten abwandte und nur die Verwundeten sah, die auf dem Boden ausgestreckt lagen und für die die Hilfe, die geboten wurde, nicht hinreichte. Es war eine zwingende Notwendigkeit, daß der Mann, der in dem vom Krieg geschützten Lande wohnte, von beinahe unerträglichem Mitleid mit den armen Menschen ergriffen wurde, die sich im Kriege der Verwundung und Verstümmelung aussetzen mußten.

Der Mann, der die große Feldschlacht gesehen hatte, schrieb ein Buch über die Hilflosigkeit der Verwundeten und die Qualen der Sterbenden. Ihm war die Gabe geworden, Menschenherzen zu rühren, und seine Schrift drang überall hin und regte zum Nachdenken und Handeln an. Ihm war auch die Gabe geworden, die dem Sohn eines Volkes eigen ist, das gezwungen war, sich seinen Weg mitten durch übermächtige Nachbarn und eine übermächtige Natur zu bahnen: das Unmögliche nicht zu versuchen. Er entfesselte nicht den Widerstand der Machthaber, indem er den Krieg selbst abzuschaffen versuchte. Er lenkte alle Willen auf ein erreichbares Ziel.

Mächte und Regierungen kamen zur Beratung zusammen. Und aus der Schweiz, dem Lande, das vor dem Elend des Krieges geschützt war, entlehnte man den Gedanken, daß fortab alle jene, die im Kriege Kranke pflegten, ob sie nun der Armee angehörten oder Freiwillige waren, sakrosankt sein sollten; ihre Gebäude, ihre Wagen, ihre Vorräte durften nicht vom Feinde behelligt werden.

Und aus der Schweiz, dem Lande, das allen Völkern Gastfreundschaft bot, entnahm man den Gedanken, einen Verein für freiwillige Krankenpflege im Feld zu gründen, an dem teilzunehmen alle Völker der Erde aufgefordert wurden. In keinem Kriege, in keinem Lande durfte es noch vorkommen, daß verwundete Soldaten auf dem Schlachtfelde liegenblieben, ohne betreut und gepflegt zu werden.

Und um das Land zu ehren, von dem er ausgegangen war und in dessen Erdreich seine grundlegenden Gedanken erwachsen waren, entlehnte dieser Verein der Schweiz die rote Flagge mit dem kurzarmigen weißen Kreuz, nur mit dem Unterschied, daß die Farben umgestellt waren, und machte sie zu seinem Panier und Erkennungszeichen.

Auf diese Art kam der Verein unter das Zeichen des Kreuzes, aber er war nichtsdestoweniger ein ganz weltlicher Verein, nicht zu Gottes Dienst geschaffen, sondern ganz und gar zu Nutz und Frommen der Menschen. Niemand sah darin eine Verwirklichung von Gottes Friedensgedanken, ja so mancher befürchtete sogar, daß er nur ein Mittel sein würde, Krieg und Kriegsführung zu erleichtern.

Gottes Mühlen mahlten in ihrer stillen Weise weiter. Der Verein Rotes Kreuz wuchs und breitete sich von Land zu Land aus. Seine Gedanken wurden von Europäern wie von Asiaten angenommen, von Christen wie von Heiden, von Männern wie von Frauen. Da war nichts, das trennte, nichts versperrte den Weg, nicht Rasse, nicht Sprache, nicht Gesellschaftssitte. Alle brauchten es, alle wetteiferten, sich unter seinen Schutz zu stellen. Man sah deutlich, daß es ein weltlicher Verein war, für weltliche Ziele gegründet. Er nannte sich Roter Halbmond oder Roter Drachen, je nachdem es in den Ländern, in die er sich verbreitete, verlangt wurde.

Aber es kam eine Zeit, da die Winde des Himmels stärker brausten denn je. Die großen Flügel, die Gottes Mühlen trieben, bewegten sich mit ungewohnter Geschwindigkeit. Das Rasseln der Steine wurde wie Donnergrollen. Und den Völkern des Erdenreiches mahlten sie eine überwältigende Menge von Schicksalen und Ereignissen.

Nach Menschenverstand gesehen, mahlten Gottes Mühlen Unheil. Sie mahlten Qual und Schrecken, Not und Hunger, Grausamkeit und Gewalt. Sie mahlten den Untergang von Reichen, den Aufruhr von Völkern, den Fall der Mächtigen. Die Meere waren von Wracktrümmern übersät, aus dem Luftraum regnete Zerstörung, der Boden erzitterte unter dem Donner der Kanonen, verheerte Länder schrien zum Himmel nach Gerechtigkeit. Über die schönsten Gefilde des Erdenreiches ging die Sintflut des Weltkriegs mit Jammer und Entsetzen; und auch in den Ländern, in die sie kaum drang, verlor man in ihrer drohenden Nähe Besinnung und Verstand.

Aber als die Flut zurücktrat und die Menschen ihre Ruhe wiederfanden und nachzuforschen begannen, was gefallen und was stehengeblieben war, da zeigte es sich, daß vieles, in das sie früher ihr Vertrauen gesetzt hatten, sich als schwankend und ohnmächtig erwiesen hatte.

Keine Staatsordnung, keine Kirche hatte die Sturmflut aufhalten können. Die Bildung der Kulturvölker hatte sie nicht gehindert, sich gegenseitig wie wilde Tiere zu zerfleischen. Die Verbrüderung der Arbeit hatte sich nicht besser bewährt als die der Wissenschaft. Die Völker, die sich vom Kampf fern gehalten hatten, sie hatten in Gelddurst und Genußtaumel die Segnungen des Friedens mißbraucht.

Aber mitten in dem allgemeinen Elend erstrahlte nun das Zeichen des Roten Kreuzes vor den Augen der Suchenden.

Es allein hatte in diesen Jahren der Zerstörung Ruhm und Ehre errungen. Aus seinen Reihen waren die Helden und Heldinnen dieser Zeit hervorgegangen. Es hatte größere Macht gehabt als irgend jemand, das Unglück des Krieges zu mildern. Es hatte für die Verwundeten, die Gefangenen, die Fliehenden, die Kranken, die Frierenden, die Hungernden, die Verarmten, die Trauernden, die Einsamgewordenen hingereicht. In seinem Zeichen hatte die Menschenliebe ihre Werke vollbringen können. Auf sein Wirken konnten die Menschen ihre Gedanken richten, wenn sie der Stärkung und Aufrichtung bedurften.

Als man nun all dies sah, war es, als fielen einem die Schuppen von den Augen. Weit weg im Unausdenkbaren sah man Gottes Mühlen die mächtigen Flügel drehen, man hörte das Rasseln der Steine, die Gottes Gedanken mahlten. Zwischen den Gedanken, die Wetteifer und Kampf verursachten, drängten sich immer wieder Bruchstücke von Gottes schönem Friedensgedanken durch.

Wer wagte nun zu leugnen, daß das Rote Kreuz zum Friedensgedanken gehörte? Still und unbemerkt, ausdauernd und getreulich hatten die großen Mühlen einen Helfer zutage gefördert, der in der höchsten Not des Erdenlebens zur Stelle war. Wer wagte nunmehr zu sagen, daß dies nur Menschenwerk war? Wenn man bedachte, wie es in Jahrhunderten langsamen Wachstums erschaffen worden war, dann mußte man glauben: Gott hat es gewollt.

Und wenn man seine Allgegenwart sah, sah, wie es rings um die Erde gegangen war und gleich der Sonne auf Gerechte und Ungerechte schien, wenn man sah, daß auf diese Art schon ein Völkerbund zur Betätigung von Liebe und Barmherzigkeit zwischen allen Ländern gegründet war, und bedachte, was alles noch daraus entstehen konnte, dann mußte man nochmals wiederholen: Gott hat es gewollt.

Und nun in diesen Tagen, wo das Rote Kreuz uns ruft und sagt: »Nicht nur in Kriegszeiten gibt es Verwundete und Gefangene, Betrübte, Hungernde und Kranke. Helft uns, daß wir auch in Friedenszeiten gegen die Feinde des Lebens kämpfen können!« Müssen wir dann nicht mit neuerwachtem Glauben auf das Kreuz blicken, das ewige Zeichen der Erlösung, und mit bebender Begeisterung rufen wie unsere Väter vor uns: »Gott will es! Gott will es!«

Erzählungen der Frühromantik

1799 schreibt Novalis seinen Heinrich von Ofterdingen und schafft mit der blauen Blume, nach der der Jüngling sich sehnt, das Symbol einer der wirkungsmächtigsten Epochen unseres Kulturkreises. Ricarda Huch wird dazu viel später bemerken: »Die blaue Blume ist aber das, was jeder sucht, ohne es selbst zu wissen, nenne man es nun Gott, Ewigkeit oder Liebe.«

Tieck Peter Lebrecht **Günderrode** Geschichte eines Braminen **Novalis** Heinrich von Ofterdingen **Schlegel** Lucinde **Jean Paul** Des Luftschiffers Giannozzo Seebuch **Novalis** Die Lehrlinge zu Sais
ISBN 978-3-8430-1878-4, 416 Seiten, 29,80 €

Erzählungen der Hochromantik

Zwischen 1804 und 1815 ist Heidelberg das intellektuelle Zentrum einer Bewegung, die sich von dort aus in der Welt verbreitet. Individuelles Erleben von Idylle und Harmonie, die Innerlichkeit der Seele sind die zentralen Themen der Hochromantik als Gegenbewegung zur von der Antike inspirierten Klassik und der vernunftgetriebenen Aufklärung.

Chamisso Adelberts Fabel **Jean Paul** Des Feldpredigers Schmelzle Reise nach Flätz **Brentano** Aus der Chronika eines fahrenden Schülers **Motte Fouqué** Undine **Arnim** Isabella von Ägypten **Chamisso** Peter Schlemihls wundersame Geschichte **Hoffmann** Der Sandmann **Hoffmann** Der goldne Topf
ISBN 978-3-8430-1879-1, 408 Seiten, 29,80 €

Erzählungen der Spätromantik

Im nach dem Wiener Kongress neugeordneten Europa entsteht seit 1815 große Literatur der Sehnsucht und der Melancholie. Die Schattenseiten der menschlichen Seele, Leidenschaft und die Hinwendung zum Religiösen sind die Themen der Spätromantik.

Brentano Die drei Nüsse **Brentano** Geschichte vom braven Kasperl und dem schönen Annerl **Hoffmann** Das steinerne Herz **Eichendorff** Das Marmorbild **Arnim** Die Majoratsherren **Hoffmann** Das Fräulein von Scuderi **Tieck** Die Gemälde **Hauff** Phantasien im Bremer Ratskeller **Hauff** Jud Süss **Eichendorff** Viel Lärmen um Nichts **Eichendorff** Die Glücksritter
ISBN 978-3-8430-1880-7, 440 Seiten, 29,80 €

Erzählungen aus dem Biedermeier

Biedermeier - das klingt in heutigen Ohren nach langweiligem Spießertum, nach geschmacklosen rosa Teetässchen in Wohnzimmern, die aussehen wie Puppenstuben und in denen es irgendwie nach »Omma« riecht.

Zu Recht. Aber nicht nur.

Biedermeier ist auch die Zeit einer zarten Literatur der Flucht ins Idyll, des Rückzuges ins private Glück und der Tugenden. Die Menschen im Europa nach Napoleon hatten die Nase voll von großen neuen Ideen, das aufstrebende Bürgertum forderte und entwickelte eine eigene Kunst und Kultur für sich, die unabhängig von feudaler Großmannssucht bestehen sollte.

Georg Büchner Lenz **Karl Gutzkow** Wally, die Zweiflerin **Annette von Droste-Hülshoff** Die Judenbuche **Friedrich Hebbel** Matteo **Jeremias Gotthelf** Elsi, die seltsame Magd **Georg Weerth** Fragment eines Romans **Franz Grillparzer** Der arme Spielmann **Eduard Mörike** Mozart auf der Reise nach Prag **Berthold Auerbach** Der Viereckig oder die amerikanische Kiste

ISBN 978-3-8430-1884-5, 444 Seiten, 29,80 €

Erzählungen aus dem Biedermeier II

Annette von Droste-Hülshoff Ledwina **Franz Grillparzer** Das Kloster bei Sendomir **Friedrich Hebbel** Schnock **Eduard Mörike** Der Schatz **Georg Weerth** Leben und Taten des berühmten Ritters Schnapphahnski **Jeremias Gotthelf** Das Erdbeerimareili **Berthold Auerbach** Lucifer

ISBN 978-3-8430-1885-2, 440 Seiten, 29,80 €

Erzählungen aus dem Biedermeier III

Eduard Mörike Lucie Gelmeroth **Annette von Droste-Hülshoff** Westfälische Schilderungen **Annette von Droste-Hülshoff** Bei uns zulande auf dem Lande **Berthold Auerbach** Brosi und Moni **Jeremias Gotthelf** Die schwarze Spinne **Friedrich Hebbel** Anna **Friedrich Hebbel** Die Kuh **Jeremias Gotthelf** Barthli der Korber **Berthold Auerbach** Barfüßele

ISBN 978-3-8430-1886-9, 452 Seiten, 29,80 €